推しのために、モブの俺は
悪役令息に成り代わることに決めました！

CHARACTERS
Oshi no tameni,
Mob no Ore ha Akuyaku Reisoku ni
Narikawaru kotoni Kimemashita!
エルバート
ELBERT
元オタクの日本人男性。現在は悪名高い伯爵家の次男。前世の推しを救うため全力で努力し続ける令息。ちょっと愛が暴走気味。
アルノルト
ARNOLD
エルバートの推しで悪役令息。王太子の婚約者だが思うところがある様子……冷静で賢く、魔法の才もある美少年。

Hanamaccha
presents
ill. by pachi
ルーファス
ライオネルの弟で
第二王子。
兄とアルノルトのこと
を心配する聡明な
少年。
ペレス
エルバートの従者。
主にも遠慮なく
意見が言える
しっかり者。
ユリシーズ
BLゲームの主人公。
ぶりっ子かつ非常識
でライオネル達を
誑かしている。
ライオネル
王太子でアルノルト
の婚約者。
完璧な婚約者が
気に入らず冷たく
当たっている。

プロローグ

「ユリシーズ・リンプトン！　ライオネル殿下と二人きりで馬車に乗るとはどういうことだ！　それが許されるのはお前ではない！」

ある日の放課後。学園の車寄せで、ライオネルと一緒に馬車に乗り込もうとするあいつを呼び止めた。いくらアルノルト様が「構わない」と言っていたとはいえ、こいつには自分の立場というものをわからせる必要がある。

「……ライ様っ、怖いっ……！」

俺に怒鳴られたユリシーズは、隣に立つライオネルの腕へさっと縋《すが》りつく。するとライオネルは王子様然とした態度でユリシーズを俺から隠すように一歩前へ出た。

「またお前か！　他でもない僕がそれを許しているのだからお前がとやかく言うことではない！　同じことを何度も言わせるな！」

ライオネルは胸を張って正々堂々と声を上げた。見目麗《うるわ》しき王子様がか弱く震える美少年を背に庇い、ニタァと悪役らしい笑みを浮かべる俺を睨みつける。その姿はまさに、悪党からお姫様を守る騎士のような構図だ。何も知らない人が見れば、ライオネルを勇敢だと褒め称えるだろう。

だがお前がそうやって身を挺《てい》して守るべきはそいつじゃなくて、婚約者であるアルノルト様だろうが！

「ライオネル殿下こそ、私に同じことを何度も言わせないでください。あなたの婚約者はそいつではなく、アルノルト・ブレイズフォード様です。あなたが気にかけて大切にすべき人は、ユリシーズ・リンプトンではありません！」

「それがどうした！　お前に関係ないだろう！」

「ええ、確かに関係ありませんよ。ですが王太子であるあなたのその行動が、アルノルト様の心を傷つけているんです。私の友人であるアルノルト様を傷つけることは、王太子殿下であっても許しません」

ただの伯爵家の息子が王太子に向かって言うべきことではない。ライオネルはより激しく俺を睨みつけ、その視線だけでも殺されそうな雰囲気を醸《かも》し出している。普通、王太子にここまで睨まれれば『俺の命はない！』とビビッて逃げ出すだろう。

だが俺は『悪役令息』に成り代わった。ビビるどころか、こいつを馬鹿にするように更に悪役じみた笑みを浮かべてやった。するとライオネルは俺のやっすい挑発に乗り、顔を真っ赤にさせてぎりぎりと拳を握り締める。

「貴様っ……！　またあのような目に遭わないとわから――」

「エルバート、ここにいたんだね」

「んえ!?　アルたん!?」

ライオネルとバチバチと緊張感のあるにらめっこをしていたら、俺の肩がぽんと叩かれのんびりとしたアルノルト様の声が割って入った。俺と目が合うとにっこりと嬉しそうに微笑んでくれる。はぁ♡　その微笑み国宝級♡　荒《すさ》んだ心が浄化される♡

って、そうじゃない。今俺は悪役令息として立派に立ち回っているところだし、そんなところにアルノルト様が現れちゃ駄目だから！

「おや、ライオネル殿下もいらっしゃったのですか。どうぞお気を付けてお帰りください。それでは失礼いたします」

「えっ!?　ちょ、まっ……！」

アルノルト様は今気が付きましたといわんばかりの態度で、ライオネルに向かって綺麗な所作で優雅なお辞儀をすると、俺の腕を掴んで強制的にその場から連れ出した。俺は悪役令息としての仕事の真っ最中だったのに！　後ろから「逃げるな！」とライオネルの声が聞こえたが、アルノルト様は聞こえないふりをして歩む足を止めることはない。

そのままアルノルト様は、少し離れた東屋《あずまや》へとやってきた。周りの花々は今日も元気に咲いている。天気もいいし、ここは開放的で気持ちがいい場所だ。なのにあまり人が来ることはなく、放課後ということもあって他の生徒の姿はない。

「エルバート、また君は危ないことをして……」

「……ごめんなさい」

俺をエスコートするようにベンチに座らせると、その前に逃がさんとばかりに陣取る。怒っているというより心配していることがわかるから俺は何も言えない。アルノルト様の顔を見ることが出来ずただ足元をじっと見つめていた。

俯《うつむ》く俺の頬にアルノルト様の両手が添えられた。そのままくいっと上へと向けられ視線が絡む。

アルノルト様の眉尻は下がっていて、少し悲しげに微笑んでいた。

うぐっ……！　その表情もとってもとっても素敵なのだけど、悲しませてる原因が俺ってわかってるから罪悪感が凄いっ……！　顔を掴まれていなかったらすぐに五体投地で全力で謝罪するところだ。

なのに上からアルノルト様に覗き込まれるようにされて、胸がきゅんきゅんとときめいてしまっている……今頃俺の顔は真っ赤になっていることだろう。美の化身たるこのご尊顔が近くにあったらきっと誰でもそうなると思う。

「エルバート、君の気持ちはわかってる。だけどもし君に何かあったらと思うと心配なんだ」

「……はい」

アルノルト様のその気持ちは理解しているし、そう言ってくれることはとってもありがたい。俺の推しであり命であり神であるアルノルト様が、こんなモブの俺をここまで気にかけてくれることは奇跡だとわかっている。

でも俺はアルノルト様の言う通りにすることは出来ないんだ。俺が悪役令息であり続けなければ、俺の大切な大切なアルノルト様が断罪されてしまう。それを回避するために俺はどうしてもやり続けなければいけないから。

俺が「はい」と返事をしていても、結局それを止めることは出来ないと知っているアルノルト様の表情は変わらない。それどころかますます悲しげな顔になって微笑みすらも消えてしまった。ああ……胸が痛い……。

「僕はね、本当に君のことが大切なんだ。君が思っているよりもずっと。どうしたらわかってくれる？」

ぐうっ……！　俺だって大事な大事なアルノルト様のご要望であればなんだって聞きたい！　今すぐ死ね、と言われたら喜んで命だって差し出せる。こんなの、普通ならおかしいことだと思う。でも俺のアルノルト様への気持ちは、それくらい大きなものなんだ。

これほどまでの気持ちを抱えていながら、俺はアルノルト様のそのご要望だけはどうしても叶えることは出来ない。だってそれは悪役令息をやめることになってしまうから。

「これ以上僕を不安にさせないで。お願いだよ、エルバート」

「ぬあっ⁉」

んなぁぁぁぁ⁉　ア、アルたんの形の美しいおでこが、俺のきったねぇおでことこっつんこしてるぅぅぅぅ⁉　超ドアップのアルたんの表情は少し悲しげに眉尻が下がり、アクアマリンの綺麗な目は閉じられている。それは哀愁《あいしゅう》を帯びたとんでもない色気を纏《まと》っていて、しかも今にも唇が触れそうなほどの距離感。おまけにいい匂いもするから俺は正気でいられるわけがないッ！

ひぃぃぃぃぃ！　い、今すぐ離れなきゃ！　推しであり命であり神であるアルたんが穢《けが》れてしまうッ！　だけど俺の頬に添えられたアルたんの白魚のようなおててを振り払うなんて、そんな乱暴なこと出来るわけがないじゃないか！　でもそのおててまで穢《けが》れてしまうのであれば振り払うのも致し方あるまい！　ってやっぱりそんなの俺には難易度が高いです無理ですごめんなさい！

「エルバート、大丈夫!?」

「……ふえ？」

俺の様子がおかしいと気が付いたアルノルト様はそっと顔を離すと驚愕の表情を浮かべ、急ぎポケットからハンカチを取り出して俺の鼻へと当てた。うわぁぁぁぁぁ！　またアルたんの前で鼻血出してたぁぁぁぁ！　なんか、たらーって垂れてるなぁとは思ってたけど！　しかもアルノルト様の貴《たっと》いハンカチを俺の汚い血で汚してしまうという許されざる所業まで！

「ごめん、僕のせいだね……」

「違いますッ！　これはアルたんのせいではなくて不甲斐《ふがい》ない俺のせいですからお気になさらずッ！」

アルノルト様に間違ったことなど何一つあるわけがない。アルノルト様は海よりも深い慈悲の心で俺を心配してくださっただけだ。それを受けて勝手に舞い上がりこんな汚いものを見せてしまった俺の失態でしかない。なのにアルノルト様は「ごめんね……」と言って俺の頭を優しく撫でる。

あああああ、嬉しいと申し訳ないの相反する気持ちがせめぎ合っている……

っていうか俺、なんでアルノルト様との距離感こんなにバグってるんだろ。俺は皆に嫌われるはずの悪役令息だぞ。それに途中までは凄く上手くいっていたんだ。俺が悪役らしく振舞えば振舞うほど、攻略対象者達からもユリシーズからも全校生徒からもヘイトを買って、嫌がらせだって受けていた。なのにここ最近アルノルト様が俺を構うようになって、こんなことまでするようになるなんて……

お茶会に呼ばれることもあるが参加者は俺達二人のみ。周りに人の目がなければ手を繋がれることもある。「エルバートは可愛いね」なんて絶対にありえない褒め言葉もいただいた。おかしい。俺は平凡モブのブサイクだぞ。医者を勧めた方がいいのだろうか。

「少しは落ち着いてきた？」

「……はい。お手数おかけして申し訳ありません」

「ふふ。よかった。もう少し休んだら寮まで送るよ」

こんな俺のことなど捨て置いてくれてもいいのだが……アルノルト様は、毎朝寮まで迎えに来るので一緒に登校している。帰りはアルノルト様の都合にもよるが、時間がある時は寮まで送ってくれることもある。

アルノルト様は俺の前世からの一番の推し。アルノルト様の断罪を回避して幸せになってくれることだけを考えてきた。自分がモブだということも理解しているし、決して推しとこんな風に仲良くなりたいと思ったわけじゃない。なのに俺を見つめるアルノルト様の瞳はびっくりするほど優しくて喜色を浮かべている。なんでだ。

「ここは景色もいいし、通り抜ける風も気持ちがいいね」

しかもアルノルト様は微笑みながらゆったりと俺の隣に腰かけて、その直後、とんでもない行動に出る。

「エルバートとずっとこうしていられたらいいのに……」

「ぐっ、ぐひっ……！　ごぉっ……！」

ぎゃぁぁぁぁぁッ！　ア、アルたんの頭が俺の肩にぃぃぃぃぃ!?　寄り添って肩に頭を乗せるなんてまるで恋人同士がやるようなラブラブシチュじゃないですかって、俺が恋人になれるとかなりたいとか推し様に対して思うことは絶対にないけどこの状況はどう考えたってそうとしか思えないし見た人が絶対に勘違いするような危険な行動であるからして俺の心臓はもう破裂寸前というか塵《ちり》となって消えそうというかそれだけ頭がパニック状態なんですがどうすればいいですかね!?

「ぐふっ……！」

「エルバート!?」

キャパオーバーとなった俺の意識はここで途絶えた。しょうがないだろう。推し様であるアルノルト様とおでことおでこを触れさせただけじゃなく、こんな風に寄り添って肩に頭を乗せられてみろ。誰だって気絶するに決まってる。

どうしてこんなことになったんだ……俺は悪役令息として嫌われるよう立ち回っていたはずなのに。アルノルト様からの好感度が高すぎると勘違いしてしまうほどの扱いを受けるなんて！　一体どうしてこうなった!?

◇

「暇……」

「暇だって言うなら勉強でもしたらどうだ？」

「絶っ対に嫌！」

今日も今日とて代わり映えのない日常。朝は従者であるペレスに叩き起こされ、面倒くさいのを我慢して渋々顔を洗い身支度を整えた。そして食堂へ行き腹が破裂するんじゃないかというくらい朝飯を食う。それが終われば昼食までやることがない。

ペレスは「勉強しろ」と言うが、俺はまったくヤル気がない。なんであんな面倒くさいことやらなきゃいけないんだ。俺はまだ八歳だぞ。学園に入学するまで時間はたっぷりある。今急いでやる必要がどこにあるんだ。

定位置である自室のソファーでごろんと横になる。お腹が苦しいからいつもこうやって食休みをして過ごすのだが、やることがないというのも暇でしょうがない。昨日は何をやって時間を潰してたっけ。

ぼーっと天井を見上げる俺を余所《よそ》に、ペレスは俺の部屋の掃除に精を出している。朝っぱらからよくそんなに動けるな。俺には絶対無理だわ。甲斐甲斐《かいがい》しく働くペレスを見て、心の中で「頑張れー」と声援を送ってやった。

ベッドシーツの交換を終わらせたペレスは両手いっぱいに洗濯物を抱え込んだ。それを視線で追いかけていると、ペレスはすたすたと部屋を出ていく。ぱたんと扉が閉まり、室内は途端に静かになった。

それに少し寂しさを覚えて小さなため息が漏《も》れる。俺の部屋へ出入りする使用人はペレスだけだ。あいつがいなくなれば俺は一人になる。たとえ短くてもこの時間はあまり好きじゃない。だからといって他の使用人が部屋に入ってくるのも好きじゃないけど。

ソファーの上でごろりと重たい体の向きを変える。そうやって部屋を見回すと、俺の脱ぎ散らかした寝間着も、家庭教師との授業で使ってそのまま放置していた勉強道具も、何もかもが綺麗に整頓されていた。今ここにペレスはいないけど、ペレスの存在を感じることが出来る。そうすると俺は一人じゃないって思えるんだ。

父上も母上も今はまだ寝ているんじゃないだろうか。それか趣味に没頭しすぎて徹夜しているか。食堂で姿を見かけなかったからそのどちらかだろう。兄上は学園で家にいないし。

って、そういや父上達と一緒に食事をしたのっていつだっけ？　もうかれこれ何日も姿を見ていないことに気が付いた。同じ家に家族がいるのに、これじゃあいないのと同じだよな。毎月お小遣いを貰っているけど、そのほとんどは手つかずのままだ。正直そんなものより、違うものが欲しい。なんて恥ずかしいから絶対言わないけど。

「あー……それにしても暇」

今日の午後も家庭教師が来るんだっけ。あー……嫌だなぁ。面倒くさい。なんで勉強なんてやんなきゃいけないんだよ。昨日は歴史の授業だったけど意味がわからない話ばっかりでつまらなかったし、途中で居眠りしたんだよな。どうせ今日もそんな面白味のない話ばっかりするんだろうな。はぁ……考えただけで憂鬱《ゆううつ》すぎる。

それに家庭教師だってヤル気なさそうだし、俺が寝てても何も言わない。恐らく今日もそうなるだろう。あの兄上だって学園に行けてるんだし大丈夫だ。兄上も家にいる時はずっとダラダラしてたもんな。それでも学園には入れたし、あと一年で卒業して帰ってくるはずだ。高等部なんかに行くつもりはないだろうし。

それにしてもペレスの奴戻ってくるの遅くないか？　あいつ、どこで油売ってるんだか。俺を一人でほったらかしにするなんて、帰ってきたらお仕置きしてやる。

そうやってぼーっとしていたらやっとペレスが帰ってきた。遅いぞ、という意味を込めてじろりと睨みつけたのにあいつはまったく気付いていない。どうせ気付いたとしても「はいはい。いつものことだろ」と気にも留めないが。

「まったく。いつまでごろごろしてるんだよ。また太るぞ。いいのか？」

「うるさいなぁ。お腹が苦しくて動けないんだから仕方ないだろ。っていうか戻ってくるの遅いぞ！」

「そこまで遅くはないだろうが。それよりたまには新聞でも読め。どうせ暇なんだろ？　一ヵ月分の新聞、ここに置いとくから」

ペレスはやれやれと肩をすくめ、ばさりと紙の束をテーブルの上に置いた。新聞なんて一体どこから持ってきたんだ。父上は「金の無駄だ」と言って取り寄せてなかったはずだぞ。

不思議がる俺の顔を見たペレスが「自分の家から持ってきた」と説明した。こいつ、新聞なんて読んでやがるのか。信じられない思いでペレスを見つめていたら頬をぽりぽりと掻きながら理由を教えてくれた。どうやら俺の世話をするようになって字が読めるようになったことが嬉しくて、新聞を取り寄せるようになったらしい。

平民で字が読めない書けないというのは珍しくない。ペレスもそうだったのだが、俺の授業中も一緒にいることでこっそり勉強して、わからなければ家庭教師に聞いていたんだそう。俺に隠れてそんなことやってたのか。卑怯な奴め。

「新聞って面白いぞ。俺のは平民向けのものだから大した内容じゃないけど、いろんな噂話とか書かれているからな」

ペレスは新聞で知った内容を勝手にぺらぺらと話し出した。「エルバート様は知らないだろうけどぉ」といちいち付けて話すのがムカつく。俺がイライラしているのをわかっているくせに、こいつは俺を小馬鹿にしたように話を止めない。おまけに「いつも勉強サボってばっかりのエルバート様じゃ、読んでも理解出来ないよなぁ～」なんて言いやがった！　平民向けの新聞くらい読めるし理解出来るに決まってるだろうが！

あまりにも腹が立ってソファーから体を起こすと、勢いよくテーブルに向かった。ドカッと椅子に座り置かれた新聞の束を手に取る。

「お、読む気になったか？」

「勘違いするなよ！　暇だからだ！　暇だから仕方なく読むだけだからな！」

くっそぉ……ペレスのにやにや顔がむかつく！　それを無視して新聞に目を通す。つっかえながら……じゃない、ゆっくりじっくり新聞を読んでいくと、内容が実にくだらなくてため息が出た。『○○さん家の牛が子牛を出産！』とか、『○○さんが六十歳を迎えてめでたい！』とかどうでもいいことばっかりだ。一生懸命読んだ自分が馬鹿みたいじゃないか……

だけど中には王都のどこぞの『貴族が不正で失脚』したとか、『王都で開催された剣術大会の優勝者は○○！』だとか、本当かどうかはわからないが領地のこと以外の話題もあってそれはなかなか面白いと思った。

最後に目にしたのも王都での内容だった。日付を見てみると今から一ヵ月前のものらしい。

「『ライオネル・ウォールダム王太子殿下と、ブレイズフォード公爵家第一子、アルノルト・ブレイズフォード様の婚約成立！』ねぇ……ふ〜ん――って、アルノルト・ブレイズフォード⁉」

その名前を見た瞬間、俺はビリビリと電流が体に走ったかのような衝撃を受け、絶叫するとその勢いで椅子から転げ落ちた。巨体なため、ドスン！　と派手な音が鳴る。思いっ切り床に打ち付けたせいで体が痛みを訴えているが、俺は今それどころではない。

――思い出した！　アルノルト・ブレイズフォードって俺の推し様、アルたんじゃんッ‼

そこからは怒涛《どとう》の記憶の渦《うず》が俺の頭の中を襲った。とある男の人生が目まぐるしく走馬灯のように駆け巡る。

小、中、高と平凡な人生を歩んでいたが、大学で二次元に目覚めてしまう。アニメにゲームにとことん嵌《はま》り、社会人となってからもそれは変わらなかった。仕事が忙しく自由な時間が限られてしまっても、それが唯一の癒しと言っていいほど俺の中では重要だったんだ。その中でも一番特別な、俺の全てと言っても過言ではないものが存在した。

それがBLゲーム『Fascinating《ファシネイティング》♡love《ラブ》～ときめく恋は学園で～』、略して『ファシラブ』だ。

段々思い出してきたぞ。俺は金も時間も使いまくったこのスマホBLゲームのアルノルト・ブレイズフォードが推しだったんだよ！

推し様は輝く白髪にアイスブルーの瞳を持つとてつもない美形だ。だが切れ長のつり目かつ、常に無表情であるためかなり冷たい印象を与える。それで『無情の貴公子』、または『氷の貴公子』ともあだ名され、ゲームのファンから『アルノルト様』と呼ばれていた。

だが俺は一番の推しであり命であり神である彼のことが大好きすぎて、親しみを込めて『アルたん』と呼んでいたのだ。同じアルノルト様推しのオフ会で、俺が『アルたん』とぽろっと口に出したら一斉に皆の目が据わったことがある。空気も一気に悪いものに変わってしまい、その時は非常に怖かった。そしてその時怒られたのだ。気高いアルノルト様を軽々しくアルたんなんてふざけた名前で呼ぶんじゃねぇ、と。

腐女子のお姉様方のお怒りはもの凄く、小心者である俺は必死に了承の旨を伝えることしか出来なかった。ああ、懐かしいな。怒られた時は怖かったけど、いい人ばっかりだったんだ。こんな俺とも仲良くしてくれて、皆で通話アプリを使って長時間話してはよく寝不足になったもんだ。

そんな俺がまさか新聞でアルノルト様の婚約発表の記事を見ることになるとは――ってちょっと待て。今の俺は誰だ？　蘇《よみがえ》った記憶の中の俺は日本人だった。でも今は日本どころか地球に存在しない国にいる。名前も『エルバート・ヘイクラフト』という日本人とはかけ離れた名前だ。

顔だって日本人だった時とは全然違う。というより、俺は今八歳の子供だ。日本にいた俺はれっきとした社会人だった。

そして今の家は伯爵家でいわゆる貴族というやつだ。貴族なんて俺がいた時代の日本には存在しなかった。しかも今の俺には従者という付き人のような存在もいる。

もしや、さっき蘇《よみがえ》ったあの記憶はいわゆる『前世』というものなのではないだろうか。そして俺は生まれ変わって今を生きている。

ということは俺は転生しているということだ。しかも『ファシラブ』の、アルノルト様がいる世界に転生しているってことになるのでは!? なんという奇跡!!

だがしかしッ！ 今になってそれに気が付いたということは、推しであり命であり神であるアルたんを今の今まで忘れていたってことだろう!?

「な、なんてことだ！ この俺がアルたんの存在をさっぱり忘れていたなんてぇぇぇぇぇぇ！ 万死に値するッ!!」

こんなことが許されると？ 許されるはずがないだろうッ！ あまりにも不甲斐《ふがい》ない自分に腹が立って仕方がない。その怒りを発散させるかのように俺は床を力いっぱい殴っていた。手の痛みなど、アルノルト様を忘れていた愚かな自分にとっては罰にもならない。

「……エルバート様？ 大丈夫か？」

「大丈夫じゃない！ 非常事態だ！」

なんてことだ……この俺が命よりも大切なアルノルト様のことを忘れていたなんて一生の不覚ッ！　たとえ生まれ変わっていようとも、前世の記憶がなかろうとも！　アルたんのことだけは忘れちゃ駄目だろうがぁぁぁぁぁ！

「俺はなんて薄情な人間なんだ……こんな俺が生きてていいはずがない……」

俺はゆらりと立ち上がると、護身用にと部屋に置いてあるナイフを手に取った。それをゆっくり首元へと持っていく。このまま引いてしまえば今世の俺の命は終わるはずだ。アルノルト様のことを忘れていた愚かな俺は、死をもってその罪を償う！

「ちょ、何馬鹿なことやってんだあんたは!?　ナイフを置け！」

「嫌だ！　放せ！　俺は俺が許せないんだ！　って、あ！　返せ！」

「これは没収だ！　というか落ち着け！　一体何があったっていうんだ!?」

戒《いまし》めに自死しようと思ったのに、従者であるペレスにナイフを取り上げられてしまう。

何があったかなんて、信じられないことに俺は推し様であるアルノルト様を忘れて……って――

「あー!!　そういうことか!!」

「今度はなんなんだよ!?」

従者であるペレスは、突然奇行に走る俺を気持ち悪いものでも見るような目で見ているが、今はそれに構っている余裕はない。アルノルト様を忘れていた己に腹を立てていたが、よくよく考えてみれば俺は推しであり命であり神であるアルノルト様と同じ世界に転生しているのだ。

ということは、だ。俺は前世で叶えられなかった、『アルノルト様を救う』という使命を果たすことが出来る！

　一旦ここで状況を整理しよう。すーはーと深呼吸して、俺は転げ落ちた椅子に座り直した。ペレスに紙とペンを用意させ、それに今思い出したことをつらつらと書き連ねていく。

　まずは今俺が生きているこの世界が、前世で金も時間もつぎ込んだスマホＢＬゲーム『Fascinating《ファシネイティング》♡love《ラブ》～ときめく恋は学園で～』の世界であること。王太子とアルたんの婚約発表の記事が載っている新聞と、俺の今までの記憶を繋ぎ合わせればこれは間違いない。

　しかも新聞には王太子とアルノルト様の写真が載っている。ゲームよりも幼い姿ではあるが、この俺がアルノルト様を見間違えるはずがない。はぁはぁ……ショタアルたんかわゆす！　って今はアルノルト様の可愛さに浸《ひた》っている場合ではないな。それは後でたっぷりと味わうことにする。

　このゲームは俺の推しであるアルノルト様こと、アルノルト・ブレイズフォードが悪役令息で、最後は断罪され王都追放処分となる。

　ゲームの内容は、アルノルト様の婚約者である王太子ライオネル・ウォールダムをはじめとする様々な攻略対象者達と、ヒロインが恋に落ちるという学園ラブストーリー。ＲＰＧ要素が含まれていて、攻略対象者達と魔物討伐に出かけて経験値やお金を稼いだり、各キャラのカードを育成してステータスを上げたり、プレゼントをあげて好感度を上げたりするゲームだ。

　ゲームのメインストーリーは、まず最初に五人いる攻略対象者から一人を選択する。そしてその選んだ攻略対象者の好感度をＭＡＸにし、ストーリー分岐で出てくる選択肢から正しいものを選び、最終的にトゥルーエンドを迎えることを目指す。

五人全ての攻略対象者のストーリーでトゥルーエンドを見ると、隠し要素であるエクストラモードが解禁される仕組みだ。

俺はこのゲームをネットの広告で知った。そこにはゲームのイメージ画像が表示されており、攻略対象者達のイラストが載っていた。その時に目にしたアルノルト様に一目惚れしてしまった俺はすぐさまゲームをダウンロード。わくわくしながらプレイし始めるも、攻略対象者の中にアルノルト様の姿がない。

どういうことかと不思議に思いつつも、とにかくプレイを続けてみた。するとなんとアルノルト様は攻略対象者ではなく悪役令息だったではないか！　俺は悔しくて悲しくて信じたくなくて、ゲームの公式サイトで調べることにした。

するとそこには俺の願いむなしく、『悪役令息』としっかり紹介文に書かれたアルノルト様の姿が。よくよく調べてみても、アルノルト様が攻略対象として書かれているページは一つもなかった。

だがここで『エクストラモード』という文字を見つける。『全員のトゥルーエンドを見ると解禁される特別モード♡　どういった内容かはぜひ自分の目で確かめてくださいね！』と書かれており、それ以上の情報はなかった。

当時はこのゲームがリリースされてから一月《ひとつき》ほどしか経っておらず、まだプレイヤーの誰もエクストラモードへ到達した者はいないようで、ネットでどれだけ検索してもエクストラモードについての情報は得られなかった。

もしかすると、悪役令息であるアルノルト様が攻略対象者になる特別ストーリーが出てくるのでは!?

そう思った俺はひたすらこのゲームをやり込み、自らの力でエクストラモードを解禁することにした。膨大な金と時間をつぎ込み、攻略サイトを調べまくり、ようやっと攻略対象者全員のトゥルーエンドを迎えた。そして解禁されたエクストラモード。ドキドキしていざプレイしてみると……

『ふっざけんな！　ぬぁにがハーレムモードだよ！　クソゲーか！』

前世の俺は、あまりの事態にスマホを壁に向かってぶん投げた。当然画面はクラッシュして、機種変更したのは言うまでもない。

俺はいろんなゲームをやっていたが、ここまでひたすらやり込んだのは初めてだった。それだけアルノルト様の姿は俺の好みドンピシャで運命だったのだ。

絹糸のように艶《つや》やかで美しい白髪に、透き通った煌《きら》めくアイスブルーの瞳。少しつり目で冷たい印象ではあるが、中性的で美しい美少年だった。あまりの神々しいまでの麗《うるわ》しさに俺は一瞬で心を奪われてしまった。

他の攻略対象者達のように、アルノルト様との甘々なストーリーが展開されることを夢見てここまで必死にやり込んだというのに……最後の最後で裏切られた俺の気持ちは、推しを持っている誰しもが共感してくれることだろう。

婚約者である王太子ルートだけかと思いきや、どの攻略対象者を選んでもアルノルト様が悪役令息であることは変わらなかった。ことごとくヒロインの前に立ち塞がり、悪役として登場していたのである。そして最後は断罪されてしまう。

トゥルーエンド以外にも、ノーマルエンドやバッドエンドも用意されているが、アルノルト様はどのエンドでも断罪されてしまう。ヒロインが攻略対象者と上手くいくかいかないかの違いで、ノーマルなら友情、バッドなら失恋というだけだ。

俺はアルノルト様だけが断罪されることに腹を立てていた。それもものの凄く。だから俺は運営にひたすらご意見メールを送り続けていた。『アルノルト様を攻略対象にしてくれ！』と。

そしてネットで調べてみれば、アルノルト様が推しだという同志が一定数いることもわかった。俺はもう嬉しくて嬉しくて、ＳＮＳでそういう人を見つけるとすぐさまフォローしＤＭを送り続けた。すると皆アルノルト様が救済されるルートを望んでいたことがわかり、俺は嬉しくて泣いた。

俺は強火担だという自覚はあったが同担拒否ではない。アルノルト様を推しとする者は皆同志。仲間だという意識が強かった。そして不遇なアルノルト様を応援する同志はとても仲が良く、一緒にイベントに行ったり、オフ会を開いて『アルノルト様の心を守る会』を発足したり、アルノルト様のことを熱く熱く語るという楽しい時間を過ごした。

当然そんな俺の部屋はアルノルト様で溢《あふ》れていた。一応公式が全キャラのグッズを販売していたから、俺はもうそれを買い漁った。ランダム商品が多く、アルノルト様以外のものもたくさん出たが、ＳＮＳで交換を叫べばすぐに目的のものが集まった。

アルノルト様は悪役令息ということでファンが少なかったのだ。俺はその現状にも腹を立てていたが仕方ない。推しを強制変更させるわけにはいかないからな。公式がちゃんとアルノルト様のグッズも出してくれたのはありがたかった。そこだけは公式を褒め称えてやった。

そしてゲームが一周年を迎えた時、イベントの一つでアルノルト様のカードが出ることになった。攻略対象者達は、順番に限定カードが実装された。ガチャを回しその限定カードを手に入れると、甘々ストーリーが読めるという仕組みだ。しかも有名声優陣によるフルボイス。今までアルノルト様のカードなど一枚も出たことはなかった。だが周年記念でアルノルト様のカードが出るという。

この情報が出た時、同じアルノルト様推しの同志達は狂喜乱舞した。すぐさま音声チャットにて皆で万歳三唱し、喜びの歌を歌った。運営に『アルノルト様のカードを出せぇぇぇぇぇ!!』とご意見メールを送り続けた甲斐《かい》があったというものだ。

当然カードが実装された時は、課金してアルノルト様をゲット。カードストーリーを見たんだが、俺はそこで号泣した。そこにはアルノルト様の婚約者である王太子への切ない想いが綴《つづ》られていたのだ。

『たとえあなたが振り向いてくれなくても、私はあなたをただ想い続けます。いつかきっと、あなたの心に届くと信じて……』

それだけじゃない。王太子妃になるために、いろんなものを捨ててでも研鑽《けんさん》を積んだこと。そんな今までゲーム内じゃあまり語られなかったアルノルト様の気持ちが、聞いているこちらが辛くなるほどに溢《あふ》れていた。

いつもは冷たい印象を与えるクールなアルノルト様。でもその内面は努力家で、愛する人のために自分を犠牲《ぎせい》に出来る献身的な人だったんだ。

そのカードのアルノルト様の表情は、困惑と悲しみ、愛しさと切なさ、そういったいろんな感情がごちゃ混ぜになったものに見えた。それを見て俺の心はぎゅっと絞られるように苦しくなった。涙も止まらずひたすら泣き続けた。

アルノルト様の切ない恋心。幼い時からずっと慕い続けて努力して、誰よりもライオネルの隣に立つに相応《ふさわ》しい人物になれるよう自分を磨いてきたんだ。

それなのにライオネルはぽっと出のヒロインに心を奪われてしまう。それは今までのアルノルト様の努力を踏みにじる行為だ。アルノルト様にしてみれば『冗談じゃない！』と思うだろう。いや、アルノルト様じゃなくても誰だってそう思うはずだ。

だから愛する人を取り戻すため、アルノルト様は悪役令息にならざるを得なかった。やり方は間違っていたかもしれない。でもアルノルト様にすれば青天《せいてん》の霹靂《へきれき》というべきもので、相当混乱したことだろう。

アルノルト様はヒロインなんかより、自分の方がいかに優秀であるかということをライオネルにわからせようとしていた。でもそれがなかなか上手くいかなくて、歯がゆくなったアルノルト様は、ヒロインの心を折ってズタボロにしてしまえばいいと考えるようになってしまった。

段々とヒートアップするアルノルト様の行為に、ライオネルの心はもっと離れていってしまう。だけどアルノルト様のその姿は俺にとっては眩しくて輝かしいものだったんだ。

前世の俺は、一度仕事で大きなミスをやらかしてしまったことがある。取引先にも多大な迷惑をかけて、大きな損害が出る一歩手前だった。事前にミスが発覚したお陰で大惨事になることは避けられたのだが、社内一丸となって俺が犯したミスをカバーすることになった。

上司からは当然しこたま怒られたし、同僚からも冷めた目で見られた。今まで順調だった分、犯したミスの大きさと、とんでもないことをやらかしてしまった不甲斐《ふがい》なさと後悔がとてつもないほどで、心が折れ立ち直れなくなったことがある。

『ライオネル様、あなたがどれほど私が間違っていると仰《おっしゃ》っていても、私は態度を変えるつもりはありません。私は今まで積み上げてきたものに自信と誇りを持っています。未来の国を導く最善の道は私が王太子妃になること。そのために今まで奮闘して参りました。これからもその思いは変わることはないでしょう』

ゲームの最後、断罪されるその時にアルノルト様が口にした言葉だ。もう後がない状況でも胸を張ってそう言い切ったアルノルト様が眩しかった。自信に満ち溢《あふ》れ、今まで積み上げてきた努力を自分だけはしっかりと認めていた。

俺だってそうだ。ちゃらんぽらんに仕事をやってきたつもりはない。更なるスキルアップを目指して講習を受けたり資格も取ったりしたし、実際それで俺の仕事は順調だったし上司にも認められていた。犯したミスがとてつもなく大きなものだったとはいえ、それをなんとかカバーすることが出来た。

だったらいつまでもくよくよしている場合じゃない。協力してくれた皆のために、もっと頑張って名誉回復すべきだろう。そう思えたんだ。

アルノルト様の言葉があったから俺は立ち直れた。あの立ち振舞いを見てもの凄くカッコいいと思った。その上で、あのカードストーリーでのアルノルト様の気持ちを知って、俺はますますアルノルト様に溺れていくことになった。

アルノルト様がどれほどライオネルを想って努力してきたのか。どうしてそのことを婚約者であるライオネルが理解しないのか。どうしてそんなアルノルト様を冷たくあしらうのか。

全てはあのヒロインが現れたせいだ。ヒロインはぶりっこで、正直俺はヒロインが嫌い、いや、大嫌いだった。ゲームはヒロイン視点で進んでいくから、ヒロインの声も顔も何もかもが嫌いでストレスでしかなかった。

俺の心の癒しはアルノルト様だけ。どんなに悪役であってもどんなに酷いことをしていたとしても、俺はアルノルト様をひたすら推し続けた。

アルノルト様のために仕事をし、アルノルト様のために金をつぎ込み、アルノルト様のために俺は生きていた。まぁいつの間にか死んでしまったらしいが。俺の死因はなんだったのか思い出せないものの、俺の人生はアルノルト様のためだけにあったと言っても過言ではないだろう。それだけ俺にとってアルノルト様は特別で神なのだ。

そんなアルノルト様が生きているこの世界に俺は転生した。なんてこった。素晴らしい！

しかも俺はアルノルト様と同じ年。そして俺は伯爵令息。れっきとした貴族だ。ということは、ゲームの舞台になった学園に入学すればアルノルト様に会えるのだ。

この国の貴族は必ず十三歳になる年に学園に入学しなければならない。つまりアルノルト様と同じ学び舎で過ごすことが出来る。ああ、なんと幸運なことか。

だからこそ、俺が前世で叶えられなかったこともやれる。それは何かって俺がこの手で『アルたん救済ルート』を作れるってこと！　その事実に気が付いた俺は、前世も含めて生まれて初めて神様に感謝した。

　前世ではどんなに願っても、アルノルト様が断罪され追放されることは避けられなかった。どれだけ運営に『アルノルト様ルートを作れ！』と言い続けても叶うことはなかった。

　だがここはゲームじゃない現実の世界。でもアルノルト様がいる世界。そしてアルノルト様には誰よりも幸せになってほしい。ならば――

「俺がアルノルト様に代わり、『悪役令息』にジョブチェンジすればいいじゃないか！」

　俺はこのゲームでは一切出てこないただのモブだ。あれだけゲームをやり込んだ俺が言うのだから間違いない。ただのモブである俺が、ゲームのストーリーに介入する。それも『悪役令息』として。

　そうすればアルノルト様は悪役令息にならずに済み、断罪される未来を回避することが出来る。

　断罪されるのはアルノルト様じゃない。この俺だ。悪役令息に成り代わった俺が、アルノルト様の代わりに断罪され追放される。これこそがアルたん救済ルート俺バージョン！

　俺が転生した意味はアルノルト様を救うことなんだ。俺が推して推して推しまくった神であるアルノルト様を救う。それが出来るのはゲームをやり込んだこの俺だけ。

「よっしゃー！　やったるぞ！　俺がアルノルト様の心を守るんだ！」

「……エルバート様、さっきから一体どうしたんだよ？」

「よくぞ聞いてくれた！　俺が生まれた意味を理解したんだ。これぞ神の思《おぼ》し召《め》し！　俺はこれからやらなければならないことがたくさんある！　まずは猛勉強だ！」

「はぁ!?　あんなに勉強嫌いなエルバート様が勉強!?」

記憶が戻る前の俺は、この家の者らしく努力が嫌い、勉強が嫌いで相当怠《なま》けていた。食っちゃ寝を繰り返してきた俺は、当然体もおデブちゃんだ。だがこんな醜《みにく》い姿でアルノルト様の前に出るなど言語道断！

アルノルト様は膨大な魔力と非常に優秀な頭脳の持ち主なので、学園でも優秀クラスに入ることがわかっている。俺が悪役令息になるにはこの優秀クラスに入ることが絶対条件だ。何がなんでも俺はこのクラスに入らなければならない。

今の俺は八歳だ。学園への入学は十三歳。まだ五年の月日が残されている。なら十分勝機はある。もちろん勉強と並行してダイエットもやる。こんな酷い姿をアルノルト様の視界に入れるなんて、そんなのこの俺が許さない！

「そうと決まれば即行動！」

「あ、エルバート様!?」

俺はすっくと立ち上がりドタバタと部屋を出る。その後ろをペレスも困惑しつつ付いてきた。

俺が向かっているのは父上の執務室。広い屋敷をドスンドスンと足音を立てながら、今出来る限りの速さで走る。それにしてもこの巨体が重くて辛い。よくここまで太ることが出来たもんだ。違う意味で感心するぞ、前の俺。

父上の執務室に到着する頃には少し息が上がっていた。だが息を整えることもせずに勢いよく扉をノックする。

「父上、エルバートです！」

「エルバート？　とりあえず入れ」

よかった、起きてた！　お許しが出たので中へと入る。そこにはまるで仕事をしているようにプレジデントデスクに陣取り、本の山に囲まれたおデブな父上がいた。

ヘイクラフト伯爵家当主、マーティン・ヘイクラフト。今世の俺の父親だ。だが親子としての関係性はほとんどなく、思い入れは特にない。可愛がられた記憶もないし、ここまで関係が希薄だとたとえ相手が父親であっても他人のようだ。

それに久しぶりに息子が会いに来たというのに、そのせいで楽しい趣味の時間を邪魔されたからとイラッとしているのを隠しもしない。「おお！　エルバートよく来たな！」くらい言ってくれよ。

そして相変わらず汚い部屋だな。いたるところに本が散乱したり積み上げられたりしている。これが仕事で使っているものならまだいいが、全てただの娯楽用の本だ。小説に冒険譚に、中には艶《えん》本《ぽん》、いわゆるエロ本まで交ざっていることを俺は知っている。

八歳の子供に知られていることからわかるように、それらを特に隠しもしない。堂々とその辺に置いているなんて、前世の記憶が戻った今だからわかるが子供の情操教育なんて考えたことなどないのだろう。

しかも父上の目の前には甘いケーキがいくつも載った皿が置かれ、その手には砂糖をたっぷりまぶしたドーナツが握られている。もしゃもしゃと食べながら、娯楽に耽《ふけ》っていたことがまるわかりだ。本日も己の欲望に忠実で何より。

因《ちな》みに母親はキャロライナ・ヘイクラフト。ヘイクラフト家の遠縁にあたる男爵家の次女だった。ヘイクラフト家の評判が悪すぎて父上の結婚相手が見つからず、渋々この家に嫁《とつ》いできたそうだ。最初は不満しかなかったらしいが豪遊出来る環境にすっかり嵌《はま》ってしまい、今では見事なまでにヘイクラフト家らしい人間となっている。もちろん母親とも親子の関係性はほとんどない。

「父上、お願いがあって参りました。俺に付ける家庭教師を増やしてください」

「なんだと？　そんなもの金の無駄だろう。却下だ却下」

やっぱりな。予想通りの返答だ。

俺の家であるヘイクラフト家は領地を持ち、領地運営で得た税収で生活をしている。だがまともにこいつらが領地運営をしているところを見たことがない。じゃあどうしているのかといえば、自分達の代わりに領地を運営するよう人を使っているのだ。

まぁそういうやり方をとっている家は他にもある。それ自体別に悪いことではない。でも我がヘイクラフト家は異常な税を課し、私腹を肥やすことを徹底している。父上達が見ているのは『税収額』のみ。しかもほとんどを自らの贅沢《ぜいたく》のために使っている。そのせいで領民からは恨まれているが、我が家はそんなこと知ったこっちゃない。

領地運営で雇われている人も、なぜそんなむちゃくちゃな運営でもやっているかといえば、うちがその人達の弱みを握って脅しているからだ。どういった内容なのか俺は詳しくは知らないが、そうやって弱みを握られた人達が使用人として働いている。

給金だって雀《すずめ》の涙。その上、仕事では無茶ぶりをされる。だが逃げたくても逃げられない。使用人のほとんどは平民で、訴えたところで聞き入れてもらえる保証はない。この世界は選民意識が高いせいで、平民は貴族の言いなりになるしかないのだ。

もちろんそんな貴族ばかりではないし、まともな領地運営を行っているところも多い。うちが異常なだけで、真っ当な思考を持つ貴族から見ればうちは関わりたくない家の一つだろう。

そしてこの世界には魔物がいる。それを討伐するのは貴族の義務。一応父上も人を派遣し魔物討伐をしているし、そのための税だと言えば領民達も強くは出られない。

しかも父上の弟に、『三度の飯より討伐が好き』という頭のイカレた男がいる。魔力量も多く、魔法も得意。だが魔物をいたぶりながら討伐することを好む変態だ。その変態のお陰で我が領地では魔物が領民を襲うといった事件は起きていない。それをわかっているからこそ、領民は何も言えず言われるがまま税を支払っているのだ。

平民に魔力持ちはいない。なぜかはわからないが、魔力を持つ者は貴族のみで、だからこそ魔物討伐も貴族の義務となっている。

そんな異常な税収を得ている我がヘイクラフト家だが、非常にケチである。自らが豪遊するために金を使うことは厭《いと》わないのだが、それ以外に使うことをとことん嫌がる。だから俺が家庭教師を増やしてほしいと頼んでも、その分余計な金がかかることから『却下』と言われてしまったのだ。

しかし父上よ。今までの俺と同じだと思うなよ。

「父上、待ってください。俺も十三歳の年には王都にある王立学園へ入学しなければなりません」

「それがどうした？」

「俺が優秀クラスに入り、そこで高位貴族の方々と縁を結べば我が領地にとって得となるのではありませんか？　それに兄上は今、その学園におりますが成績はどうでしょう。高位貴族の方と知り合いにはなれても、それ以上の関係にはなれていないはずです」

俺には六つ上の兄がいる。将来はこのヘイクラフト伯爵家を継ぐ人物だ。だが頭の出来は中の下。もちろん勉強嫌いで努力も嫌い。体も俺と同じくおデブちゃんだ。魔力量は普通で、魔法も普通。このまま将来爵位を継いでも、領地が発展することはないだろう。

しかしそこで俺が今のヘイクラフト家にはない、高位貴族達との繋がりを作れたらどうだろうか。領地を発展させることも容易になるかもしれないし、そうなれば更に税収を上げられる。その後のヘイクラフト家は今よりも贅《ぜい》を極めることが出来るだろう。

……まぁこんな我がヘイクラフト家と懇意《こんい》になろうと思う家があるとは思えないが、阿呆な父上はそんなことに気付きもしない。きっと今頃頭の中では、贅《ぜい》を尽くす未来だけが描かれているはずだ。

「ほう、なるほどな。それはなかなか良い考えだ。無駄な金を使うことは不満だが、将来の投資と考えれば致し方あるまい。優秀な教師を用意してやろう」

よし！　これで家庭教師の件はクリアだ！　ホント、父上が阿呆でよかったぜ。

「だが金を無駄にするようなことだけはするなよ。いいな」

「もちろんです。俺にお任せください！　では失礼します！」

了承が取れればこれ以上ここに用はない。俺はさっさと執務室を出て自室へと戻ることにした。

「エルバート様。本気で勉強するつもりなのか？」

俺の後ろを付いて回るペレスに、怪訝《けげん》な表情でそう言われてしまった。今までの俺を見ていれば、本気で勉強するなんて信じられないんだろう。今でも家庭教師はいるにはいるが、授業は寝てばかりでまともに話を聞いちゃいない。じゃあなぜ家庭教師がいるのかというと、学園へ入学することが義務であり、そのために最低限の知識が必要だからに過ぎない。それがなければ父上も家庭教師を雇うという金の無駄になることはしないはずだ。

家庭教師がいたお陰で、なんとか文字の読み書きは出来る。だが結局はその程度。他の貴族の子息子女と比べれば、相当遅れていると言わざるを得ない。そんな俺が学園で優秀クラスに入るなど夢のまた夢。優秀な教師を頼り、猛勉強しなければ間に合わない。

俺の状況を知っているペレスは、いきなりの俺の奇行についていけていないのだ。でもペレスは俺の従者だ。俺の計画を知ってもらい、協力してもらう必要がある。

ドスンドスンと巨体を揺らしながら、出来るだけ足早に自室へと戻った。ぜぇぜぇと息を荒らげつつ、椅子に腰かけ深呼吸を繰り返し息を整えた。

「さて。本気で勉強するつもりなのか、という質問だが、俺は本気だぞ。五年後に入学しなければならない学園で、優秀クラスに入るからな」

「……いや、無理だろ。無謀が過ぎる」

「今までの俺ならそうだが、先ほど俺は生まれ変わったのだ。お前にも協力してもらわなければならないからな。俺の計画を話してやろう」

話が長くなることを予想してペレスにも座ってもらう。準備が出来たところで、現時点での計画を話すことにした。

まず俺は猛勉強とダイエットを並行して行う。勉強に関しては俺一人でなんとかするしかないが、ダイエットにはペレスにも付き合ってもらう。というのも、ペレスは一応だが武術の心得があるからだ。

ペレスは従者として俺の身の回りの世話と護衛。この二つを主に行っている。ダイエットには強い精神力が必要だ。この巨体を痩せさせるには相当な苦労が必要だろう。だがそれはアルノルト様への想いがあればどうとでもなる。とはいえこの巨体での運動はかなりしんどい。ペレスにはそのサポートをしてもらいたいのだ。

教師が何人派遣されるかはわからないが、五年の月日があるとはいえ遅れを取り戻し、尚且《なおか》つ優秀クラスに入るためにはそれなりの過密スケジュールになるだろう。そのスケジュール管理もペレスにはやってもらう必要がある。

これからの俺の生活はがらりと変わる。ペレスにはそれを理解してもらい、俺がスムーズにやりたいことをやれるよう管理してほしいのだ。

「……わかったよ。エルバート様が本当にそうするなら俺も協力は惜しまない。あんたは恩人だからな。だけど一つだけ聞かせてほしい。急に勉強するとか痩せるとか、いきなりすぎて意味がわからない。どうしてそうなったのか理由を教えてくれ」

ふむ。そうだよな。つい一時間前まではぐうたらだった俺が、いきなり豹変《ひょうへん》した理由を知りたいと思うのは当たり前だろうし不思議じゃない。こいつにしっかりとサポートしてもらうためには説明しなければならないだろう。

「ブレイズフォード公爵家のアルノルト様を救うためだ。あの方は将来、婚約者である王太子から断罪され王都追放となる。俺はアルノルト様をそんな目に遭わせるつもりは毛頭ない。その未来を回避するために、何がなんでもアルノルト様と同じ優秀クラスに入る必要があるんだ」

これはこの先何があろうとも、絶対にやらなければならないこと。優秀クラスに入れなければ、俺が悪役令息として立ち回ることが困難となってしまう。

「いや、ちょっと待て。ブレイズフォード公爵家って、エルバート様どころかヘイクラフト家とはなんの関わりもなかったはずだろ？　それなのになんでいきなりアルノルト様を救うことになってるんだ？　それに王太子から断罪されて王都追放？　つい最近二人は婚約したばっかりだろ。どうしてそんなことになるなんて言い切れるんだ？」

「お告げだ」

「は？」

「俺は先ほど、神から天啓を受けたのだ。アルノルト様を救えという天啓だ。俺はそれに従わなければならない」

「いやいやいやいや。あんたにそんな能力なかっただろ」

こいつ何言ってんだ？　頭がどうかなったのか？　そんな声が聞こえてきそうな表情を少しも隠すことなく、ペレスは俺を見据える。

こいつの言いたいことはわかる。気が触れたとしか思えないだろうことも。だが俺の前世の話をしたところで余計に混乱させるだけだ。ならそれを言う必要はない。

「お前が信じられない気持ちはわかる。これ以上詳しいことは言えないが、そこは俺を信じてほしい。今すぐには無理でも、今後の俺の行動を見て信用してくれればそれでいい」

俺がそう言えば、ペレスは「ゔゔ〜……っ！」と唸《うな》りながら頭を掻きむしる。短く切り揃えた黒髪は、見るも無残な姿へと変貌した。

「はぁ……全っ然わからねぇがわかったよ。あの日から俺はあんたに付いていくって決めたんだ。なら俺はただ従うだけだ」

ペレスが言う『あの日』というのは、俺がこいつの妹を助けた日のことだ。

主人である俺への態度からもわかるように、こいつは元々こんな性格で不遜《ふそん》な奴だった。だけど仕事で手を抜くことは一切せず、こんなぐうたらでどうしようもない俺のためにいろいろとやってくれていた。

今からちょうど二年前のある日、いつもの時間にあいつが来ない日があった。仕事をさぼりやがって。そう思った俺は、父上に告げ口してお仕置きしてもらおうと父上の執務室へと向かった。そして扉をノックしようとした矢先、ペレスの『妹を助けてください！　お願いします！』という叫び声が聞こえた。

必死に訴えるその声に、俺はついさっきまで抱えていた怒りが解けた。扉をそっと開けて中を覗いてみれば、父上に向かって土下座しているペレスの姿があった。

『馬鹿なことを言うな。お前には不本意だが給金を支払っているだろう』

『それじゃ足りないんです！　どうか！　どうか薬代だけでも前借りさせていただけませんか！』

『ふん。前借りじゃなく、その金を受け取ったら逃亡する気だろうが。却下だ！』

『そ、そんなっ……薬さえあったら妹は助かるんです！　お願いします！』

ペレスには年の離れた妹がいた。当時のペレスは十五歳で妹は五歳。しかも妹は肺を患《わずら》っており、度々《たびたび》体調を崩していた。薬さえ飲めば治る病気だったが、その薬は平民にはかなり高くなかなか買うことが出来ないものだった。ペレスはその薬を買うために、この家の使用人になったのだ。貴族家の使用人になれば、高い給金が貰えると思って。

だが実際はそうじゃなかった。手に入った給金は想像よりかなり少なく、その理由を尋ねると「お前の仕事ぶりにはその額で十分だろう」と言われたそうだ。俺の世話しかしていないのに、それ以上の金を望むなど分不相応だと。

そのままペレスは使用人の仕事を辞めればよかった。しかしペレスはこの屋敷に面接に来た時に、働く目的を聞かれ「病気の妹のため」と正直に答えてしまった。父上はペレスに「ここを辞めたら町中の医者を受診出来なくしてやる」と言われ、貴族であればそんなことも可能だとわかっていたペレスはそのままここで働くしかなかった。

薬を買うことも出来ず、騙し騙し妹を看病していたがその妹が体調を急変させた。今すぐ薬を飲ませなければ助からないと言われたのだ。

そこでペレスは父上に土下座してまで給金の前借りを頼んだのだが、ケチな父上は当然断った。その場面を見ていた俺は、父上の執務室へ入るとペレスの腕を掴みそこから連れ出した。その時のペレスの表情はまさに絶望という言葉がぴったりだった。

『薬代はいくらだ』

『……え？』

ペレスを自室へと連れ込むなり、俺はそう尋ねた。何を聞かれているのかよくわかっていないペレスはただ茫然《ぼうぜん》とする。

『妹の病気を治す薬代はいくらかと聞いている。俺がその金をお前にやってもいい』

俺がそう言って初めて、ペレスは俺の言葉を理解した。そして薬の名前と金額を口にすると、俺は親から貰っている小遣いからその薬代を渡した。小遣いといっても貴族の小遣いだ。父上はケチではあるが、自分達が豪遊するための金に糸目はつけない。家族である俺にもそれなりの小遣いが渡されていたのだ。

だが俺は子供で、あまり買い物をすることもなかった。ただ自分に金があったからペレスにやったのだ。どうして俺がペレスに薬代を渡したのか。それはペレスを気に入っていたからだ。

ヘイクラフト家は領民だけじゃなく、使用人にすら恨まれている。必要以上のことはしないし話すこともない。しかしペレスだけは俺に対し、不遜《ふそん》な態度ながらも話しかけてくれるし世話も手を抜かなかった。兄というか友人というか、俺にとってそんな存在に感じていたのだ。

金を受け取ったペレスは深く頭を下げるとすぐさま妹の元へと駆け出した。そして翌日屋敷へ出勤してきたペレスは『妹を助けることが出来ました。本当にありがとうございました』と土下座して礼を言った。それからのペレスは俺に敬語で話すようになった。だが余所余所《よそよそ》しい態度が気に入らなかった俺は、元の態度に戻るように言った。

主人に対する態度ではないが、友人のいない俺にとってペレスはそれに近い存在だったのだ。それからペレスは不遜《ふそん》な態度に戻りながらも、恩人である俺にずっと仕えていくと言ってくれた。どんなに怠《なま》けていても「また太るぞ」「勉強しろよ」と口にはするが強制はしない。きっと以前の俺は、ペレスに小言を言われるのが嬉しかったんだろう。だってそれは俺のことを気にかけてくれている証拠だから。

親ですら俺のことは基本放置だ。ずっと側にいて俺を気にかけてくれるのはペレスだけだった。だからペレスの妹なら助けてやってもいいと、気まぐれで金を渡した。

そんな過去があるため、ペレスは俺がはっきりと理由を言わなくても付いてきてくれる。正直言って全然納得出来てはいないだろうが、『エルバートだから』で済ませてくれるだろう。その方が俺も前世云々《うんぬん》を説明しなくて済むし助かる。

しっかし昔の俺、いい仕事したよな。あの時の俺は、正直こいつの妹のことなんかどうでもよかった。でも前世の記憶を取り戻してから、こいつの妹を助けられてよかったと心底思う。まだ五歳の子供の命を救えたんだから。

「じゃそういうことで頼むぞ、ペレス」

「へいへい。勉強のことは俺は何も出来ないが、運動のことに関しては任せろ。ビシバシいくからな」

「どんとこいだ！　アルノルト様のためなら俺はなんでもやってやる！」

それから約二ヵ月後、優秀だと評判の家庭教師がやってきた。だがたったの一人。元からいる家庭教師と二人体制だ。ちっ。やっぱりケチったか。

父上は優秀な教師が一人いれば十分と、余計な金を払うのを躊躇《ためら》ったらしい。この二人の教師に全部任せるつもりのようだ。

「バートン・コポックと申します。よろしくお願いいたします」

やってきたのは男爵家の三男であるバートン・コポックという男だった。年齢は二十五と若いが、かなり優秀らしくほとんどの教科を教えることが出来るという。ついでに弱みを握られたかと聞けば、言質《げんち》を取られるようなヘマはしていないと。流石だ。

「言っちゃあなんですが、ヘイクラフト家はいい噂を聞きませんからね。その辺は抜かりなく。それと指定された給金はまぁ及第点だったので引き受けました。正直なことを言えば少々足りませんが。それに次男を学園で優秀クラスに入れるようにしろと言われましてね。虐《いじ》め甲斐《がい》のありそうな生徒で面白そうだったので引き受けました」

そう言ったこいつの目は獲物を見つけた獣のようにギラついたものだった。もの凄く嫌な予感がする。

と思った俺の勘は当たった。こいつははっきり言ってドSだ。鬼畜だった。まともに勉強していなかった俺は、授業が始まった当初まったくついていけなかった。その度《たび》に「こんな簡単な問題もわからないんですか？　赤子からやり直した方がよさそうですね」とか、「はい、全然違います。その頭は飾りなんですか？」とか、「ぷっ。その頭で優秀クラス？　無理でしょ」などなど。毎日のように馬鹿にされ暴言を吐かれていた。

そしてほぼ毎日出される課題は一日では到底終わらせることが出来ない量。いや、普通なら出来るんだろう。だがまともに勉強してこなかった俺がこなすにはかなり無理がある量だったのだ。当然課題が終わっていないと知れば、「僕なら一時間もあれば十分ですけどね」と当たり前みたいに嫌味を言われる。

ムカつかないと言えば嘘になる。だが俺はこんなことでへこたれたり心が折れたりすることはない。俺の心の癒しであり神であるアルノルト様の写真——新聞に載っていたショタアルたんの写真のお陰だ。アルノルト様の部分だけを切り抜き保存している——を眺め、気合を入れているのだ。

こんな些細《ささい》な虐《いじ》めまがいのことで俺がやられると思ったら大間違いだ。アルノルト様を想えばどんなことだってやり遂げられる。俺には使命があるからな！

その甲斐《かい》あって、俺はメキメキと学力を上げていった。コポック先生は「へぇ。なかなか骨があるじゃないですか。まだまだいけそうですね」と更にドSを発揮していくが、そんなもの俺にはまったく効かない。『こいつなら何をやってもいい、駄目だったら辞めて家に帰ればいいだけだ』とでも思っているのだろうが、残念だったな。

だからか元からいるもう一人の教師なんて俺とあまり関わりたくない感満載だったのに、今じゃ俺を心配しているくらいだ。そんなところからもコポック先生の鬼畜っぷりがわかるってもんだ。

しかも俺、本当に申し訳ないことに今までずっといた家庭教師の先生の名前すらも知らなかったんだよな。改めて『タイル・ウォーカーと申します』と挨拶された時は素直に謝った。これは俺が全面的に悪い。記憶が戻る前の俺、失礼にもほどがあるぞ。

そしてコポック先生はなんだかんだドSっぷりを発揮しながらも、教えるべきことはちゃんと教えてくれているし、ウォーカー先生にもアドバイスをしたりきちんと仕事はしている。そのお陰かウォーカー先生も以前とは違ってイキイキと授業をしてくれるし、コポック先生とは違って優しいからウォーカー先生は俺の癒しになった。

だがコポック先生はそれが気に入らないようで「ウォーカー先生、そんな甘い授業をするから今までまともに話を聞かれなかったんですよ」なんて言いやがった。確かにそういうところもあるかもしれないが、お前のやり方は異常だということを理解しろ。俺は絶っ対負けねぇからな！

そして俺の体だが、膨大な課題に追われ、頭をフル回転させているからかみるみる痩せていった。もちろん運動も並行してやっている。ずっと机に向かって勉強ばかりしているから気分転換にちょうどいい。

ペレスは「ビシバシいく」と宣言していた通り容赦がなかった。でもこいつも俺のことをちゃんと考えてフォローしたりサポートしたりと力になってくれている。疲れ果てて寝落ちしてしまう毎日だが、朝起きればベッドの上だ。着替えさせてベッドまで運んでくれているのはペレス以外いない。

最初は筋肉痛で辛かった体も、今じゃそういったことも少なくなった。むしろ体力もついて勉強も捗《はかど》るようになっている。

ペレスも俺が本気で打ち込んでいるとわかって、最初の疑いは完全に晴れたようだ。俺が遅くまで勉強しているのに付き合い、そのせいで家に帰るのも深夜に近い。可愛い妹との時間も少なくなったのに文句の一つも言ったことがない。むしろ俺が「もう帰っていいぞ」と言っても「ほっとけるわけねぇだろ」と最後まで面倒を見てくれる。本当にありがたい存在だ。

そんなペレスには俺からボーナスを支給している。もちろん俺が渡されている小遣いからだ。ちゃんと頑張ってくれている人に報いるのは当然のこと。初めてボーナスを渡した時のペレスは、感激のあまり「エルバート様！　愛してる！」と力いっぱい抱きしめてきた。俺にその気《け》はないからゾゾッと鳥肌が立ったのは言うまでもない。

先に言っておくが、俺は同性愛者ではない。ではなぜBLゲームなんぞやっていたかといえば腐男子だったからだ。そしてこの世界は魔法があり、男同士であっても魔法で子供が作れる。だから王太子とアルノルト様が婚約を結ぶことが出来たのだ。

これは『ファシラブ』の設定にもあった内容だが、この世界も差異がない。そのためこちらでは男同士でのカップルや結婚は珍しくもなんともないのだ。

因《ちな》みに俺はアルノルト様に一目惚れして、アルノルト様を推しとして相当な金をつぎ込んでいたが、リア恋でもガチ恋でもない。アルノルト様は推しであり貴《たっと》ぶべき神であり俺の命。俺にとってアルノルト様はいろんなものを超越した特別な存在だ。

毎日毎日、勉強と運動を必死にやっていると時間はあっという間に過ぎていく。いつの間にか一年が経ち、兄上のベンジャミンが学園を卒業して家に帰ってきた。学園がある王都が楽しかったのか、長期休みでも帰ってこなかったから随分と久しぶりに兄上の顔を見た。記憶が戻ってからは初めてだな。

「エルバート⁉　お前、そんなにやつれて一体どうしたんだ⁉」

「……いや、やつれてないし。まだ脂肪付いてるし」

兄上は相変わらずのおデブちゃんで、むしろ前よりパワーアップしていた。王都でどれだけ美味いものを食ってきたのか。動くのも辛そうだ。服はぴっちぴちだし、実際今もちょっと息上がってるし。しかも手には菓子の袋を持っていて、口の周りにはその食べかすが……汚ねぇな。

というか授業中にずかずかと入ってくるんじゃない。今はウォーカー先生の授業だったからよかったものの、これがコポック先生だったら嫌味の一つや二つ、いや、百は言われているぞ。

「しかもお前、勉強してるのかよ⁉　嘘だろ⁉　父上が言ってたこと、本当だったのか……」

俺が授業をまともに受けている様子を見た兄上は、大袈裟なくらい驚いていた。どうやら俺が優秀クラスを目指していることは聞いていたらしいが、そんな馬鹿なと信じていなかったんだろう。

「お前、頭の出来も悪いくせに勉強したって優秀クラスは無理だろ。諦めろ。ごろごろするのは楽しいぞ～。あ～菓子も美味いなぁ」

兄上は授業中だとわかっているのに出ていく素振りも見せず、俺を誘惑することにしたようだ。その上、持っていたお菓子を見せつけるようにもりもり食べながら。っておい、部屋に食べかすが落ちたじゃないか！　誰の部屋だと思ってんだ！

確かに俺の頭じゃ優秀クラスに入るのは至難の業《わざ》だ。そんなことわざわざ言われなくてもわかってる。だけど諦める気なんてサラサラないし、アルノルト様のためにも俺はやらなきゃいけないいんだ。そんなちんけな誘惑に負けると思うなよ。

「エ、エルバート様は非常に優秀です！　倒れてしまうんじゃないかと思うくらい、毎日頑張っておられます！」

ウォ、ウォーカー先生っ……！　気弱で大人しい人なのに、ヘイクラフト家の長男に向かって俺を庇ってくれるなんて！　やばい……感激しちゃった。勇気を出して言ってくれたんだろう。体はプルプル震えているし、ちょっと涙目にもなっている。

ヘイクラフト家の人間に向かって反抗的な態度を取るなんて自殺行為だ。何をされるかわかったもんじゃない。それなのに俺を庇ってくれたウォーカー先生。更に好感度爆上がりだ。

そして兄上は反論されたことがムカついたようで、ウォーカー先生を視線で殺しそうなほど睨みつけている。これからの流れが手に取るようにわかってしまう。兄上は絶対こう言うだろう。

「お前！　この俺に反抗する気か⁉　父上に言いつけてやるぞ！」

ってね。はい、大正解。ウォーカー先生ますます震えちゃったじゃん。ってか勝手に授業中に入ってきておきながら俺のウォーカー先生を脅してんじゃねぇよ。

「そういう兄上はどうなんですか？　学園はどうだったんです？　友人の一人や二人出来ましたか？　婚約者候補は見つかりましたか？　まさか後継者なのにどれも出来ていないなんて言いませんよね？　まぁその頭と体じゃ無理でしょうけど」

小馬鹿にするようにそう言ってやると兄上は簡単に挑発に乗ってくれ、顔を真っ赤にして俺を睨みつけた。実に単純で扱いやすい。

元々兄上との仲は良くも悪くもない。というよりも、本当に小さな頃以外は関わりがなかった。この家の人間は自分の趣味や娯楽を優先するため、たとえ家族であっても必要以上に接することはない。

父上も母上も子育てなんか乳母《うば》に任せっきりだし、ずっと俺のことは放置だった。だからか親への情というものは前世と比べるまでもなく薄っぺらいものだ。兄上も同様で自分の好きなことを見つけたら俺の存在なんて忘れていただろう。

だから今世の俺は家族への気持ちはほとんどない。ただ遺伝子上繋がっているだけの関係だ。むしろいつも俺を気にかけてくれているペレスやウォーカー先生、ドSだがしっかり勉強を教えてくれるコポック先生の方が好感が持てるし大切にしたい存在だ。

「兄に向かってよくもそんなことを言えたな！　別に俺が跡を継いでも他の奴が仕事をするんだから関係ないだろ！　婚約者候補だぁ？　そんなものいなくても、その辺にいる平民の女でも男でも攫《さら》って孕《はら》ませれば後継問題は解決だ！」

「ほ……本気で言ってる？」

「当たり前だろう」

は？　はぁぁぁぁ!?　こ、こいつ、最低すぎだろッ!?　『孕《はら》ませれば問題ない』だと!?　てめぇそれは立派な犯罪だろうがッ！　それを堂々と言ってる時点でお前は害悪だ！　害虫だ！　いや、虫以下の存在だ！　こんな奴と血が繋がっているなんて信じたくない！　気持ち悪すぎる！

ウォーカー先生も側にいるペレスも嫌悪感が出まくったとんでもない表情になっている。この場にいるお前以外、全員同じ気持ちだぞ。

「ふん。どうせ父上も同じことを言うさ。平民なんぞ、俺達の糧《かて》にしかならないんだからな。奴らも俺達の役に立てるならさぞかし嬉しいと思うさ」

もう無理。こいつと同じ場所にいたくない。同じ空気吸いたくない。視界に入れたくない。ここまで人に対して嫌悪感を抱いたのは初めてだ。これがヘイクラフト家の人間なのか……無理だろ。この家が散々だってことはわかっていたけど、ここまでだったとは……今すぐこいつら全員ぶっ潰してぇ……！

だが悔しいことに俺は今子供で何もやれることがない。でも俺は学園入学後、アルノルト様に代わって断罪されるために悪役令息になるんだ。その時は、この家が取り潰しになるようめちゃくちゃに暴れてきてやる。せいぜいこの先短い人生を謳歌《おうか》するんだな。てめぇら全員、ぜってぇ許さねぇ。

「それはそうと兄上。今日はオルトロスの肉が入ったそうですよ。叔父上が討伐したらしいです。ですけどケチな叔父上らしく少量しかくれなかったみたいなので、父上達に全部取られる前に確保した方がいいんじゃないですか？」

「なに⁉　オルトロスだと⁉　こうしてはいられない！　今すぐ厨房《ちゅうぼう》に行ってくる！」

兄上は今までの怒りを忘れて頭の中が『肉』で埋め尽くされたようだ。巨体の割には素早い動きでドタドタと部屋を出ていった。兄上がいなくなると、俺の口からはぁ、と大きなため息が勝手に漏《も》れる。

オルトロスは頭が二つある狼型の魔物のことだ。滅多に現れる魔物ではない上に、かなり強いので討伐するのも一苦労らしい。ゲームでも出てきた覚えがあるな。

このオルトロスの肉は高級肉とされていて、一度食べるとあまりの美味しさに忘れられないと言われているそうだ。それがうちの領地で討伐され、叔父上が今朝届けてくれたのだとか。

ケチなのに珍しいなと思ったら、どうやら自慢しに来たそうだ。それで『少しだけなら分けてやってもいい』と置いていった。

どうしてそんなことを知っているのかと言えば、使用人の話を聞いたペレスが教えてくれた。ただ一人前くらいしか肉を置いていかなかったらしく、父上と母上で喧嘩《けんか》しているらしい。そこに兄上も参戦する、と。うーん、想像しただけで吐きそうだ。

俺は別に興味ないからどうでもいいし、兄上をこの部屋から追い出せてちょうどよかった。もう二度とこの部屋に来ることはないだろうが、今度からは念のために鍵をちゃんとかけておこう。

「ペレスにウォーカー先生。めちゃくちゃ不快な思いさせてごめん」

俺ですら気分が悪くなったんだから、この二人は尚更だろう。相手が平民だろうと他人を好き勝手に扱っていいはずがないのに、この家の人間は皆それが当たり前だ。俺もほとんど使ってないとはいえ、小遣い貰ったりしているし他人事じゃないんだよな。本当にごめんなさい……

「エルバート様が謝ることじゃないだろ」

「そうですよ。我々はエルバート様がそうじゃないと知っていますから大丈夫です」

「……ありがとう」

ペレスには頭をくしゃって撫でられて、ウォーカー先生はにこにこ笑ってくれて。ちょっと安心した。

猛勉強な毎日を過ごしてあっという間に更に三年の月日が流れた。あと一年後には、俺は王都へと向かい王立学園に入学する。この頃の俺はコポック先生のドSという名の献身的な教育のお陰で、遅れを取り戻せただけではなくかなり余裕を持てている。「はぁ……面白くない。いつか泣いて縋《すが》ってくるかと思っていたのに」と不満を言わせることに成功した。ふっふっふ。勝った。

体も当然、昔の面影《おもかげ》など微塵《みじん》もない。かなりスリムになり、筋肉もほどよく付いてくれた。これでアルノルト様の視界に入ったとしても安心だ。「でも痩せても顔は残念な結果だったな」とはペレスの言《げん》。俺の顔は平凡の域を出ない、立派なモブ顔だった。

貴族の血というのは優秀なのか、整った顔や美しい髪色、綺麗な瞳の色をしている人が多いという。だが俺は平凡な薄茶の髪にこげ茶の目。平民と言われた方がしっくりくる見た目だった。とはいえ俺はこの見た目に不満はない。モテたいなどとまったく思ってないし、俺の目的はアルノルト様の代わりに『悪役令息に成り代わる』ことだからだ。

悪役令息としてヒロインの邪魔をし、暴言を吐く。そして最後はアルノルト様の代わりに断罪されて王都追放処分を受ける。このミッションを達成出来るのであれば、俺の見た目がどうであろうと関係ない。

「そうだ、ペレス。俺は来年学園に入学するために王都へ行く。その後はこの領地に戻るつもりがないと知っておいてくれ」

「どういうことだ？」

入学まであと一年と迫った今、これからの計画を詰めておく必要がある。俺はこのヘイクラフト家がどうなろうと関係ないが、この家に関わった無実の使用人達、特にペレスに迷惑をかけるつもりはサラサラない。

「俺は来年、学園に入り『悪役令息』として立ち振舞うつもりだ」

学園の入学式は、元が日本のゲームらしく四月だ。そして入学式から数ヵ月後にヒロインは入学してくる。ヒロインは子爵家の人間だが、養子だ。その子爵家には跡継ぎがおらず、遠縁の子を隣国から迎えたという設定になっていた。

隣国とこの国では知っておくべき事柄が違う。主に学園で関わることになる貴族の子息子女についてや常識などだ。国が違えばいろいろと勝手が違うからな。それらを勉強してから入学するため、ヒロインだけは遅れて学園へ通う。

そのせいか、ヒロインは入学してから非常に目立つ存在となる。容姿も貴族らしくとても整った美少年だ。淡いオレンジの髪にくりっとした琥珀色《こはくいろ》の目、色白かつ小柄で非常に可愛らしい印象だ。そしてよく笑い快活で、誰からも好かれるような性格。攻略対象者達との会話の中にも、『君といると元気になれる気がするよ』といったものがある。

けれど俺はどうしてもそうは思えなかった。俺にはヒロインがぶりっこに見えて仕方なかったのだ。リアクションは大袈裟なくらいだし、「やっちゃった♡」と自分の頭にこつんと可愛く拳骨《げんこつ》をしてみたり、「〇〇様〜！　助けてぇ〜！」とよく誰かに甘えたり、「そうかな〜？」と悩む仕草の時は人差し指を頬に当てて首を傾げたり、「僕、頑張るね！」と気合を入れる時は両手で拳を作って笑顔だ。

ゲームファンからは「可愛い！」という声が圧倒的に多かったし、そういったのが好きな人もいるだろう。だが俺は非常に苦手なタイプだった。だからゲーム中もよく『キッツ……』と思っていた。それにどう見ても八方美人にしか見えず、やり方が汚いなんて思ってもいた。しかもヒロインはれっきとした『泥棒ネコ』だ。こんな奴、俺にしてみれば好きになれる要素など皆無だった。

第一、俺が好きなのはアルノルト様だ。アルノルト様はクールで人を寄せ付けない性格ではあるが、一本芯の通ったような凛《りん》とした強さがある。見た目の神々しさと相まって、とてもとてもカッコいいのだ。俺がぶりっこで八方美人なヒロインを好きになれるはずがない。

ヒロインは、選んだ攻略対象者と恋に落ちる。その中でも一番人気だったストーリーが王太子ルートだった。婚約者のいる王太子との恋に葛藤するヒロイン。そして婚約者であるアルノルト様からの妨害に暴言。それでも最後に王太子はヒロインを選び、後の王妃となるシンデレラストーリー。

胸糞悪いわ！　なーにがシンデレラストーリーだ馬鹿野郎!!　美しくて魔力量も多くて優秀なアルノルト様という、素敵すぎる婚約者がいるくせにぽっと出のヒロインにうつつを抜かした浮気者なだけじゃねぇか！

同じ男としてそれはそれは腹が立った、俺が一番嫌いなストーリーだ。だが王太子推しが非常に多く、この王太子ルートが大人気だった。二次創作でもよくこのカプの物語を目にしたものだ。

しかしいくら人気のストーリーであろうとも、婚約者を捨てて浮気をした王太子を許せるわけがない。アルノルト様がヒロインに対し、妨害したり暴言を吐いたりしたのは至極当たり前のことだ。だって自分の婚約者が浮気してるんだぞ⁉　それを笑顔で見守れるわけがねぇだろうが‼

アルノルト様を自分に置き換えてみれば、その辛さや悲しみ、悔しさがわかるってもんだ。王太子とヒロインを見ていたアルノルト様の気持ちを考えるとそれだけで泣ける。涙が止まらない。挙句にヒロインに対する態度が行きすぎていると、最後には婚約破棄に王都追放処分。そしてアルノルト様の家であるブレイズフォード公爵家の爵位降格処分まで。

前世の俺はもう怒りに怒りまくった。浮気をしていた奴が、婚約者を捨ててその家まで断罪するとか正気じゃねぇってな。

アルノルト様推し以外から見たアルノルト様は、それは立派な悪役だっただろう。最後に『ざまぁ』されて気分がよかったはずだ。だがアルノルト様推しの俺や腐女子の皆様は相当なお怒りだったさ。そんなアルノルト様推しの腐女子の皆様は、王太子とヒロインを逆断罪するという二次創作を作り出し、俺はその話を喜んで読んでいた。

そしてこれが現実になればいいのに、どうしてアルノルト様が断罪されなければならないのかと悔しくて悔しくて仕方がなかった。

しかし俺はこの世界に転生した。俺が望む、アルノルト様が断罪されない未来を作り出せるんだ。

俺が悪役令息に成り代わりヒロインの妨害をすれば、断罪されるのは俺になる。その結果ゲームの通りなら俺は王都追放に。家も何かしらの処分を受けるだろう。俺の家はあくどい領地運営を行っているし、使用人の弱みを握って脅す非人道的なことを平気でやるようなところだ。降格処分じゃなくてお家取り潰しになる可能性だって考えられる。むしろそうなってくれればありがたい。こんな家、とっとと潰れてしまえばいいのだ。

俺の状況はまさに悪役にうってつけ。至極真っ当に生きているアルノルト様と、アルノルト様の家の代わりに断罪されるにはちょうどいい。

だから俺は学園に入学した後は領地に戻るつもりはないし、断罪された後はヘイクラフト家にも何かしらの処分が下るだろう。そうなった時のために、ペレスには心構えをしておいてほしかった。

「つまり。エルバート様はアルノルト様の代わりに悪役になって、最後は断罪され王都追放になる。領地に戻ることは出来るが、あんたはヘイクラフト家を捨ててどこかへ行く。そしてヘイクラフト家も処分を受けることで、最悪お取り潰しになるかもしれない、と。そういうことだな」

「ああ、そうだ。だからペレスもそのつもりでいてくれ。いつでもここを捨てて逃げられる準備をしておいてほしい」

「それも天啓ってやつか？」

「そうだ。この未来は必ず起こることになる」

「……そんな未来を信じろっていう方が無理があるが、今までのあんたを見ていれば嘘や冗談じゃないんだろうな。わかった。信じるよ」

ペレスには事情を話すことが出来た。こいつのことだから後は自分でなんとかするだろう。

それから俺は断罪された後について考えなければならない。王都追放になり、ヘイクラフト家にも戻らない。家を捨てて平民になってどこかで生きていくつもりだ。

どこへ行くのかは後々考えても大丈夫だろう。一番肝心なのは、俺に何も財産がないことだ。追放された後、一人で生きていくためにはどうしたって金がいる。家から小遣いを貰っているが、断罪された後その金は全て没収されるだろう。そうなると移動するにもものを買うにも、仕事が見つかるまでの間に必要な金がなくなる。そうなっては本末転倒。俺は断罪されるために動くが、そこで死ぬつもりは毛頭ない。

だから俺が断罪された後の資金を、学園に通っている間に用意する必要がある。それをどうするか……

そんな時、ふと部屋の中に置かれていたぬいぐるみが目に入った。それもまったく可愛くもない不気味でリアルな魔物のぬいぐるみが。

なぜかこの世界のぬいぐるみはこのリアルすぎて可愛さの欠片《かけら》もない不気味なものしかない。他にもっといろんなものがあってもいいと思うが、ぬいぐるみといえばこの魔物のぬいぐるみだ。確か今よりもっと小さい時にこのぬいぐるみを貰って、その時はあまりの怖さにギャン泣きした気がする。

ただこの不気味なぬいぐるみは貴族平民関係なく、子供が必ずと言っていいほど買い与えられるものだ。そしてこれを使って『魔物討伐ごっこ』をして遊ぶ。俺も兄上とこのごっこ遊びをやった覚えがあるが、その時は兄上の身勝手に振り回されてボッコボコにされたんだよな。「悪い魔物はこうだ！」って言いながら、ぬいぐるみじゃなくて俺が殴られて泣いた記憶がある。

確か当時はまだ三歳とかそれくらいだったはず。六つ上の兄に敵《かな》うわけもなく、されるがままで一日中悔しくて泣いていた。思い出したら腹が立ってきたぞ。

まぁそんな嫌な思い出があるが、子供がごっこ遊びをする理由がちゃんとあって、平民は魔物を討伐してくれる貴族を貴《たっと》ぶ心を養うため、そして貴族は誇りを持って魔物討伐の義務を果たすため。この二つを子供の時に覚えさせるためだ。それもあって、あれほどケチな父上だが魔物討伐に関してはちゃんと金を使っている。こう思うと子供の時の教育って大事だよな……

「あー！　いいこと思いついた！」

「うお!?　いきなり大声出すなよ！　びっくりすんだろうが！」

側にいたペレスがびくぅ！　とビクつき、俺に悪態をつく。ペレスには悪いが、閃《ひらめ》いてしまったのだから仕方ない。

「ペレス！　俺は王都に行ったら事業を始めるぞ！」

俺は天才かもしれない。あまりのことにぞくぞくと武者震いを起こしている。

この世界に可愛さの欠片《かけら》もない不気味なぬいぐるみしかないのなら、前世の世界にあったような超絶可愛いぬいぐるみを俺が作ればいいじゃないか！

前世じゃ当たり前だった可愛いぬいぐるみは、この世界じゃ革命を起こすぞ！　ねこちゃんやわんちゃん、くまさんにうさぎさんのぬいぐるみは、あっという間に人気が出るに違いない！　どう考えたって不気味なぬいぐるみより、可愛いぬいぐるみの方が貰って嬉しいし部屋に飾っていても心が和《なご》む。

そうと決まれば早速デザイン画を描くぞ！　紙とペンを取り出し、前世の記憶を頼りにぬいぐるみのデザイン画を描き出した。スラスラとペンを走らせ思いつく限り次々と描き起こしていたが、その一枚の紙を手にしたペレスが首を傾げた。

「……これ、なんの絵？」

「何って、ねこちゃんに決まってるだろうが」

「ねこちゃん……？　え、エルバート様って絵がクッソ下手だな」

「な、なんだと……!?」

俺は自分の絵を手にし、じっと見つめる。今俺が描いていたのはくまちゃんのぬいぐるみの絵だ。だがそこにあったのはまるで宇宙人のようなおぞましい何か。

忘れてた……俺、絵がクッソ下手だったわ。

アルノルト様を布教しようと二次創作で漫画を描こうとしたことがあるが、あまりの絵心のなさに断念した過去がある。

「これ、どんなものを描こうとしてたんだ？」

ペレスにそう言われて、俺の頭の中にあるイメージを伝えられるだけ伝えた。すると徐《おもむろ》にペンを持ったペレスが紙にサラサラと描いていく。こ、こいつっ……！　絵が上手い！

ここはこうして、ここはこう。俺は指示を出し、その度《たび》にペレスは訂正して新たに描いていく。するとほどなくして俺が思い描いていた可愛いねこちゃんのぬいぐるみのデザイン画が出来上がった。

「ペレス、お前意外な才能があったんだな」

「いや、あんたが下手すぎなだけだろ」

ペレスが失礼なことを言うのはいつものことだ。それを無視して、ペレスが描き上げたデザイン画をまじまじと見る。これならどういったものを作りたいと思っているか伝えやすいこと間違いない。ついでにうさぎさんやくまさんのぬいぐるみのデザイン画も、俺の指示の下《もと》、ペレスに描いてもらった。

お陰で俺が思い描いていた絵が全て揃ってしまった。これは大事に保管して、王都へ行く時に持っていこう。

「で、これをどうするんだ？」

まだ俺の天才的閃《ひらめ》きを知らないペレスに質問された。ふっふっふ。聞いて驚け。そして俺を敬い崇《あが》め奉《たてまつ》れ。

「このデザイン画を元に、可愛いぬいぐるみを作るんだ。それを王都で販売する」

「ぬいぐるみ？」

「そう。こんな不気味で恐ろしいぬいぐるみじゃなくて、誰しもが貰って嬉しい可愛いぬいぐるみだ」

「なるほどねぇ……実物を見てみないとわからねぇが、確かに斬新だと思うぜ」

絵だけじゃなかなか伝わり切らないこともあるだろう。だが出来上がったこのぬいぐるみを見れば、ペレスも絶対欲しくなるはずだ。妹にあげたいから買わせてくれと、俺に懇願《こんがん》する姿が目に浮かぶ。

王都に行ったらすぐにこのぬいぐるみを作ってくれるところを探そう。そしてそれを販売すれば、断罪後の資金を稼げる。

「これ、貴族平民関係なく売るのか？」

「え？」

ペレスに何気なくそう聞かれて返答に困ってしまった。貴族に売るのは決定事項だったが、平民に売ることは考えてなかった。

「貴族用には金かけて豪華に作って、平民にはそれなりで作ったらどうだ？」

「なるほど！　差別化するのか！　それなら貴族用には大きさも様々なものを作ったらよさそうだな！」

前世の世界にもあったが、巨大なぬいぐるみというのもアリだ。子供が全身で抱き付ける大きさのぬいぐるみも、貴族なら問題なく買うだろう。平民用には生地を安いものにして、大きさも少し小さめのものを。高いぬいぐるみも展示しておけば、裕福な平民だったら買うはずだ。

「ペレス！　お前天才だな！」

「今頃気付いたのかよ」

購買意欲を刺激するように、限定商品を作るのもいい。貴族用にはいい生地だけじゃなく、リボンやレース、宝石を付けるのもアリだ。それをカスタマイズ出来る仕様もあったら、自分だけのぬいぐるみが作れるという触れ込みで更に人気が出るぞ！

ああヤバい！　アイディアが次々に湧いて止まらない！　忘れないよう今思いついたことは全てメモに残しておこう。

よし！　これはいけるぞ！　ぬいぐるみの制作を請け負ってくれるところが見つかれば、俺の資金稼ぎに関しての悩みはクリアだな。売れなきゃ意味ないが多分大丈夫だろう。

ペレスにはくれぐれもこの件をヘイクラフト家の人間に漏《も》らすことのないよう釘を刺しておいた。「当たり前だろ」と言っていたから大丈夫だろう。この話がバレたら強欲な父上達のことだ。売り上げをごっそり持っていかれるのは目に見えている。そんなことにさせてたまるか。

それから俺は悪役らしく振舞うための練習も始めた。俺は凶悪顔でもなんでもない。おまけにアルノルト様のように鋭い視線を送れるわけでもない。だから悪役らしい表情を研究する必要があった。

「んー……違うな。うーん……これも違うな」

「エルバート様、さっきから鏡の前で何やってんだ？」

「悪役令息として相応《ふさわ》しい表情の練習だ。俺のこの顔じゃなかなか恐れ慄《おのの》かれるような表情にならなくて」

「まーた不思議なことやって……」

ペレスは呆れていたが、これは必要なことだ。口でいくら暴言を放ったとしても、表情が緩いと怖さがない。あいつやべぇぞ、という悪役らしい表情を作れなければならないのだ。

「んー……お？　これはなかなかいいんじゃないか？　ペレス、ちょっと見てくれるか？」

ペレスに向かって、なかなかいい出来だと思った悪役らしい表情を作る。すると。

「え、きも。怖っ」

「そうか！　お前がそう言うなら成功だな！」

「いや、褒めてねぇよ」

ペレスに怖いと言われたのなら大丈夫だろう。もう一度鏡の前でその表情を作る。鏡の中には『ニタァ……』と厭味《いやみ》ったらしく笑う俺の気持ち悪い顔が映し出されていた。これでヒロインに近付けば、あいつもさぞかし嫌だろう。ふふふ、これはいいぞ。

「いや、本気で気持ちわりぃって」

ペレスにそんな褒め言葉を貰ったが俺は油断などしない。いつでもこの表情が作れるよう、毎日のルーティンの中にその練習も組み込んだ。


「これで僕の授業は終わりです」

「先生、ありがとうございました」

「はぁ……楽しいのは最初だけでした。泣いて喚《わめ》いて暴れることを期待したんですがねぇ。最後までそれは叶いませんでしたよ」

王立学園の入学まで残り三ヵ月となった今日。コポック先生の授業が最後を迎えた。

五年前、やってくるなりのドSな授業と課題で死にそうになったが、今となってはいい思い出だ。あの地獄のような扱《しご》きがあったからこそ、俺は遅れを取り戻しただけじゃなく優秀クラスに入れるほどの学力をつけることが出来た。

「これでなんの心配もなく王都へ向かえます。先生には感謝してますよ」

「この僕がこれだけ教えたんですから、ちゃんと優秀クラスに入ってくださいね。落ちたらお仕置きですので覚悟しておくように」

「そうはなりませんよ。きっとね。それにヘイクラフト家の俺が優秀クラスに入ったら、先生は引っ張りだこになるんじゃないですか？　俺がそうしてみせますよ。ただしその時はもっと優しく教えてあげてくださいね」

後から知ったことなのだが、コポック先生がうちの家庭教師を引き受けた理由は、余所《よそ》でドSすぎる授業をやったことで、ことごとく契約を打ち切りにされて仕事がなかったかららしい。あんな授業、俺以外に耐えられる人はごくわずかだろう。

王都でもコポック先生の鬼畜な授業は有名になり、どこからも依頼が来なくなってしまった。そんな時、父上がコポック先生に俺の家庭教師になるよう依頼した。ヘイクラフト家と知って最初は断ろうとしたが、逆にこの家の人間なら好きなだけドSな授業をしても大丈夫だろうと引き受けたのだとか。

結局俺は最後までやり遂げ、コポック先生からも「優秀クラスに入れるだけの知識は身についたでしょう」とお墨付きを貰うまでになった。ヘイクラフト家は悪い噂が絶えない家だが、そんな家の子供がコポック先生の授業を受けて優秀クラスに入ったとなれば、コポック先生の腕は相当高いということを知らしめることが出来る。

そうすればコポック先生の今までの評判は塗り替わり、引く手あまたの教師となるだろう。

「言われなくてもわかっていますよ。僕のやり方が異常だったことくらい。でも虐《いじ》めるのって楽しいんですよね。これからはほどほどにしておきますからご安心を」

……全っ然わかってねぇよ。その言葉のどこに安心出来る要素があるというんだ……

まぁ確かに鬼畜だし何度も死にそうにはなったが、確実に実力をつけられたことは間違いない。耐えられる生徒が出てきてくれることを祈るのみだ。

コポック先生の最後の授業はウォーカー先生も一緒に聞いていた。ウォーカー先生にとってもコポック先生から教われる最後の日だ。そしてこの家での家庭教師の仕事も最後となる。ヘイクラフト家に俺より下の兄弟はいないからな。

「エルバート様、今までよく頑張りましたね。学園に入学してもお元気で」

「ウォーカー先生もありがとうございました。次の勤め先でも頑張ってくださいね」

ウォーカー先生は次の仕事先が決まっている。うちよりももっとストレスの少ないところのはずだからのびのびと授業をしてもらいたい。コポック先生からいろいろと教えてもらったお陰もあって、ウォーカー先生の授業もとてもわかりやすくなって楽しかった。きっと次の家では「ウォーカー先生に来てもらえてよかった」と言われることだろう。

先生達を見送った後、俺は王都に向かう準備を始めた。入学まであと三ヵ月。この半月で荷物を纏《まと》めて引っ越しの準備を進める。この家を出たらもう二度と戻ってくるつもりはないから、ある程度整理しておくつもりだ。それが終わり次第、すぐに王都へと発《た》つ。半月かけて王都へと向かい、すぐに入学試験だ。結果が出るのは三週間後。そしてその一ヵ月後に入学式となる。

その時から学園の寮を利用するつもりだ。遠方から王都へと出てきて、かつ王都内にタウンハウスがない人のために寮が完備されている。主に下級貴族の子息子女が使うことが多いが、ヘイクラフト家もタウンハウスがないため寮を利用する。タウンハウスがない理由は、ほとんど使うことのない家を持っていることで無駄な維持費がかかるのを避けるためだ。

もしタウンハウスがあったとしても使うつもりはなかったけど。そんなところにいたら、俺が自由に動けなくなる。ぬいぐるみの事業のこともあるしな。

「よし。こんなもんか」

「とうとう明日には出発か。時間が過ぎるのはあっという間だな」

俺が前世の記憶を取り戻し、アルノルト様のことを思い出してから五年。とうとうここまできた。ここまで俺の計画は順調だ。

「あー……エルバート様、お願いがあります」

珍しくペレスが、姿勢を正し敬語で俺に話しかけてきた。こういう時は何か重大なことがある時なんだが、一体どうしたんだろうか。

「王都に向かうのに、俺の妹も一緒に連れていってもいいですか？」

「妹？」

ペレスは俺が王都に向かう時に一緒に付いてくる。だが俺が王都に到着し次第、ペレスはこのヘイクラフト領へ戻る予定だ。なのにどうして妹が一緒に来ることになる？

「俺は妹の命の恩人であるエルバート様に、許される限り仕えるつもりです。エルバート様が言うあの未来が本当に訪れるのなら、俺も領地へは戻らずエルバート様に付いていきます。だから妹も一緒に王都へと連れていきたいんです」

こいつの両親は流行《はや》り病で既に他界している。今は妹と二人暮らしだ。こいつが俺に付いてくるなら妹をここに置いていくことは出来ない。だから連れていきたいが、それを俺が許すかどうか不安で今まで言い出せなかったのだろう。表情も硬い。

「妹を王都へ連れてきて、その後どうするつもりだ？　寮はお前を連れていくことは出来るが、妹までは無理だぞ」

寮には一応使用人部屋も用意されている。だが連れて入れるのは一人までと決まっているため、妹の部屋を用意してやることは出来ない。

「そのことなら大丈夫です。妹には王都にある孤児院に入ってもらうつもりなので」

「孤児院？　調べたのか？」

「いえ。コポック先生に教えてもらいました。教会が運営している孤児院であれば安全で、かつそこで働くことが出来るからと」

コポック先生が。ということは、随分前から俺に付いてくることを決めていたってことなんだろう。ここまで慕われて嫌な気はしない。むしろありがたいと思う。こいつが俺に恩人として仕えているのは知っていたが、ここまでだとは思わなかった。

「そういうことなら否《いな》はない。妹も連れていけばいい」

「ありがとうございます。これからもよろしくお願いいたします」

「うん。っていうか、やっぱりお前のそういう態度、気持ち悪いな」

「……だな。俺も言ってて鳥肌が凄いわ」

ペレスが眉間に皺を寄せて、本当に嫌そうな顔をしているから思わず笑ってしまった。それを見たペレスも耐え切れずに笑う。二人してひとしきり笑った後、ペレスは家へと帰っていった。

そして翌日、ヘイクラフト家が所有する派手すぎて気色の悪い馬車に乗って王都へと出発する。馬車に乗り込む直前、俺は自分の家を見上げた。見送りには誰一人として来ていない。どうせ父も母も兄も、自分の趣味や道楽を好き勝手にやって、俺が今日学園へ出発することすら忘れているのだと思う。

俺も断罪された後はこの家に戻るつもりはないし、その時この家も潰されているかもしれない。十二年過ごした家だというのに、感慨は一つもなかった。

馬車に乗り込み御者《ぎょしゃ》に合図を送る。すると馬車はゆっくりと走り出した。まずはペレスの家へ向かい妹を拾うことにする。

街中をヘイクラフト家の馬車がパカパカと駆けていく。それを見た領民達は、我先にと蜘蛛《くも》の子を散らすように消えていった。流石はヘイクラフト家。領民に嫌われすぎだ。今すぐは無理だが俺が断罪された後、きっとこの領地はよくなるだろう。領民にはもうしばらくだけ我慢してもらいたい。

やがて馬車はペレスの家へ到着する。待ち切れなかったのか、ペレスの妹は既に家の前で待っていた。

「初めましてエルバート様。ペレスの妹のエフィと申します。私の病気を治してくれて、本当にありがとうございました！　やっと直接お礼が言えました」

ペレスと同じ黒髪に茶色の目で、顔立ちもペレスによく似ている。素朴《そぼく》な田舎娘といった感じで、はにかむその姿は非常に可愛かった。俺の一つ下だがとてもしっかりしていて、馬車での長い移動も文句一つ言わなかった。むしろ俺を気遣ってくれる優しいいい子だ。こんないい子ならペレスもほっとけないはずだと納得した。

その後二週間かけてやっと王都へと到着。学園へ向かう前に、エフィを預ける予定の教会へ寄ることにした。ペレスは事前に手紙を出していたようで、すんなりと面接が受けられた。そしてすぐにエフィを受け入れてもらうことが決まり、ここで彼女とは別れた。

また兄妹が離れ離れになってしまうが、学園と教会はそこまで離れているわけじゃない。ペレスにも自由時間をあげて、妹と頻繁に会えるようにしてやるつもりだ。

学園へ到着すると、ペレスと共に寮母さんの元へ。部屋を教えてもらったら早速荷運びだ。御者《ぎょしゃ》にも手伝ってもらい、皆で手分けして荷物を部屋へ運ぶ。領地に戻るつもりがないから、荷物はそこまで持ってきていない。大事なものを中心に選別したから、荷運びはすぐに終わった。

荷運び後、御者《ぎょしゃ》は来た道を戻っていった。それを見届けて宛《あ》てがわれた自室に戻る。

「流石貴族が入る寮だな。部屋の広さも申し分ない」

高位貴族であれば手狭に感じるのだろうが、俺にすれば十分すぎる広さがあった。備え付けの家具は高級品でもなんでもないけれど、木の素材を生かしたシンプルなもので俺は気に入っている。

部屋は全部で三つ。リビングと寝室と使用人用の小さな寝室。その他は洗面所やトイレ、風呂といった水回りだ。

リビングにはソファーやローテーブルもあるし、勉強や読書などが出来るよう別途机や椅子まで置かれている。簡易コンロもあり、十分な設備が揃っていて今日から生活を送るのに不足はない。食事はちゃんと食堂も用意されているし、外出届を出せば外食だって出来るそうだ。

ペレスが早速荷物を解き、それぞれをきちんと仕舞っていく。俺も自分の服を取り出し、寝室に備え付けられているクローゼットへ並べていった。二人で分担すればあっという間に終了だ。

長距離移動と荷物の整理まで済ませたらどっと疲れが出てしまった。ペレスにも後は自由行動とさせ、俺はさっさと風呂に入る。その後は食堂で食事を済ませて早めに寝た。

翌日は学園を少し見に行くのと、試験に備えて復習にあてることにした。ペレスと一緒に寮の側にある学園へ。昨日もちらっと見たけど、正面に立って学園を見上げた時、ぶわわっとなんとも言えない感動が広がった。

だって、ゲームで散々見た光景が広がっていたんだ。頭の中にはゲームのオープニング映像が、何度も聞いた軽快なＢＧＭと共に流れていく。学園をバックにゲームタイトルが表示され、それぞれの攻略対象者達が順番に現れるというものだ。その中にはもちろん俺の推し様であるアルノルト様も。

懐かしさと感動を噛み締めて俺は寮へ戻った。三日後には入学試験、そしてその後は入学式だ。俺が悪役令息に成り代わる時が刻々と迫っていた。

そして三日後。入学試験は学園内で行われる。在校生は休暇に入っており俺達新入生だけが集まっていた。受験会場はいくつかに分かれていて、俺が入った部屋にアルノルト様やその他の攻略対象者達の姿はなかった。

アルノルト様の姿を一目見たい気持ちはあったが、今ここで見てしまうとまともでいられる自信がない。大事な試験前にアルノルト様と会わなくてよかったと思う。

試験は滞《とどこお》りなく終わった。コポック先生のドSな扱《しご》きのお陰で、驚くほど簡単に問題は解けた。見直しもちゃんとしたし、恐らくこれなら優秀クラスに入れるだろう。試験後はゆっくりしようと寮へ戻ると、今までの緊張の糸が切れたせいかソファーで眠ってしまい、翌朝まで起きることはなかった。優秀クラスになんとしても入るために、五年かけて猛勉強してきたんだ。それが終わった安心感は、自分が想像していたよりかなり大きいものだったようだ。

試験結果が出るのは三週間後。入学式は来月だ。それまでしばらく時間がある。

試験の翌日は本当に何もせずに、ひたすら部屋でダラダラとして過ごした。ペレスにも今日は何もしなくていいと伝えたら、「妹の様子を見てくる」と出かけていった。今日一日、妹とゆっくり過ごすつもりのようだ。

その翌日から俺は早速動くことにした。入学までの間にやるべきは、ぬいぐるみの制作を請け負ってくれるところを探すこと。そこでペレスと一緒に王都へと繰り出した。

流石は王都と言うべきか。国の中心なのだから当たり前だが、とにかく建物の数も人の数も何もかもが多かった。

ウォールダム王国の王都ジャクロット。『ファシラブ』の舞台となった学園がある都市だ。貴族街と平民街に分かれており、街の中心に貴族街が、その外に平民街が造られている。

この世界は魔法と剣の世界で、街並みは中世のヨーロッパに近い。だが簡単な機械も発明されていて、その一つがカメラだ。俺はこの世界が『ファシラブ』の世界だと気が付くきっかけとなった、アルノルト様の婚約記事。そこに写真が載っていたし、新聞を刷《す》ることも出来る。

そしてそんな機械とは別に魔道具もあったりする。これは魔力がないと使えない代物《しろもの》だから貴族だけが使用する。そのため、魔物討伐などの戦闘に使うものが多いようだ。

元が日本のゲームの世界だからかトイレは水洗トイレだし、風呂には湯船もシャワーもある。ペレスに聞いたら平民の家にもこれらは普通にあるようだった。一方で冷蔵庫や洗濯機といったものはなく、発展しているのかしていないのかなんだかあべこべな世界だ。

だが王都の街並みはとても美しく、なんだか前世でヨーロッパへ旅行へ行った時のような感覚に陥《おちい》る。普通に歩いているだけで楽しい。平民街へ行けばまたがらりと雰囲気が変わり、賑やかな市場なんかもあるそうだ。ぬいぐるみを扱っている店を探すついでに、そういったところも回ってみよう。

肝心のぬいぐるみを扱っている店だが、王都が広すぎるくらい広い分、そういった店もかなり多い。おまけに土地勘などまったくない俺達は、とにかくぬいぐるみを扱っている店を人に聞きまくり、一軒一軒訪ねて回ることになった。

いろいろと回ってみてわかったことは、貴族向けは貴族向けのみ、平民向けは平民向けのみの店ばかりだということ。俺は貴族と平民どちらにも売りたいと思っていたから、一ヵ所ですべて賄《まかな》えるところがいい。だがこれだけいろいろと探し回ってもそういった店は不思議となかった。

そして王都を駆け回っているうちに三週間が経ってしまった。今日は入学試験の結果発表の日だ。

結果は手紙という形でそれぞれに送られる。俺は寮に住んでいるから、学園の関係者が俺の部屋まで結果を持ってきてくれた。それを受け取ったものの、俺はなかなか開けずにいた。

「エルバート様、待ちに待った結果だぞ。見ねぇのかよ」

「いや、見たいんだけどさ……なんていうか……」

結果はもの凄く気になる。これを開けば俺のこの先の未来が確定するから。

「ははーん……さてはビビッてんな？」

「ぐっ……う、うるさい！　仕方ないだろ!?　試験を受けた時は手応えを感じてたけど、段々あれでよかったのかって不安になったっておかしくないじゃないか！」

「へいへい。ヨワヨワなエルバート様に代わって、俺が見てやるよ」

呆れ顔のペレスは、結果が入った封筒に問答無用でペーパーナイフを入れた。サクッと封を切り、中から結果が書かれた用紙を取り出す。そしてぺらりと開き中を見ると、ペレスの表情が固まった。

「お、おい……なんだよその顔は……」

「……」

「おい……なんか言えよ……おい、おいってば！」

結果が書かれた用紙を持つペレスの手がわずかに震えていた。それを見て、俺の緊張と不安が増し、背中を嫌な汗が流れた。

「……エルバート様、その……言いにくいんだが……」

「はぁ!?　言いにくいってなんだよ！　早く言えって！　いや、待て！　言うな！　言うなよ！　心の準備が出来ていない！」

ペレスはなんとも言えない表情で、視線をうろうろと彷徨《さまよ》わせている。どう見たっていい結果じゃないことが丸わかりで、それを突き付けられるのが怖い俺は耳を塞ぎ、目をぎゅっと閉じた。

いずれは知らなきゃいけないことだけど、俺の五年間が無駄になると思うと怖くて結果を知ることが出来ない。体も恐怖で震え出した。記憶を取り戻したあの日から、がむしゃらに頑張ってきたのにっ……！

そんな今から襲いくる絶望にどう向き合えばいいのかわからない俺に、ペレスは容赦なく詰め寄った。耳を塞いだ手を思いっ切り引き離し、「よく聞け」と真剣な顔で俺を見つめた。

「いいか。試験の結果は……」

「け、結果は……」

ごくりと俺の喉が鳴る。緊張と不安で心臓が口から飛び出そうだ。

「……優秀クラスに決定でーっす♪　あーっはははは！　なーに弱気になってんだよ、らしくねぇぞ！」

「へ……？」

まだよくわかってない俺を見て、ペレスは腹を抱えて笑っている。目の前に置かれた用紙を見ると、『エルバート・ヘイクラフト、優秀クラス』とちゃんと書かれていた。

「俺……優秀クラスに、なったんだ……」

「あーおかしかった。そうだよ。あんたビビりすぎだっての。よかったな。努力が報われて」

笑いすぎて出た涙を拭くと、ペレスはにかっと笑って俺の頭を乱暴に撫で回した。そこで俺はようやく『優秀クラスになった』という実感が湧いてきた。

今まで感じていた恐怖とはまったく違う体の震え。嬉しいはずなのに、体がなぜか言うことを聞かない。へなへなと力が抜けた俺は、座っていた椅子から転げ落ちてしまった。

「おおっと、大丈夫かよエルバート様」

「はは……俺、やったんだな。ちゃんと優秀クラスに入れたんだな」

「そうだって言ってんだろ。あんだけ頑張ったんだ。コポック先生からもお墨付きを貰ってただろ？俺は信じてたぜ」

ペレスに体を支えられないとまともに座っていられないのは情けなくはあるが、だがそれだけ俺はもの凄く安堵していた。遅れを取り戻すだけでも大変だったのに、更に優秀クラスに入るには生半可《なまはんか》な努力では無理だった。それをアルノルト様という推しのために、必死に食らいついてやったんだ。

「うおぉぉぉぉぉ！　俺はやったぞぉぉぉぉぉ！　正に愛っ！　アルたんへの愛の為《な》せる業《わざ》だぁぁぁぁぁ！」

「うげっ！　至近距離で大声出すんじゃねぇよ！」

「っていうか、ペレス！　お前あんな演技しやがって！　素直に言えばいいのになんであんなまどろっこしいことするんだよ！」

　思い出したら腹が立った俺は、ペレスの髪をぐいぐいと力いっぱい引っ張ってやった。「いってー！　やめろ！」という声を無視して更に引っ張る。

「あんたがビビりすぎて面白かったんだよ！　悪かった！　謝るから放してくれ！」

　そこからペレスと取っ組み合いを始めるも、怒鳴り声はすぐに笑い声に変わった。二人して腹から声を出して盛大に笑う。「よくやったな」とペレスにまた頭を乱暴に撫でられ、少し痛みを感じたもののとても心地よく、実の兄より兄らしいペレスにそう言われたことが嬉しかった。

　その日はお祝いだと外で外食することになった。ぬいぐるみの件でいろいろと駆け回っていた時に見つけた飲食店へ入る。分厚いステーキとジュースを注文し、二人で乾杯した。気分がいい俺は、ペレスにもう一枚分厚いステーキを注文してやった。

「さっすがエルバート様！」

「今日くらいは贅沢《ぜいたく》したって誰も文句は言わないだろう。好きなだけ食べるがいい！」

「やりぃ！」

　俺がここまで頑張れたのは、もちろんアルノルト様のためだ。アルノルト様のためなら俺はどんなことだってやれる。だけどペレスのサポートがあったからこそ、俺は自分のことに集中出来た。それには本当に心から感謝しているし、優秀クラスに入れたのはペレスがいてくれたお陰だと思っている。

　嬉しそうにステーキを頬張るペレスに、俺も負けじと口に放り込んだ。じわりと肉汁が溢《あふ》れ出すステーキはもちろん最高に美味かった。俺は一枚で腹がいっぱいになったが、ペレスはなんと五枚も平らげた。心底満足そうな顔をしていて、俺もなんだか嬉しくなった。

その翌日からはまた王都内を駆け回ることにした。王都は広いから、まだまだいろんな店を探して回れる。ぬいぐるみ専門店だけじゃなく、雑貨屋でぬいぐるみを扱っている店にも当たってみたが、貴族向けも平民向けもどちらも取り扱っているところはやはりなかった。

このままだと俺の希望通りとはならなそうだ。最悪の場合は、貴族向けにだけ販売するが、どうせならいろんな人にこのぬいぐるみを知ってもらいたい。ギリギリまで諦めず、隅々まで王都を探索することにした。

「あれ？　この店って……」

今日はそろそろ寮へ戻ろうかという時に、ふと見覚えのある外観の店を発見した。店の看板を見てみれば『魔女の隠れ家』という名前。『魔女の隠れ家』ってもの凄く聞き覚えのある名前だな……って、あー！　この店ってゲームに登場していた魔女の老婆がやってる店じゃんか！

『ファシラブ』に出ていたこの『魔女の隠れ家』という店は、各攻略対象者達の好感度を上げるプレゼントが買える店だった。攻略対象者達にはそれぞれその人に合ったプレゼントを渡す必要がある。

ゲームにはＲＰＧ要素があって、育てたキャラを連れていき魔物討伐のクエストをこなす。そこで入手したゲーム内コインを使って購入することが出来るのだ。トゥルーエンドを目指すには好感度をＭＡＸまで上げることが絶対条件。そのため俺もクエストをバンバンこなして金を稼ぎ、この店で好感度アップアイテムをよく買っていた。

まさかその店が本当にあったなんて。いや、ここはゲームの世界が元なんだから、『魔女の隠れ家』があったとしてもおかしくはないんだが、今の今までこの店の存在をすっかり忘れていた。

折角見つけたのだからと入ってみることにする。店の中はそこまで広くはないせいか、いろんな商品がぎゅうぎゅうに並べられていた。それをゆっくり一つずつ見て回っていると、見覚えのある商品を見つけてしまう。

「これ……本当にあったんだ」

俺が見つけたのは攻略対象者の一人である、宰相の息子にあげる『木の実のクッキー』だった。それ以外にも王太子のアイテム『金木犀《きんもくせい》の香水』や、隣国の王子のアイテム『ティーカップ』など各攻略対象者達の好感度アップアイテムが全て揃っていた。

もちろんそれらのアイテムはゲーム内に存在していたものと同じものだ。何度もそのアイテムを見てきた俺が言うのだから間違いない。

「いひひ……気に入ったものはあったかい？」

「っ!?」

じっと商品を見ていたら、いつの間にか俺の後ろに立っていた誰かに声をかけられた。びっくりして振り向くと、ゲーム内で散々見た魔女の老婆がにこにこしていて、驚きすぎた俺は声が出なかった。

「そのお守りが気に入ったのかい？　初めてこの店に来たのなら、特別に安くしてやってもいいよ。ひひひ……」

「あ、いや……そういうわけじゃ、ないんだが……」

「なんだい、ひやかしかい」

魔女は一瞬にして真顔になると、店の奥にあるカウンターへと戻っていった。魔女がそこに座っているのもゲームと同じだ。凄い。なんとも言えない感動が俺を襲う。

ちょっと動揺しつつも店の中に置かれた商品を全て見てみたが、ただ一つゲーム内に登場していた、とあるアイテムだけがなかった。それぞれの攻略対象者達にあげるアイテムは揃っているのに、それだけがないことが不思議で魔女に聞いてみることにした。

「すみません、この店には『バーベナのネックレス』って置いていないんですか？」

そう聞いた瞬間、魔女の顔は俺を睨みつけるような恐ろしい形相へと変わった。ガタッと椅子から立ち上がるなり、俺の胸倉を老婆とは思えない力で掴み上げた。

「あんた、それをどこで知ったんだい？」

「え……？　いや、どこっていうかっ……」

「エルバート様！」

「そこのあんた！　それ以上動くんじゃないよ」

「くっ……！」

魔女は俺を助け出そうとするペレスを魔法で動けなくすると、更にぎろりと俺を睨みつけた。

一体どういうことだ⁉『バーベナのネックレス』は全攻略対象者対応の、好感度が激アップするアイテムのはずだぞ⁉　それがあるかどうか聞いただけで、どうして魔女の態度がここまで変わったんだ⁉

「いいかい。もう一度聞くよ。その商品を、一体どこで知ったんだい？」

「……わからない。ただ、どこかでその名前を聞いただけだ」

本当のことは言えないし、魔女の様子からも知らないふりをした方がいいと判断してそう答えた。

俺の言葉が本当かどうか探るためなのか、魔女は俺を恐ろしい形相で睨み続ける。お互い口を開くことなく緊張感が漂《ただよ》うにらめっこの結果、やがて魔女は口を開いた。

「あんたが言う『バーベナのネックレス』はね、闇市で取り扱われる危険な商品なんだよ」

「は？　や、闇市ぃ⁉」

闇市って、違法な流通経路を経《へ》た品物が並んでいる非合法な市場のことだよな⁉　なんでそんなところに『バーベナのネックレス』が売られてるんだよ⁉

「……はぁ、その様子じゃ本当に知らないようだね」

魔女はため息を吐きながらそう言うと、掴んでいた俺の胸倉から手を離した。ペレスにかけられた魔法も解け、ペレスは俺を背に庇うようにして前に立つ。

「安心しな。何もしないよ」

魔女はまた定位置であるカウンターの椅子に腰かけると、「教えてやるよ」とネックレスについて話してくれた。

なんでもそのネックレスは製作者不明で、数年前から闇市で取引されるようになった魔道具だそうだ。噂では禁忌《きんき》とされている魅了魔法がかけられているらしく、それを身に着けた者は送り主に対して非常に高い好感を持つようになると言われている。

おまけにとんでもなく高値で取引されている商品のため、入手したくともそう簡単に手が出せないのだとか。どこから入ってきたのかもまったくわからない怪しい商品。どれだけの数が売られたのか、誰がそれを持っているのかも全て不明。

魔女も実物を見たことはなく、ただ噂で知っているだけ。もしそのネックレスを仕入れられる状況であっても、絶対に魔女のところで取り扱うことはないそうだ。

「だからあんたも、二度とその名を口にするんじゃないよ。下手したら命を落とすかもしれないからね」

「わ、わかった……教えてくれてありがとう」

マジかよ……この世界は『ファシラブ』と完全に同じで、細かいところにズレがあるなんて思ってなかった。いや、よくよく考えてみれば当たり前か。『ファシラブ』は所詮《しょせん》ただのゲーム。今俺がいるこの世界はゲームのデータなんかじゃなく、全ての人間が生きている現実世界だ。ゲームとまったく同じとは限らない。

今までアルノルト様を救うために必死で勉強したり、その後をどう生きていくのかを考えたりで精一杯だったからそこまで頭が回っていなかった。まさかあのアイテムが闇市で取引されるようなヤバいブツだったなんて……怖っ！

「あんたみたいな子供の口から、あのネックレスの名前が出てきて心臓が止まるかと思ったよ。年寄りを虐《いじ》めるのはこれっきりにしとくれよ」

「えっと……すんません」

魔女からは先ほどまでの恐ろしい雰囲気はすっかり消え去り、ちょっとふてぶてしいながらもゲームで見慣れた姿へと戻っていた。それに安堵し、まだ警戒している様子ではあるがペレスも体から力を抜いた。

「ところであんたは王立学園に通ってる子かい？」

「ああ、新入生だけどな。それにしてもよくわかったな」

「着ている服が平民らしくないからね」

あ、そっか。俺も一応貴族だし持っている服はいい生地を使ったものばかりだ。平民っぽい平凡顔でも、着ているもので判断がついたんだな。

「それにしても王立学園の生徒がこんな店になんの用だったんだい？　ここにはあんたが欲しがるようなものはないと思うけどね」

確かに店の商品には様々なものがあるが、学生が買うような品はない。それにこの店の場所は貴族街と平民街のちょうど境目辺りだ。学園に通う生徒は皆貴族だから、平民街へ向かうこともないだろうし、この辺りまでやってくることもそうないだろう。

「ぬいぐるみの制作を請け負ってくれるところを探して、いろいろ王都内を探索してたんだ。それでちょっと面白そうな店だったから入っただけだよ」

「ぬいぐるみ？」

魔女は訝《いぶか》しげにそう言うと、店の一角に置かれていた魔物のぬいぐるみに視線を移した。

この店には魔物のぬいぐるみも置いてある。因《ちな》みにこれは攻略対象者である騎士団長の息子にあげる好感度アップアイテムだ。

「ああいう魔物のぬいぐるみじゃなくて、まだこの世界にはない斬新で可愛いぬいぐるみだよ。貴族と平民、両方に売れるようなところを探してたんだ」

「……面白そうな匂いがするねぇ。その話、ちょっと聞かせな」

魔女はにやりと笑うといそいそと店を閉め、俺とペレスに椅子をすすめた。思わぬ状況にペレスと視線を交わす。魔女も悪い人じゃなさそうだし、話を聞かせろというのだから要望に応えることにした。

「えっと、俺が考えたぬいぐるみはこういう感じのものなんだ」

以前、俺の指示に従ってペレスが描いてくれた、ねこちゃんやわんちゃんのぬいぐるみのデザイン画を見せた。魔女はそれを手に取るとじっくりと舐め回すようにして眺める。

「……いひひ、これはまた新しいねぇ。面白い。あんた、これを作ってくれるようなところはもう見つけたのかい？」

「いや、実はまだなんだ。俺は貴族だけじゃなくて平民にもこのぬいぐるみを売りたいと思ってる。だからどっちにも店を構えているところがよくて」

「ああ、なるほどね。そういうところは少ないからねぇ。だが安心おし。あんた、運がいいよ」

「ん？　どういうことだ？」

俺が首を傾げると、魔女はニヤッと意地の悪い笑みを見せた。

「アタシがあんたの力になってやる。あんたの希望通り、貴族と平民、両方に売ってやるよ」

まさかの言葉に俺は固まった。ゲームに出ていた魔女の店で、俺の希望が叶えられるかもしれないなんて、まったくもって予想外だった。

「アタシはこう見えても貴族の出でねぇ。店が貴族街の中心にもちゃーんとあるんだよ」

「へ⁉」

魔女が貴族⁉　って、そういやさっきペレスの動きを止めるために魔法を使っていたよな。魔法は魔力を持つ者しか使えない。そして魔力は貴族だけが持っているもの。そう考えたら、魔女が貴族だっておかしくない。

「そこに置いてある魔物のぬいぐるみも、うちの作業場で作ってるんだ。だからぬいぐるみを作る技術は心配ない。店も貴族街と平民街にあるし、顧客も既に持っている。これ以上、あんたの要望が叶うところがあると思うかい？」

マジか。魔女の言っていることが本当なら、正に俺が求めていた取引相手そのものだ。最悪貴族だけに販売しようと思っていたのに、予定通り平民にも売ることが出来る。

「アタシに任せな。アタシの信条は『信用と信頼』だ。ちゃんとした事業契約を結んでやるよ」

「よ、よろしくお願いします！」

こうして俺と魔女は契約を結ぶことになった。その後はどういったぬいぐるみを作りたいのか、生地はどういうものがあるのか、それを聞きながら前に俺が考えていたこともたくさん魔女に説明した。

当然この日一日で話は終わらず、時間も時間だったために寮へ帰った。だがその日から俺は毎日のように魔女の店へ赴《おもむ》き、ぬいぐるみの件で打ち合わせを行うようになった。

試作品を作って改善案を出し、また試作品を作っての繰り返し。そんな日々を過ごしているうちに、あっという間に入学式の日を迎えることになった。

俺は真新しい制服に身を包み、ペレスに見送られて寮を出た。学び舎へと続く道を踏みしめ、学園の門を潜《くぐ》る。すると俺の目の前には大きく聳《そび》え立つ、まるで城と見紛《みまご》うような校舎が。

白い石畳を挟むように左右には満開となった桜が道を作り、眩しいまでの青空にとてもよく映えていた。元が日本のゲームだったからか、この世界にも桜はあった。ただ名前は桜ではなくて『タイニー・チェリー』というわけのわからない名前だったが。

ゲームの舞台になった『王立シュトルツ貴族学園』。中等部と高等部に分かれており、それぞれ三年ずつ通うことになる。中等部へ通うことは義務であるが、高等部は希望者だけが通うことになる。

高等部を希望するのは、各家の跡継ぎや国政に関わるような高級官僚を目指す者、研究者や学者などの専門職を目指す者や騎士を目指す者達だ。

そんな学園の外観を眺めていると、あのゲームのオープニングが次々と思い出される。

とうとうここまできた。アルノルト様を救うために必死で準備をしてきたことが、ようやく発揮出来る。ぐっと握り拳を作り、気合を入れた。

俺はやってやる。アルノルト様に代わって『悪役令息』をやり切ってやる。ヒロインよ、お前に会うのはまだ先だが首を洗って待ってろよ。お前を邪魔するのはこの俺だ。

にやりと口角を上げ、俺は学び舎へ入るべく足を踏み出した。

優秀クラスの教室の扉を開ける。中へ入ると、キラッキラの貴族らしい子息子女達が既に数人ずつ固まって談笑していた。それを横目に一番後ろにある俺の名前のプレートが置かれた机へと向かう。どうやら既に席は決まっているようだった。

この教室もゲームの背景で見ていたまんまだ。あの時はただの背景でしかなかったが、今俺の目には現実として映っている。机も椅子も、当然なのだが触ることが出来る。『ファシラブ』の世界に来たのだと、心の底から実感する。

一人で勝手に感動していると、いきなり教室内が騒《ざわ》めいた。どうしたのかと思い顔を上げると、皆同じ方向を向いていた。それにつられて視線を動かしたところ、そこには攻略対象者達の姿があった。流石は攻略対象者達。とんでもない美形集団だ。そんな目立つ連中が一度に来たら、そりゃ一気に教室が騒がしくなるはずだ。攻略対象者達はそんな騒がしさをまったく気にすることなく、順番に教室内を進む。

先頭を歩いているのは攻略対象者その一、騎士団長の息子であるローガン・オードミニックだった。燃えるように赤い短髪を少しツンと立たせ、シュッと切れ長の黒い目は期待に満ちて見える。まだ十二歳ながも長身ということもあって大人びた印象だ。家は侯爵家である。

ローガンの後ろに続くのは攻略対象者その二、宰相の息子であるフェリックス・ルネスタン。肩を越すほどの緑の髪を緩く一括《くく》りにし、オレンジの瞳は伏せられてはっきりとは見えない。だがそれが儚《はかな》げに映り、少年であるのに美しいと表現したくなる風貌だった。家は公爵家だ。

その後ろに続いたのは攻略対象者その三、トレイシー・ディデニエル。濃紺の髪を少し長めのショートカットにしており、こげ茶の瞳を持つ。遊び人風だが、心から惚れた相手には一筋になる男だ。家は伯爵家ながらも王国一の商会を営《いとな》んでいる。

その後ろに少し遅れて入ってきたのは攻略対象者その四、アンセルム・カプレシア。隣国であるカプレシア王国の第二王子だ。隣国の王族の証である輝く銀髪を背に流し、赤い瞳を持つ優男。ちょっと気障《きざ》ではあるが、それで男も女も虜《とりこ》にするともっぱらの噂。この国の王太子と仲がいいことから留学に来ている。

そしてその後ろには攻略対象者その五、我が国ウォールダム王国の王太子であるライオネル・ウォールダム。輝かしい金髪に緑の瞳はまさしく『正統派王子様』という風貌だ。『ファシラブ』でも一番人気だったことからわかるようにイケメンぶりが際立つ。だが俺に言わせればただの浮気男のクズ野郎だがな。

「ぐふぅっ！」

王太子の後ろに付いて静かに入ってきたのは、俺の推し様であり神であり命であるアルたんこと、アルノルト・ブレイズフォード様！

というか本物のアルたんがヤバい！　歩いてる！　動いてる！　画面の向こうにいる二次元のアルたんじゃない！　本物の、生きたアルたんだッ！

背筋を伸ばしただ歩いているだけだというのに、その姿はまるで芸術品のようで。絹糸と見紛《みまご》うほどの綺麗な白髪は、黄色いリボンで綺麗に後ろで一括《くく》りにされている。俺がいるここからじゃアルノルト様の瞳までは見えないが、きっとアクアマリンの如《ごと》く綺麗な瞳をしているに違いない。

そんなアルノルト様は周りとは一線を画す存在感を放っていた。遠目から見てもわかるこの神々しさ！　ああ、俺の神は素晴らしい！　なんてことだ！　そんなアルたんが、そこに、いるなんてっ……！

「あの……どうしたんですか？　どこか痛いところでもあるんですか？」

「……へ？」

アルノルト様のあまりの神々しさ美しさに見惚《みと》れていたら、ふいに女生徒に声をかけられた。そこで初めて、俺はぽろぽろと涙を流していることに気が付いた。どうやらアルノルト様の神々しい姿を見て、感動のあまり自然と零《こぼ》れてしまったらしい。

だって仕方ないじゃないか。俺の前世での生きる理由の全てだったんだ。部屋の壁にはアルノルト様のイラストが隙間なく貼られ、どこもかしこもアルノルト様グッズで埋め尽くされていた。スマホの待ち受けも当然アルノルト様だったし、スマホの中に収められている写真のほとんどは、ゲーム中にスクショしたアルノルト様だ。

部屋のカーテンやベッドシーツに枕カバー、ラグマットにスリッパに食器類や日用品まで、出来るものは全て『アルたんカラー』である白と水色に統一した。アルノルト様に包まれて眠り、アルノルト様に見守られて朝を迎える。俺の日常全て、アルノルト様で溢《あふ》れていたのだ。

それほど俺はアルノルト様に傾倒していた。ただの推しじゃない。その程度の言葉で片付けられないほど、俺はアルノルト様が大大大好きだった。

そんなアルノルト様が俺と同じ教室にいる。動いてる。生きている。それだけで感動が止まらない。ああ、アルノルト様がいるこの世界に転生出来たことが幸せすぎて辛いっ……！

そんな時、ふとアルノルト様と目が合った。いやいやいや、思い上がるな俺。アルノルト様がモブの中のモブである俺の姿を目に留めるわけがないだろう。勘違いも甚《はなは》だしい。

だがそんな俺の思いを裏切るようにアルノルト様は迷いなく、こちらへとまっすぐ歩いてきた。

え、マジで俺に向かってきている？　そんな馬鹿な。きっと俺の近くに知り合いがいるからに違いない。

しかし、とうとうアルノルト様は俺の前へ来るとぴたりとその足を止めた。こんな至近距離に神であるアルノルト様がいるなんてどんなご褒美《ほうび》!?

「大丈夫か？　どこか具合でも悪いのだろうか」

「……はぇ？」

え、何？　もしかしてだけど、今、俺に話しかけた？　え!?　なんで!?　嘘っ！

いきなりの予期せぬアルノルト様とのファーストコンタクトに、どうしていいかわからない。まさかアルノルト様から話しかけてもらえるなんて、心の準備が出来ていなさすぎてパニックだ！

しかもアルたんを正面から見ちゃったーー！　う、美しいッ!!　顔は形のいい卵型でしかも小さい！　瞳ももうそれ宝石でしょ？　というか宝石に違いない！　肌も綺麗！　つるんとまるでゆで卵のようなきめの細かい白い肌！　そして慎《つつ》ましいその美しい口から漏《も》れたのは俺を案じる優しい声！　ふぉぉぉぉぉ！　ゲームの時より声が一段とお美しゅうございます！　耳が幸せとはこういうことを言うんですね！　ありがとうございますありがとうございます！　あなたが生まれてきてくれてありがとうございます！　デフォである無表情なのに、いやだからこそその神々しすぎるお姿で俺の動悸《どうき》が治まらない！　神を直視しちゃって申し訳ございませんっ！

「これから入学式が始まるが、もし辛いのなら医務室へ行った方がいいだろう。場所はわかるか？」

「……はっ……ふっ……」

あああああ！　どうしようどうしようどうしよう！『大丈夫です！　問題ありません！』と答えたいのに、口から漏《も》れるのは気持ち悪い空気音だけ！　だってだってだって！　こんな至近距離でアルたんが！　アルたんが俺を見つめているなんて！　こんなの平常心を保てるわけがないだろぉぉぉぉぉ！

「顔色が信じられないくらい赤くなっているぞ。今すぐ医務室へ——って君！」

もう無理。キャパオーバーだ。アルノルト様があまりにも綺麗で眩しくて優しくて美しすぎて。こんなモブの俺を見つめて話しかけてくれて心配してくれて。

心が歓喜で溢《あふ》れた俺は、その後の意識を失った。

「……あれ？　俺の部屋？」

「お。気が付いたのか、エルバート様」

「……ペレス？」

苦笑しながらペレスが俺の側へとやってきた。腰に手を当て俺の顔を覗き込む。

「おう。気分はどうだ？」

「……うん、多分大丈夫。ってか俺、どうしたの？」

「教室で泣きながら鼻血を噴いて気絶したんだってさ。エルバート様、相変わらず面白すぎるぞ」

「気絶……」

あーーー!! 俺、アルノルト様に話しかけられて嬉しすぎておかしくなったんだ！ いっぱいいっぱいだったとはいえ、アルノルト様の目の前で鼻血まで噴いて気を失うなんてっ……！

「っていうか、入学式は!?」

「もう終わってる。それと今後の予定表も貰っといた。机の上に置いてあるから、後で確認してくれ」

最悪だ……生アルたんの刺激が強すぎて気を失ってしまうなんて。こんなことじゃアルノルト様の代わりなんて務まるわけがないだろう！ しっかりしろよ俺！

うぉぉぉぉぉ！ と自分の不甲斐《ふがい》なさに腹を立てて俺は頭を掻きむしった。


そして翌日学園へ行き、アルノルト様の姿を見るなり俺は駆け寄った。

「アルノルト・ブレイズフォード様！ 昨日はご迷惑をおかけし、誠に、まっことに申し訳ございませんでしたぁぁぁぁぁ！」

モブの中のモブである俺から神であるアルノルト様に話しかけるなど言語道断だが、昨日の件はどうしても謝らなければ俺の気が済まない。アルノルト様にあんな醜《みにく》いものを見せてしまったなんて許されることではないのだ。

勢いよく頭を下げて謝罪すると「気にしなくていい」と寛大すぎるお言葉をいただいた。あああああ！　俺の神が尊いッ！　あなたの優しさは海よりも深いです！

「顔を上げてくれ。昨日は大丈夫だったかい？」

「……ん？」

アルノルト様じゃない声で話しかけられ言われた通り顔を上げると、そこには誰しもが美しいと評する微笑みを浮かべた、王太子であるライオネルの顔があった。

「昨日は僕の婚約者が迷惑をかけてしまったな。具合の悪い君にあんな酷い真似をするとは……しっかりと注意しておいたから安心してくれ」

は？　何言ってんだコイツ？　頭湧いてんのか？

「いえ、アルた……げふんげふんっ。ブレイズフォード様は様子のおかしい私のことを慮《おもんぱか》って優しくお声がけしてくださっただけです。その優しさに感動のあまり――」

「ああ、気を遣わなくても大丈夫だ。こいつは人の心というものがない。いつも冷たいその態度を改めるよう言っているのだがなかなか言うことを聞いてくれなくてね。あんなに顔を真っ赤にさせて鼻血まで出して気を失うなんて、相当恐怖を感じたのだろう」

はぁぁぁぁぁ⁉　違うって言ってんだろうがッ！　人の話を遮《さえぎ》っちゃいけませんって習わなかったのかよ！　人の話は最後まで聞けぇぇぇぇぇ！

「いえ、本当にブレイズフォード様は優しく――」

「ところで君は初めて見る顔だね。領地に住んでいた貴族かな？　よければ名前を聞かせてほしい」

こいつっ……！　どうあってもアルノルト様を悪者にする気かよ!?　また人の話をぶった切りやがってっ！

それに聞き捨てならないことを言いやがったな。アルノルト様に人の心がないだと？　それを言うならてめぇの方が人の心ってもんがねぇじゃねぇか！　こんなクソみたいなモブの俺を、アルノルト様は神の如《ごと》く慈愛の籠《こも》ったお美しいお心で気遣ってくれたんだぞ！　それのどこが人の心がないんだよ！　やっぱりこいつは敵だ。いけ好かねぇ。

「……ヘイクラフト伯爵家が次男、エルバート・ヘイクラフトと申します」

ここまでされて、すんっと無表情になった俺は悪くない。王太子相手だろうがアルノルト様を悪者にしようとする悪意のある奴にまともな態度でいられるか！

「ヘイクラフト伯爵家っ……!?　そ、そうか。領地にいたのなら、初めて顔を見たのも頷ける。おっと、悪いね。そろそろ行かないとっ……」

俺の名前を聞いたライオネルは、口元をひくつかせるとそそくさとその場を離れていった。その後ろを、変わらず無表情のアルノルト様が静かに付いていく。

つーかヘイクラフト家って嫌われすぎだろ。名前聞いただけで逃げるとかどんだけ。こんなの普通なら落ち込むところなんだろうが、悪役令息に成り代わろうとしている俺にしたら最高すぎる条件だ。俺達の様子を見ていた周りの生徒も、俺から距離を取るように離れていった。

それを気にすることなく、ライオネルの後ろに続くアルノルト様の背中を見送る。その姿を見て俺は自然と拳を握り締めていた。

ライオネルよ。てめぇもぜってぇ許さねぇからな。俺のアルノルト様をこき下ろしやがって。この恨み、必ず晴らしてやるから待っていろ。

それにしてもアルたぁぁぁぁん！　俺の推し様であり神であり命であるアルたんが不憫《ふびん》でならないよぉぉぉぉぉ！　あんな風に婚約者にコケにされてもただただ素直に従うしかないだなんて！　アルたんにはもっと他にいい人がいるよって言ってあげたいけど、この婚約も家が決めたことだし、それにアルたんはあの王太子が好きなんだもんね！　だったら俺はアルたんを応援するからね！　俺はずっとずーっとアルたんの味方だよ！

それにしても、このままだとやっぱりアルノルト様はゲーム通りに悪役令息の道へ進んでしまいそうだな。昨日は生アルたんの姿に感動が限界突破して気絶してしまったが、気合を入れて近付けば大丈夫だった。もちろん心は同じく感動で埋め尽くされていたが、あのライオネルの言葉で怒りが湧いたから踏ん張れた。

これなら大丈夫だ。俺は絶対にアルノルト様を守るために悪役令息をやり切るぞ。もう二度と無様に気絶などしない。アルたん！　俺は絶対にやり切るからね！

そしてその日から俺はぼっち確定となった。ヘイクラフト家の人間だと広まって誰も近寄らなくなったのだ。だがそのお陰で俺はこそこそとアルたんウォッチングを満喫していた。ぼっちという状況は、誰にも邪魔されずに自由に行動出来る。その利点を生かし、ひたすらにアルノルト様を眺めていた。もちろん不躾《ぶしつけ》にじろじろと見ているわけじゃない。こっそりと気付かれないようにだ。

だがそうやって毎日アルたんウォッチングをしていてわかったのは、アルノルト様に対するライオネルの態度が酷いこと。ヒロインはまだ現れていないが、既に婚約者に対する優しさが欠片《かけら》もなかった。

おかしい。ゲームはヒロインが学園に来てからのスタートだから、それ以前のアルノルト様とライオネルの様子ははっきりと描写されていない。だけどライオネルとヒロインが親密になる前の二人はそこまで仲が悪いという印象はなかった。

でもライオネルは既にアルノルト様を嫌っているようにしか見えないし、クラスメート達もアルノルト様を避けている様子に見える。アルノルト様が『悪役令息』になっていないのに、だ。

確かにアルノルト様は無表情だし、つり目なこともあって見た目からは少々キツい印象を持たれると思う。そのせいなのか誰もアルノルト様に近寄らない。どうしてもアルノルト様に伝えなければならないことがある時だけは会話をするが、その時の態度はアルノルト様に対して恐怖を感じているのが丸わかりだ。

アルノルト様の返事も非常に淡々としていて、会話が広がる様子はまったくない。とはいえ横暴な態度を取ったりするわけでもなく、むしろこんな俺にすら気遣ってくれた時点で優しい性格だとわかるだろう。皆も、特にライオネルはなぜそれがわからないのか。

ある日の授業中、先生が問題を解くようアルノルト様を指名した。アルノルト様にはもちろん簡単で、花丸百個あげたいくらいの完璧な回答をする。だがライオネルはそれが面白くないと隠すことなく顔に出していた。挙句に「答えやすい問題でよかったな」なんて言いやがった。

はぁ？　そこは『流石僕の婚約者！』って褒めちぎるところだろうがッ！　俺なら『流石アルたん！　アルたんがこんなに賢くて綺麗で美しいんだって世界中の人に自慢して回ってアルたんの素晴らしさを説いてこの世の人間全てをアルたんを神と崇《あが》めてもらうようにしちゃうから－！』と全力で褒めちぎるわ。

もう腹が立ってライオネルの顔をぶん殴りたい気持ちを抑えるのに必死だった。こんな出来事がちらちらとあって、ゲームと比べると違和感が凄い。これは俺の気のせいじゃないはずだ。やはり『ファシラブ』の世界で間違いないが、まったく同じじゃないってことなんだろう。それにしてもライオネルが現時点で、なんでそこまでアルノルト様を嫌うのかわからない。

だがそんなことばかりに気を取られているわけにもいかなかった。流石は優秀クラス。授業の進みがめちゃくちゃ速い。優秀な生徒ばかりが集まっているクラスだから皆の理解力もかなり高く、あっという間に進んでいく。

俺の元々の脳みその出来はよくない。授業が終わり、アルノルト様の姿が見えなくなると俺は自主的に図書室や自室で必死に自習せざるを得なかった。だがコポック先生の扱《しご》きのお陰で勉強のコツを掴んでいた俺は、それで授業に遅れを取るようなことにはならずに済んだ。コポック先生、ドSな扱《しご》きをありがとう。

そして週末、学園が休みの日は必ず魔女の店へ行ってぬいぐるみの件で打ち合わせを行っていた。八月の夏休みの間も、もちろん領地へ戻ることなく毎日のように魔女の元で、打ち合わせや試作を重ねた。そして俺が望むぬいぐるみが出来上がり、これから大量生産に入っていく。

魔女も針子もペレスも、このぬいぐるみを見た時は「可愛い！」と大絶賛。俺はそれを聞いて確かな手応えを感じていた。

ふわふわな毛が気持ちいいぬいぐるみや、布で出来たテディベア。巨大なぬいぐるみも作り、それぞれ特徴があってかなり満足度の高い仕上がりだ。ペレスの妹に試作品で出来たテディベアをプレゼントしたら、かなり喜んでいたようで俺も嬉しい。

貴族用にはもちろんカスタマイズ出来るものも用意した。魔女が貴族の出ということもあって宝石商との取引も簡単に取り付けられた。俺が計画していたことが全て、魔女と提携したお陰で叶う形となった。

だがこのぬいぐるみを大量に作る上で、針子の数が全然足りない。魔女は急遽《きゅうきょ》針子を増やし対応してくれた。前世と違って機械なんぞなく、一個一個手作りだ。最初のうちは慣れなくて作るスピードも遅かったが、そこは流石はプロと言うべきか。作業に慣れてしまえば後はどんどこ完成品が積み上がっていった。

ただ心配なのは、針子の皆の顔に酷い隈《くま》が出来ていたこと。なのにテンションが非常に高く様子がかなりおかしくなっていた。頑張ってぬいぐるみを作ってくれるのは凄く助かるし嬉しいが、体を壊さないようにしてほしい。そう伝えたら逆に「こんな可愛いぬいぐるみを作れてとっても楽しいんです！　これからももっと頑張りますね！」と言われ、鬼気迫る様子で超高速でぬいぐるみを縫っていた。本当に大丈夫だろうか……魔女には針子達の賃金を上げるようお願いしておこう。

貴族街と平民街にある魔女の店で、これから出てくる新商品の告知も始めた。店の一角にサンプルとしてぬいぐるみを飾っておいた。するとそれを見た客から問い合わせが殺到。貴族街の店ではカスタマイズも可能なことを知らせているお陰で、問い合わせが特に多かったそうだ。

貴族は流行に敏感で、しかも新しいもの好き。おまけにあんなに可愛いぬいぐるみを見たら、自分の子供や恋人にあげたくなるはずだ。

だが店の事前告知だけじゃ宣伝にはまだ足りない。前世ならSNSという便利なものもあって、情報を拡散させやすかったが今世にはそんなものはない。なので人海戦術でチラシを配ることにした。

新聞があるのだから印刷所だってあるだろうと魔女に聞くと紹介してもらえた。そこでペレスの協力の元、可愛いねこちゃんやわんちゃんのぬいぐるみの絵を描いたチラシを作成。印刷所で大量に刷《す》ってもらい、それを平民街で配るものの店のスタッフだけじゃ当然足りない。

そのため新たな人員を投入することにした。ペレスの妹、エフィがいる孤児院の子供達にお願いしたのだ。近くを歩いている人に声をかけたりチラシを配ったりする仕事をしてもらうという、簡単だがなかなかに大変な作業だ。だがお給金も支払われるとわかったからか、子供達は喜んで引き受けてくれたし元気いっぱい声をかけてくれた。

そのお陰もあってぬいぐるみのことはかなり広まったようで、店を訪ねてくる人が続出。それを聞いて俺は笑いが止まらなかった。

商品が販売される三日前に店は全店完全休業となった。新しいぬいぐるみを目立つ場所に設置したりといった、レイアウトをがらりと変えるためだ。今までの商品ももちろん継続して置くが、メインは俺のぬいぐるみ。販売スタッフにもぬいぐるみに関する情報をしっかり覚えてもらい、貴族街の店はカスタマイズについても覚えてもらう。レイアウトなどは俺が口を出させてもらった。

「あんた、今まで商売なんぞやったことのない子供のくせに、一体どこでそんなことを覚えてきたんだい？」

と魔女には呆れ半分、驚き半分で言われてしまった。これも前世の記憶があるから可能だったことだし、詳しく説明出来ない俺は「あはは……」と笑ってごまかすしかなかったが。

そして魔女と出会ってから半年が経ち九月。とうとう俺のぬいぐるみが世に出ることになった。

この日は学園の休みである週末に合わせてもらい、俺も魔女と共に店に立つ。事前告知が功を成したのか、開店前からかなりの行列が出来ていた。

「いらっしゃいませ～！」

開店時刻になり、元気に店の扉を開ける。すると待っていた客は次々に店へ雪崩《なだ》れ込んできた。

どんどんぬいぐるみは購入され、棚からその姿を消していく。中には万引きしようとしていたけしからん奴もいたが、そこは魔女の魔法で察知。スタッフによって憲兵へと突き出されていた。

そんなちょっとしたトラブルもあったが、ぬいぐるみは大好評。貴族街の店も覗いてきたところ、そこも多くの客で賑わっていた。

そのお陰であっという間に在庫も完売。想像以上の売れ行きとなった。

「いっひひひひ。こりゃあ爽快だねぇ。アタシが商売を始めてから、初めての売上金額が出たよ。

がっぽり稼がせてもらって悪いねぇ」

「こちらこそ。あなたの協力がなかったらここまでならなかったかもしれない。感謝します」

これで俺の断罪後の逃亡資金の確保は確実となった。悩みが一つ解消されて清々《すがすが》しい気分だ。

だが針子の皆はまだまだ忙しい日が続く。在庫がもうないから、またせっせと作ってもらわなければ。いつかはこれを真似した商品も出てくるだろう。そうなれば売り上げも落ちるかもしれないけれど、その時はまた新しいぬいぐるみを出せばいい。

俺が断罪後に逃亡すれば、店に関わることは出来なくなる。だから今後のことは魔女達が好きにやってくれればそれでいい。それまでは俺も全力でサポートさせてもらうがな。

こうして日々の勉強にぬいぐるみの販売。俺は多忙な毎日を過ごしていたが、とても充実した楽しい毎日だった。こんな日々がずっと続いてくれたらいいのに。

一方でゲームのストーリーは着実に進んでいた。とうとうヒロインがやってきたのだ。

「リンプトン子爵家の長男、ユリシーズ・リンプトンです。隣のルズコート王国から来たばかりで不慣れなことも多いですが、仲良くしてくれると嬉しいです」

ユリシーズはヒロインらしく、もちろん美少年だ。淡いオレンジの髪に、琥珀色《こはくいろ》のくりっとした大きな目。可愛さに全振りした容姿で、下手すると女の子より可愛い。まぁまったくもって俺の好みではないがな。だが周りの生徒はそうじゃないようで、ユリシーズに見惚《みと》れている奴が結構いた。ヒロインパワー恐るべし。

そして登校初日であるにもかかわらず、一日が終わる頃にはユリシーズは人気者となっていた。

まったく人見知りせず、むしろ自分からどんどん人に話しかけ、終始ずっと笑顔を振りまいていた。男女共に好感を持たれていて、すっかりユリシーズの周りにはクラスメートが集まっている。

当然、その中には攻略対象者達の姿もあった。特に留学生であるアンセルム・カプレシア第二王子は、国は違えど外国から来たということで親近感を持っているらしい。ルズコート王国ではどのように過ごしていたのか、この国に来て驚いたことは何かといった会話が聞こえてくる。

学園内は爵位関係なく平等と謳《うた》われている。学ぶということに貴賤《きせん》は問わないという考えかららしいが、だったら平民も通わせろと言いたい。その時点で貴賤《きせん》を問うているだろうがと突っ込みたいものの、選民意識が高いのが貴族だ。学園内での平等というだけでかなり先進的な考えと受け取られているんだろう。

そういった前提もあってかユリシーズも臆《おく》することなく、アンセルムと会話を楽しんでいる。周りにいる生徒も隣国の王族と会話が出来ると、積極的に話に参加しているようだ。

親友であるアンセルムがユリシーズに近付いたからか、はたまた自分が気になったからなのか。王太子であるライオネルもその輪の中に入っていた。アルノルト様への態度とは真逆で優しい気遣いを見せている。

そしてその様子を少し離れたところから見つめているアルノルト様の姿。相変わらずの無表情だが、瞳には悲しみが浮かんでいるように見えた。

あーーー!!　アルたぁぁぁぁん!!　そんな寂しそうな顔しないでぇぇぇぇ!!　くっそぉ……アルたんの側に行って、大丈夫だよって背中をさすってあげたいっ……!

だがこんなクソみたいなモブの俺が、推し様であるアルノルト様に近付くなど言語道断！　それに悪名高いヘイクラフト家の俺と仲良くなってしまっては、アルノルト様の名前に傷が付く！　俺のせいでアルノルト様の名誉を地に落とすわけにはいかない！

今すぐ『悪役令息』としてヒロインの邪魔をしに行ってやろうか。そう思ったが流石に早すぎる。今の状況を客観的に見てみれば、ユリシーズはまだ何もしていない。ただクラスメートと仲良くなっているだけだ。問題行動を起こしていないのに邪魔をしても上手くいくわけがない。

俺にとってはアルノルト様をこんな風にさせている時点で許すまじ！　なのだが、ここはまだ我慢だ。我慢するしかない。堪《こら》えろ俺ッ！

アルノルト様のことを気にかけながらも何も出来ない日々が続き、ユリシーズはヒロインパワーを発揮して次々と高位貴族の令息達と仲良くなっていった。

学園では月に一度、小テストを行っているがこれはあまり成績に響くことはない。意味合いとしては今の自分がどれくらい理解出来ているかを確認するものだ。ただ優秀クラスの場合は、この小テストの結果も成績に反映されるため気を抜くことは出来ないが。

そして年に二回、全生徒の成績に大きく関係する最も重要な『本試験』というものがある。その本試験日が近付いていたある日。俺がいつもの如く図書館で一人勉強に励んでいた時だ。

離れたテーブルではユリシーズと高位貴族の子息が数人、一緒に試験勉強に励んでいた。ユリシーズが学園に来てから日が浅い。授業もまだ二週間ほどしか受けておらず、試験を受けるのに不安だろうと親切にクラスメートが声をかけたのだ。俺からすればいくら途中から学園に来たとはいえ、優秀クラスに入れるだけの頭があるのだから問題ないだろと思うのだが。

しかし周りはそうじゃないみたいで、下心を隠しながらもユリシーズと共にいられる絶好のチャンスを逃すつもりはないようだ。

図書室内なのにきゃっきゃとはしゃぎつつ試験勉強をするヒロイン集団。非常にうるさく、迷惑だ。俺も気が散って仕方がないし、そもそも図書室は騒ぐ場所じゃない。流石にこれは注意案件だな、と悪役令息らしい顔を作って席を立った。だがその瞬間、図書室全体が騒がしくなる。

「あ、ライオネル様達だ！」

ユリシーズの嬉しそうな声が騒がしい図書室内であっても耳に届いた。ユリシーズの言う通り、図書室に入ってきたのは攻略対象者達。一から五まで勢揃いだ。そしてその後ろには控えめに付き従うアルノルト様の姿も。

攻略対象者達は皆仲がいい。小さい時からよく遊んだりしているようで、所謂《いわゆる》幼馴染だ。因《ちな》みにこれは『ファシラブ』公式の設定資料集からの情報だ。だからかいつもは図書室に来ることのないあいつらも、試験前だからと共に勉強会を行うらしい。

「ライオネル様達が来たから僕、あっちに行くね！」

ユリシーズのそんな言葉を聞いた瞬間、『は？　なんで？』と全然理解が出来なかった。折角作った俺渾身《こんしん》の『悪役フェイス』もすんっと元に戻る。

一緒に勉強していた令息達の顔にも『なんで？』と書かれていたが、ユリシーズはそれに構うことなく自分の教科書などを纏《まと》めると「じゃあね！」と攻略対象者達の元へと走っていった。これはあの令息達も怒るだろうと思い、彼らの方を見ていると。

「まぁ殿下達じゃ仕方ないか～」

「そうだよな～あはは」

と、さして気にした様子がなかった。

うっそだろ⁉　え⁉　今の怒っていいところだと思うけど⁉

正直言って俺は彼らが宇宙人に見えた。いやだって先に誘って一緒に勉強していたのに、約束もしていない攻略対象者達が現れたからって、悪びれることなくそっちに鞍替《くらが》えしたんだぞ。怒るだろ⁉　そこは怒っていいところだろ⁉　なんで『仕方ないな～』で済ませられるんだ⁉　意味がわからん……

攻略対象者達の方へ視線を移すと、ユリシーズは嬉しそうにその輪の中へ入り、ライオネルの隣の場所を陣取っていた。しかも椅子を寄せてぴったりと肩と肩がくっついている。

はぁぁぁぁぁ⁉　そこまでひっつく必要ありますぅぅぅぅぅ⁉　逆に邪魔になると思うんですけどぉぉぉぉぉ⁉

これはもうわざとやっているとしか思えない。とうとうヒロインは動き出したようだ。今までの流れを見ていても、攻略対象者達をターゲットに決めて攻略しにかかっていると見ていいだろう。それにライオネルもライオネルだ。げへへとみっともなく鼻の下を伸ばしやがって。相変わらずムカつく野郎だ。

そしてその輪の中にいるのに、一番端っこに座っているアルノルト様。いつものように美しい無表情だが、やはりその瞳には寂しさや悲しみが浮かんでいた。

アルたぁぁぁぁぁん!! ライオネルの隣に座りたかったよねぇぇぇぇぇ!! ユリシーズとかいうぶりっこヒロインなんて邪魔だよねぇぇぇぇ!! わかる！ わかるよ！ 俺はライオネルが大嫌いだけどアルたんはあいつのことが好きなんだもんね！ 隣にいて一緒に勉強したいよね！

「わぁ！ 凄～い！ ライオネル様、もうこの問題解けちゃったんですか？ 流石です！」

「いや、これはそこまで難しい問題でもなかったよ。きっと君もすぐに解けるさ」

「え～？ 僕には難しくてよくわかんないです……どうやって解くのか教えてください、ライオネル様」

「ははは、わかったよ。まずこれはね、この公式をここに嵌《は》めて――」

うるせぇぇぇぇぇ！ さっきよりも更にうるさくなったぞぶりっこヒロイン！ しかもなんだあいつのあのしゃべり方！ 甘ったるくて気持ちが悪い！ 絶っ対、全部の語尾にハートマーク付けてるぞ！

っていうかこれってイベントじゃん!? 試験で赤点回避することばっかり考えてたから失念していた……

ストーリーは確かこうだ。ユリシーズが学園へ来てまだ日が浅いのにすぐに学園の試験が始まる。そこで攻略対象者と一緒に勉強する際、ストーリーが分岐する選択肢が現れたはずだ。初めの方は、最初に攻略対象として選んだ奴に誘われて一緒に勉強するが、エクストラモードの場合は攻略対象者全員と一緒に勉強会を行う。ってことはユリシーズはもう既にエクストラモードを辿っているということなのだろうか。

そして通常モードでもエクストラモードでもアルノルト様は悪役令息として邪魔をする。エクストラモードの場合はこうだ。

『お前ごときが彼らに教わるなど恐れ多いと思わないのか！　ライオネル様のお手を煩《わずら》わせるなんて！　お前は即刻ここを立ち去れ！』

するとユリシーズを庇おうと攻略対象者達が揃って『そこまで言う必要はないだろう』『お前は相変わらず冷たすぎる』『そんなに嫌ならお前が出ていけ！』と次々にアルノルト様を非難する。

全員にそう言われ、アルノルト様は悔し紛れに図書室を後にする。といった内容だ。

ということは、これはもう悪役令息モードを発動してもいいってことなのでは？　いいよね。だってイベントなんだし、ゲームじゃアルノルト様が邪魔してたんだし。ゲームとは若干内容が違うが、大筋は同じなんだし。

ってことで、エルバート・ヘイクラフト。これより、モブから悪役令息にジョブチェンジさせていただきます！

俺渾身《こんしん》の『悪役フェイス』を張り付けると、ガタッと勢いよく椅子から立ち上がりカツカツとユリシーズの元へ。靴音をわざと鳴らしているからか、攻略対象者達も何事かと俺に視線を移した。

刺さるような視線を無視し、俺はユリシーズの後ろへ立つ。するとユリシーズはこちらを振り向き、俺の姿を見ると困惑した表情を浮かべた。

「ユリシーズ・リンプトン。ここがどこかわかっているのか？」

「え？　ここ、は、図書室です……」

俺の悪役フェイスに恐れ慄《おのの》いたのか、かなり顔を引きつらせている。練習してきた成果が出ているようで何よりだ。

「そうだな、図書室だ。では図書室内では静かにするという規則を知っているよな？」

「え……？　あの……」

「さっきからお前の声は非常にうるさい。試験前とあってここで試験勉強に勤《いそ》しむ生徒が多いことは見てわかるだろう。なのに周りの迷惑も考えずただひたすら大きな声を出し騒ぎ立てるのなら、即刻ここから出ていってくれ」

「そんなっ……僕、そんなつもりはなくてっ……」

途端にユリシーズは泣きそうな表情へと変わった。いつもにこにこと笑顔を振りまいているこいつが泣きそうな顔になると、非常に憐れみを誘う雰囲気を醸《かも》し出す。流石はヒロインだな。表情だけで、周りの人間の同情を引き込むのは簡単だ。その証拠に。

「おい、その言い方はちょっと強すぎるんじゃないのか？　ユリシーズが泣きそうじゃないか」

「出ていってくれとは言いすぎだと僕も思う。そこまで言う必要はない」

あっという間にユリシーズの肩を持つ攻略対象者達。俺がユリシーズにキツい物言いをしたことに対し憤慨《ふんがい》し、次々に俺を責め立てる。

そして俺が勢いよくユリシーズに注意をしたことで、図書室内にいた生徒達は一斉にこちらへ注視し何事かと様子を窺い出した。きっと俺がユリシーズを虐《いじ》めていると受け取られることだろう。

そうなれば俺がいじわるな悪役令息だと全校生徒に広まるのは時間の問題だ。

ここで俺の印象を強く残して悪役令息の立場を確立出来れば、アルノルト様が断罪される道が遠ざかるはずだ。よし！　やるぞ！

「僕は別に騒ぎ立てようと思っていたわけじゃないのに……どうしてそんな酷いことを言うの？」

「ということは、無意識で大声を出していたということか。であれば、尚更図書室を利用する資格はない」

「おい！　言いすぎだぞ！　図書室はお前のものじゃない！」

宰相の息子であるフェリックスが、机をバン！　と叩き抗議した。よしよし、いい感じだ。このまま俺が悪役令息になれるよう協力してくれよ。俺もしっかり反撃するからな。

「ええ、図書室は私のものではありません。ですが図書室内はなるべく静かに過ごすというのが規則です。その規則を知らないというのであれば彼の素養を疑いますし、知っていて、無意識であっても大声を出してしまうのなら周りの迷惑にしかなりません。そんな人が一人いるだけで、規則に則《のっと》り正しく利用している周りの生徒が哀れです。であるならば、そんな人は図書室を利用する資格はないと考えますが、いかがでしょうか？」

俺が堂々と反論すると、ユリシーズは悲しそうに隣にいるライオネルの袖をきゅっと握った。それを受けて攻略対象者達の俺を見る視線は更にキツくなる。

だが実際ユリシーズが大声を出していた時、他の生徒は迷惑そうな顔をしていた。真っ当な感性を持つ人間なら当然の反応だ。俺はそれをわざわざこうして口に出して伝えただけ。言ったことが間違っているとは思わない。

そもそもなぜ多くの人が試験前に図書室で勉強するのか。それは必要な資料が揃っており、かつ静かな環境で集中して勉強をしたいからだ。なのにそれをぶち壊す人間が一人いるだけで、その場にいる大多数が利用しづらくなる。ならそんな害悪こそいなくなるのが筋だろう。

「……酷いよ、エルバート様。僕は皆と勉強出来たのが嬉しくて……あ、もしかしてエルバート様も僕達と一緒に勉強したかったの？」

「は？」

はぁぁぁぁぁ!?　俺が！　いつ！　そんなことを言った!?　こいつの思考回路はどうなってやがる!?

「そっか。エルバート様、寂しかったんだね。いつも一人だし、本当はこうして皆と一緒にいたかったんでしょ？　じゃあ一緒に勉強しようよ！」

「おい、ユリシーズ！　駄目だ！　こいつはヘイクラフト伯爵の息子だぞ！　あの家は悪い噂しかないんだ。そんな奴と仲良くしたら君まで悪く言われてしまう！　こいつがいくらユリシーズと仲良くなりたいと言っても、それだけは絶対に駄目だ！」

「ユリシーズは優しすぎる。こいつに対して怒ってもいいのにむしろ仲間に入れてやろうだなんて……」

騎士団長の息子であるローガンを皮切りに、攻略対象者達は次々と俺の家のことを持ち出しユリシーズに考えを改めるよう必死に説得し出した。それは別にいい。実際、ヘイクラフト家が悪名高い家なのは間違いないし、俺もその状況は自分にとって都合がいいものだし。

ただちょっと待ってほしい。俺は一言も「一緒に勉強したい」とか「仲間に入れてくれ」とか言っていない。てめぇの声がうるさいからここを出ていけって言ったんだ。いくらなんでも飛躍しすぎだろうが！

「そんな……ライオネル様の方が優しいですよ。まだいろいろとわかってない僕にもこんなにも優しくしてくれてとっても嬉しいです！」

「ちょっとぉ、殿下だけ？　僕達も優しくしていたつもりだけど？」

「あ、もちろんだよ！　トレイシー様達もいつもありがとう！　えへへ」

そしてとうとう俺を無視して話し出した。注意したのに大声で。こいつら全員馬鹿なのか？　攻略対象者達はこれでも高位貴族の連中だぞ。しかもその中に二人も王族が入ってるんだぞ。お前ら一体今までどんな教育を受けてきたんだ……

「これ以上大声で話すのなら、皆様揃ってここからご退出願います。周りの生徒に迷惑ですので」

「おいお前。ここには王太子殿下と隣国の第二王子殿下もいらっしゃるんだぞ。その方達にも出ていけとは、お前は一体何様だ⁉」

ここでローガンが怒りを爆発させ、俺の胸倉を掴み上げた。流石騎士団長の息子。自分も将来騎士団長になることを夢見て毎日鍛錬しているというのは本当のようで――因《ちな》みにこれも公式の設定資料集にあった情報だ――力がかなり強い。少し苦しいがこれで日和《ひよ》るわけにはいかない。気を取り直して、ちょっと崩れてしまった悪役フェイスをしっかりと張り直した。

「失礼ですが、王族であれば何をやっても許されるという意味で捉えてよろしいでしょうか？」

「はぁ⁉」

「私も王族の方々が一番貴《たっと》き方だという認識はございます。それにこれはあなた方のためを思って言っているのですよ。殿下方が王族の立場を笠に着た態度を取り続ければ、それを見た周りの方々はどのような印象を持たれるでしょうか。特に王太子殿下は後の国王陛下。国を背負って立った時、周りにいる生徒も家督を継ぎ陛下を支えていく立場となるでしょう。その時に、本当の忠誠心を抱けるとお思いですか？」

俺だったら嫌だね。こんな奴に仕えるなんて嫌だし、精一杯陛下をお支えしよう！　なんて思えるはずがない。理不尽な要求ばっかりされそうな気しかしないもん。そんな奴、上司として失格だろう。

そんな思いを込めて煽《あお》ってやれば、ローガンの眉間に更に深く皺が刻まれ、その視線だけでも殺されそうな気分になる。

「そんなのは詭弁《きべん》だ！」

「ぐっ……！」

殴られることこそなかったが、俺は思い切り投げ飛ばされた。その拍子に体を床に打ち付けてしまう。ぐぅ……結構痛い。

「ローガン様！　駄目！　乱暴しないで！」

「……ユリシーズ。ちっ。……おい、エルバート・ヘイクラフト。ユリシーズが言うからこれ以上は止めてやる。ユリシーズに感謝しろよ」

「はぁ……騎士団長の息子がこんな暴力を振るう人だったとは。残念ですよ」

「てめぇっ！」

俺の煽《あお》りを受けて頭に血が上《のぼ》ったローガンは、また俺に殴りかかろうとするがそれをユリシーズが必死に止めていた。それで振り上げた拳を下げてくれたので、これ以上の痛みに襲われることはなさそうだ。

「……私もこれ以上図書室内で騒ぎ立てるのは得策とは思えません。ここは一旦退室いたしましょう」

今までずっと静観の姿勢を貫いていたアルノルト様が言葉を発した。ああ、やっぱりいい声ぇ♡

しかもアルたん、俺の言ってることちゃんと理解してくれてるぅ♡

「黙れ！　ユリシーズがこんな目に遭っているというのにお前はこいつの肩を持つというのか!?」

「そうではありません。ですがこれ以上は流石に他の生徒の迷惑――」

「うるさい！　お前はこれ以上何も話すな！」

はぁ!?　ライオネル、てめぇアルたんになんてこと言ってやがる。アルたんは事実を述べただけで、誰も貶《おとし》めたりしていないし周りの生徒のことを案じただけだろうが！

流石アルたん！　なのだが、言っている内容が正しいとはいえ、アルノルト様がこれ以上説得するのはよろしくない。これじゃあアルノルト様が悪役令息になってしまう！

「アルノルト様もどうしてそんなことを言うの？　僕達は勉強していただけで、何も悪いことしていないのにっ……」

こいつっ……！　このぶりっこポンコツヒロインまでアルノルト様を悪者にしようとしてやがる！　ふざけんなよ！　てめぇの相手はこの俺だ！

「ユリシーズ・リンプトン。これ以上人の迷惑を考えず自分勝手に振舞うのなら、即刻ここを立ち去れ」

俺は少しよろけながらも立ち上がり、悪役フェイスを張り直した毅然《きぜん》とした態度でもう一度言ってやった。すると攻略対象者達の睨むような視線が俺に一点集中する。そうだ、それでいい。憎く思われるのは俺の仕事だ。

「……ううっ、酷いっ……エルバート様は僕のことが嫌いなんだっ……ふぇぇぇぇぇぇっ……」

「ああ、ユリシーズ！　泣かないで。君は何も悪くない」

「そうだ。悪いのは全部こいつだ。俺達は皆、ユリシーズの味方だからな」

「ユリシーズ、ここにいるのは気分が悪いだろう。外の空気を吸いに行こう」

最後にライオネルがそう言うと、全員ささっと教科書などを仕舞いユリシーズを支えながら図書室を出ていった。だがただ一人だけ、アルノルト様だけはちらりと俺を窺い見た。相変わらずの無表情だけど、そこには「申し訳ない」という気持ちが感じ取れた。

ああああ！　やっぱり俺のアルたんは最高だ！　あんなポンコツ集団の中にいても、ただ一人あいつの言葉に流されない強さ！　はぁ素敵♡　やっぱりアルたんは最強に美しくて賢くて神だわ！

そして俺の悪役令息っぷりもなかなかよかったんじゃないだろうか。あいつらを追い出すことに成功したし、周りにいた生徒の目にも俺が悪役に映ったことだろう。ヘイクラフトの名前も伝わっただろうし、これでアルノルト様より俺に非難が集中するに違いない。よしよし。幸先がいいぞ。

気分がよくなった俺は先ほどの席に座り直すと、迫りくる試験のために勉強を再開した。


「ペレス～！　俺は悪役令息になったぞ！　ちゃんとやれたんだ！」

「おかえり、エルバート様。……うん、やっぱり自ら悪役になりにいって喜んでる姿ってのはおかしいと思うんだが」

呆れた様子のペレスを無視し、俺は気分よくソファーに腰かける。ペレスはすぐにお茶を淹《い》れてくれて、俺はそれに口を付けた。うん、一仕事やった後の茶は美味い！

気分がいい俺は、図書室であったことをペレスにぺらぺらと話していた。ペレスも真面目にそんな俺の話を聞いてくれる。

「なるほど。そいつら全員高位貴族だよな？　頭大丈夫か？」

「あ、やっぱペレスもそう思う？　やばいよな、マジで」

まったく会話が噛み合わなかったことに関してはペレスも不思議そうな顔をしていた。よかった。そう思ったのは俺だけじゃなかったみたいで。

「しかしエルバート様も結構キツく言ったな。中には王族もいたのによくやるぜ」

確かにキツい言い方をした自覚はある。ただ普通に注意するなら『静かにしてくれる？』だけでよかったのだ。それをわざわざ『ここから出ていけ』と言ったのだから、これはやりすぎだろう。

「でもそれは俺が悪役令息になるには必要なことだったからな。アルノルト様よりも、俺にヘイトを向かせなきゃ意味がない」

だから俺は後悔などしていないし、むしろ俺の悪役っぷりを広められる絶好の機会だったのだから大成功だ。

「……エルバート様がやろうとしていることは理解しているが、あんまり無理するんじゃねぇぞ」

「大丈夫だ。アルノルト様を救うためなら俺はやれる」

「そういうことじゃないんだが……ま、それよりも飯にするか？　腹減ってるだろ？」

「もうペコペコだ。食堂に行こう」

その後は悪役令息をやれた充足感に満たされたまま一日を終えた。


それからも、ユリシーズは着実に攻略対象者達を手玉に取っていった。だがそれだけじゃなく、他の高位貴族の令息達と仲良くなることも忘れていない。ユリシーズの行動は、正にゲームの中のエクストラモードと同様にハーレムを築いているようだった。

ほぼ一緒にいるのは攻略対象者達なのに、どうして他の高位貴族の令息達もユリシーズにここまで惚れ込んでいるのか。図書室であったように、攻略対象者達の姿が見えるとそれまで一緒にいた令息達を捨てて、攻略対象者と共に過ごすユリシーズ。普通ならそんなことばっかりされればユリシーズと共に過ごそうとする奴は減っていくはずだが、なぜかそれに対して怒る奴はおらずむしろ快《こころよ》く送り出しているという違和感。

ユリシーズが仲良くしている令息達の中には、当然婚約者がいる奴もいる。ユリシーズはよく「嬉しい！」と令息達に抱き付き、令息達も「僕もだ」と抱きしめ返している。もちろんそれを見ていた婚約者が怒り、いざこざを起こしている奴もいた。だがそいつらが決まって口にする言葉は『ユリシーズは何も悪くない。友人と過ごしているだけなのになぜそんな風に責められなければいけないのか』だ。これもヒロインパワーなのだろうか。あまりにも不自然に思ってしまう。

そして俺も負けじと悪役令息をやり続けている。ユリシーズが軽々しく令息達に抱き付いていれば、すぐさま割り込み「常識がない」と注意し、教室内でも必要以上に騒がしい声を出せば「うるさい」と嫌味をたっぷり込めて言っている。もちろん、俺渾身《こんしん》の悪役フェイスも忘れない。

だがその時のユリシーズは決まって「僕達はただの友達だよ」「わざとじゃない」など、自分の行いに対して謝罪するどころか認めることすら決してしなかった。もちろん周りにいる令息や攻略対象者達も皆ユリシーズの味方だ。俺がユリシーズを虐《いじ》めていると思い、俺を詰《なじ》る。

そしてアルノルト様は一度も悪役令息としての行動は起こしていない。というかアルノルト様が何かする前に俺が全部動いているからだが。望み通り、俺は『悪役令息』としての地位を手に入れていた。

こうしてユリシーズの邪魔をしまくり相当嫌われているはずなのだが、それでもユリシーズはある意味凄かった。というのも「僕はエルバート様とも友達になりたいんだ」とあいつから近寄ってくるのだ。

当然そんなものお断りだ。悪役令息がなぜヒロインなんぞと仲良くしなければならない。しかもアルノルト様を苦しめているこいつと友達になんて死んでも嫌だ。

だがその様子を見ていた令息や攻略対象者達は揃いも揃って「ユリシーズはなんて優しいんだ」と言い、「ユリシーズの気持ちを理解出来ないなんて、やっぱりヘイクラフト家の人間だな」と俺を冷めた目で見る。

それを受けて、俺は内心しめしめと喜んでいるのだ。俺が嫌われれば嫌われるほど、ヒロインの邪魔をすればするほど悪役令息として目立っていける。それはすなわち、アルノルト様を悪役令息の道から逸らせるということ。俺の計画は順調だった。

「あの、ちょっといいかな？」

そんなある日の放課後。俺は初めてクラスメートである一人の令息に声をかけられた。「話したいことがあるから付いてきてほしい」と言われ、なぜこんな俺に話しかけたのか不思議だったがとりあえず理由を知りたくて付いていくことにした。最悪、集団で俺を囲い暴力沙汰でも起こすつもりなのかと思ったが、その時はその時で逃げればいい。

警戒を怠《おこた》ることなくその令息に付いていくと、校舎を出て人気《ひとけ》のないところへと連れ出された。これは俺の予想通りかと身構えたけれど、なんとそこに待っていたのは俺をボコそうとする集団ではなくユリシーズだった。

「エルバート様、来てくれてありがとう」

俺の姿を見ると嬉しそうに笑うユリシーズ。その顔を見た瞬間、俺はくるりと背を向けて来た道を戻ることにした。

俺に声をかけてここまで連れてきた令息はユリシーズに頼まれてやったのだろうとわかったし、俺はユリシーズと話すことなど何もない。あいつから何かを頼まれることがあっても応じるつもりはサラサラないし、だったらさっさと帰って自習でもしていた方が有意義だ。

寮の自室へ戻ろうと歩き出すと、慌てたユリシーズは機敏な動きで俺の前へ立ち塞がった。

「ちょっと待ってよ！　エルバート様！」

「そこをどけ。お前と話すことなど何もない」

「そんなこと言わないで。僕はエルバート様と友達になりたいだけなんだ」

相変わらずおかしなことを言う。俺にその気はないのに、どうしてこうもしつこいのか。散々こいつの邪魔をしまくっているというのに。あーイライラする！

「僕達はいろいろと誤解があると思うんだ。お互いちゃんと話せばきっとわかり合えるはずだよ」

「はぁ～……誤解なんてあるわけがない。わかり合いたいとも思わない。お前と友達なんてお断りだ。もう一度言う。そこをどけ」

ここまで拒絶の意志を見せても、ユリシーズはそこから動くことなく俺に迫る。こいつにとって、俺がやってきたことを思えば好かれる要素など皆無のはずだ。なのにどうしてここまでしつこく、諦めないのか。

「あの、僕ね。エルバート様のためにプレゼントも用意したんだよ」

いや、俺の話聞いてる？　ちゃんと断ってるよね？　困惑する俺のことなどお構いなしに、ユリシーズは嬉しそうににこにこと笑い、そのプレゼントやらをポケットから取り出した。そしてそれを俺の目の前で広げて見せる。

「……っ⁉　それっ……！」

「これ、とっても珍しいネックレスなんだ。可愛いでしょ？　君に似合うと思って用意したんだよ。受け取ってほしいな」

ユリシーズがプレゼントだと言ったネックレスは、俺が何度も何度も見たことのあるネックレスだった。同時に魔女の言葉が頭の中を駆け巡る。

『あんたが言う「バーベナのネックレス」はね、闇市で取り扱われる危険な商品なんだよ』

『だからあんたも、二度とその名を口にするんじゃないよ』

ゲームでは全攻略対象者対応の好感度が激アップするアイテムで。魔女に教えてもらい、ヤバいブツだと知ったあの『バーベナのネックレス』。ユリシーズはそれを、嬉しそうに俺の目の前に掲げていた。

闇市で取引されるような商品をなんでこいつが持ってる⁉　見間違いかと思ったが、ゲームで何度も見たこの俺が見間違えるはずがない。どこをどう見たってあの『バーベナのネックレス』そのものだ。

あまりの衝撃に体が動かない。知らず知らず冷や汗まで流れている。こいつはそのことを知っていて持っているのか？　なんで。なんで！　なんで⁉

「ふふ。じゃあ僕が着けてあげるね」

固まって動けない俺に近付き、そのネックレスを着けさせようとするユリシーズ。俺は初めて、こいつの無邪気な笑顔が怖いと思った。

「さ、触るなッ!!」

「きゃっ！」

やばいやばいやばいやばい！　無理無理無理無理無理！

あんなもの身に着けさせられては堪《たま》らないと、俺は乱暴にユリシーズの手を叩き落とし一目散に逃げ出した。

あれは間違いなく『バーベナのネックレス』だ。この世界じゃ一生お目にかかることはないだろうと思っていたものを、まさかユリシーズが持っていたなんて。

今はもうひたすらユリシーズから逃げたかった。あんな危険なものを持っている奴の近くにいたくない。寮の自室に向かって我武者羅《がむしゃら》に走る。寮が見えてくると心なしかほっとした。そのまま勢いを止めることなく自室の扉を開け放つ。

「うおっ!?　びっくりしたぁ……お帰りエルバート様……って一体どうしたんだ？」

俺は部屋に入るなり、ソファーへどかりと腰かけ頭を抱える。様子がおかしい俺を心配しているのか、ペレスはすぐ側へと駆け寄ってきた。

「おい、顔が真っ青だぞ!?　何があったんだ？」

「……『バーベナのネックレス』を、ヒロインが持っていたんだ」

「は？」

「だから！　あのヤバいネックレスをユリシーズが持ってて、俺に着けさせようとしたんだよ！」

「……本当なのか？」

魔女の話を共に聞いて、あのネックレスがいかに危ないものかを知っているペレスは俺の話に顔色を変えた。

「ユリシーズと懇意《こんい》にしている令息達や攻略対象者達は、既にあのネックレスを受け取っていると見て間違いないだろう」

ユリシーズが皆に好かれているにしてもあれは異常だった。ヒロインパワーによるものかと思っていたが、そうじゃなく皆魅了にかけられていたからだったんだ。

「いや、でもあれは相当な高値で簡単に入手出来ないものだって……」

「そうだ。俺もあいつらがネックレスを身に着けているか確認はしていない。だけどそうじゃなかったら、こんなに早く皆がユリシーズにメロメロになってる理由が説明出来ない」

「……それ結構ヤバい状態なんじゃないの？　どこかに報告した方が……」

「……いや、無理だ。それは出来ない」

俺も誰かに言えるものなら言ってやりたい。あいつがヤバいものを持っているって。だけどそれが出来ない理由がある。

「……ちっ、厄介だな」

どうやらペレスも俺と同じ考えに至ったようだ。どうしようもないことを理解し、一気に眉間に皺を寄せた。

もし俺が『バーベナのネックレスを持っている奴がいた』と報告するとしよう。そこでまず疑われるのは俺だ。どうしてそんなネックレスの存在を知っているのか。そう問われでもしたら俺はその理由を上手く説明することが出来ない。

馬鹿正直に『前世で知っていた』なんて答えたところで誰が信じる？　しかもこれは信頼しているペレスにだって言っていないことだ。そしてそのネックレスの存在を知っているというだけで俺は十分危険人物になり得る。そんな奴を放っておくとは思えない。

つまり、俺がこの件を憲兵なりどこかへ報告した時点で、俺が捕まる可能性は非常に高いことになる。

もしそんな事態になってしまったら、『アルノルト様を悪役令息の道から逸らし断罪を回避する』という最大の目的がここで潰《つい》えてしまう。それだけは何がなんでも絶対に阻止しなければならない。

これは俺の命を懸けてでも完遂しなければならない使命なのだ。

「これはもう俺の胸に秘めておくことにする。でも出来ることはやっておきたい」

こんな俺にすらあいつはあのネックレスを渡そうとした。ならアルノルト様にだって渡す可能性は十分にある。ユリシーズから何か渡されても決して受け取るなとアルノルト様に知らせなければ。

俺は勉強に使っている机に向かうと、紙を取り出しペンを握る。そうしてアルノルト様宛《あて》に注意してほしい旨をサラサラと書いた。もちろん俺の名前は入れずに無名で出す。明日、朝早く学園に行きアルノルト様の机の中にこれを忍ばせておけば、アルノルト様ならきっと気が付いてくれるだろう。俺が出来るのは悔しいがここまでだ。

ここ最近ずっと不思議でならなかった皆の行動の理由はこれだったのか。くそっ……理由がわかっても手が出せないのが無念でならない。まさかユリシーズがあのネックレスを使っていたなんて思いもしなかった。どこでどうやって手に入れたのかはまったくわからないが、現にユリシーズは持っていた。それが全てだ。


翌朝、予定通り早めに学園へ行き、教室内に誰もいないことを確認すると、アルノルト様の机に手紙をそっと入れておいた。アルノルト様がもう既に受け取っていたら意味がないことかもしれないが、やれることはやっておくに越したことはない。

しばらく自分の席で自習をしながら皆が登校してくるのを待っていると、ぞくぞくとやってきた。アルノルト様も攻略対象者達と一緒に姿を現し、自分の席へ着く。するとすぐに俺が入れた手紙に気付いたようで、少しきょろきょろと視線を動かしていた。俺は知らぬふりで、目が合わないようにする。

アルノルト様は手紙にさっと目を通すと、制服の内ポケットへと手紙を仕舞った。それを見てとりあえずは安堵する。後はその手紙の内容を信じて、ユリシーズからの贈り物を拒否してくれることを祈るのみだ。

正直あのネックレスを持っていたユリシーズが不気味で仕方ないが、だからといって俺が悪役令息の座を降りることは許されない。いつも通り、俺はユリシーズの邪魔をし続け、皆からのヘイトを買い続けていった。

当然ユリシーズへの好意がだだ上がりしている連中は、そんな俺のことが気に食わなくて仕方がない。だがユリシーズはあのネックレスの一件以降、俺に近付き「友達になりたい」と言わなくなった。ネックレスの力を使うことも出来ず、もう俺を引き入れることは無理だと悟ったのだろう。

それからのユリシーズは俺が邪魔に入れば「怖いっ……！」と側にいる誰かの背中に隠れるようになった。するとそいつらはユリシーズを庇い、俺に暴言を吐く。その時の俺を見るユリシーズは気持ち悪いくらいに無表情だった。

「いい加減にしたまえ！　君はユリシーズに一体なんの恨みがあってこんなことをする！」

そしてとうとうライオネルが声を荒らげることになった。

「私はあまりにも常識がない彼に注意をしているだけです。言いがかりはやめていただけますか」

「常識がないのはお前の方だろう！」

「婚約者でもない、ただの友人であるユリシーズ・リンプトンが殿下を名前で呼ぶことですら不敬だというのに、ここ最近は『ライ様』など愛称呼びをするようになりました。殿下はこれが常識だと仰《おっしゃ》るのですか？」

最近のユリシーズはかなり調子に乗っていて、ライオネルに対してとうとう愛称呼びをするようになった。友人として仲良くなって名前呼びを許し合うというのはよくあることだ。だがライオネルは王族。立場が違う。それを許されるのは婚約者くらいで、ただの友人であるユリシーズがライオネルを名前呼びすることは許されない。

婚約者であるアルノルト様ですら『ライオネル様』と呼んでいるのに、アルノルト様よりユリシーズが先に許されていることが既におかしいのだ。

「学園では平等だというのを、お前は知らないのか！」

「知っていますよ。ですがそれは意味が違います。勉学に貴賤《きせん》は問わないという意味での平等であり、礼儀や常識を吹っ飛ばしていいという意味ではありません」

「くっ……それはただの難癖だろう！」

ライオネルは俺が言った言葉で一瞬怯《ひる》んだものの、そんなことは認められないと更に声を荒らげる。どんなに俺が正しいことを言っていたとしても、ヘイクラフト家の人間の言葉に同意したくなかったというのもあるのだろうが。

「そもそも最近のユリシーズ・リンプトンは非常識極まりありません。他の令息達に抱き付くだけでは飽き足らず、殿下の腕に纏《まと》わりついたり、必要以上に体を密着させたり。婚約者にすら許していないことを、なぜただの友人に許しているのですか？　それでは風紀も乱れますし、それを見ている生徒も困惑します」

アルノルト様という素敵すぎる婚約者がいると誰しもが知っているライオネルが、ユリシーズとあんなにイチャイチャしている姿を見て何も思わないのは、ユリシーズに対して好感が高い連中だけだ。そうじゃないまともな生徒はそんなライオネルの姿を見てどう思うのか。そんなこと、普通ならちょっと考えただけでわかるはずだ。だけどライオネルも他の攻略対象者も、ユリシーズから渡された『バーベナのネックレス』の力によって、まともな思考ではないのだろう。

「僕が許しているのだから問題はないはずだ！」

「なぜ婚約者を差し置いて、その男にそれを許しているのですか？　あなたの婚約者は誰ですか？　まさか王太子殿下ともあろう方が、ご自分の婚約者が誰かわからない、なんてことはありませんよね？」

「貴っ様ぁ……！」

ふんっ、と馬鹿にした顔の俺に、激高したライオネルが拳を振り上げた。だがそれが振り下ろされる前に、アルノルト様がその腕を掴んだ。

「ライオネル様！　なりません。抑えてください！」

「アルノルトッ……！　お前まで僕の邪魔をするというのか！」

「うっ……！」

「アルたんッ！」

腕を押さえたアルノルト様を、ライオネルは思いっ切り突き飛ばした。いきなりのことでアルノルト様は転倒し、床に這いつくばってしまう。

おのれぇぇぇぇ！　ライオネルッ！　俺のアルたんに暴力を振るうなんて許さんッ!!

倒れ込むアルノルト様の側へ駆け寄り、そっと体を起こし立ち上がらせてあげる。あああああ！　アルたんに触ってしまったぁぁぁぁ！　柔らかぁい！　あったかぁい！　ってそんなことに感動している場合じゃない！　ごめんねアルたん許してお願い！　緊急事態だから！　後で俺が触ったところは消毒してね！

心の中で盛大にアルノルト様に謝り倒し、アルノルト様をこんな目に遭わせたライオネルをぎろりと睨む。

「ご自分の思い通りにならないと、すぐに暴力を振るうなんて流石王族のなさることですね」

「貴様ッ！　それ以上僕を愚弄《ぐろう》すると後悔することになるぞ！」

俺が嫌味を言えば、その挑発に乗ってますます頭に血を上らせるライオネル。もう『正統派王子様』の仮面は見事に崩れ去り、鬼のような形相になっている。

俺の嫌味は王族に対して行きすぎたものだとは理解している。だけど俺もアルノルト様を突き飛ばしたこいつを許せるわけがない。俺だって引くわけにはいかないのだ。

「ライ様！　乱暴は駄目です！　いつもの優しいライ様に戻って！」

「……ユリシーズ。……はぁ、わかったよユリシーズ。怖い思いをさせてすまないね」

「ううん。怒ったライ様も格好いいけど、笑ってるライ様の方が僕は好き！　だからもう怒らないであげて。ね？」

「……おい、エルバート・ヘイクラフト。ユリシーズに免じて今日のところはここまでにしてやる。次はないと思え」

ライオネルは尊大にそう言い捨てると、ユリシーズを伴って教室を出ていった。

ふんっ！　なぁにが『もう怒らないであげて』だ！　気色悪い！　あ゛ー！　イライラするっ！

しかもライオネルの奴、アルノルト様をここに置いていきやがって！　お前の婚約者はあいつじゃなくて、アルノルト様だろうが！

と、心の中で二人を盛大に罵倒《ばとう》していると、アルノルト様が俺の目の前にすっと体を滑らせた。

「ヘイクラフト伯爵令息。先ほどは起こしてくれて感謝する」

「あっ！　え、あのっ……いえっ！　とんでもございましぇんッ！」

あ、噛んだ……ううう……アルノルト様が俺に話しかけてくれた衝撃が凄いとはいえ、まともに返事が出来ないなんて……でも嬉しいなぁ！　アルノルト様に名前呼んでもらっちゃった♡

「……放課後、君に話がある。体育館倉庫の前に来るように」

「へ……？」

アルノルト様はそう言うと、スタスタと教室を出ていった。

その後、午後の授業も全て終わり放課後。クラスメート達が次々と教室を出ていくのに合わせ、俺もアルノルト様に指定された体育館倉庫の前へ移動を始めた。だがその足取りは鉛のように重い。

だって俺はアルノルト様の代わりに悪役令息になりたいのであって、アルノルト様とお近付きになりたいわけじゃない。俺はあくまでもアルノルト様を推しとして崇《あが》める一モブだ。アルノルト様の幸せをそっと見守る立ち位置でいたい。俺みたいなモブが推し様であり神であり命であるアルノルト様に近寄るのは間違っている。でもそんなアルノルト様に呼ばれたのであれば、それを裏切ることは出来ない。だから仕方ないのだが、どうしても気分は下がってしまう。

因《ちな》みに貴族学園といえども体育館はちゃんとある。ただ運動の授業といえば、剣術だったりテニスのようなスポーツだったりするのだが。運動場もしっかりあって、そこでは乗馬や魔法の授業も行われている。そういった授業で使う道具を纏《まと》めて収めている倉庫が、体育館倉庫だ。そして校舎から少し離れている場所にあり、体育館倉庫は放課後になればほとんど人が近寄らない。だからこそアルノルト様はそこを指定したんだろう。

足取りが重くとも、一歩一歩歩いていれば体育館倉庫は目の前に現れる。指定された場所へ行くと、アルノルト様の姿はまだ見えなかった。もしかして呼ばれたと思ったのは俺の勘違いか？　と考えたその時。

「ヘイクラフト伯爵令息、来てくれて感謝する」

後ろから声をかけられ振り向いたところ、いつもの神々しいまでのアルノルト様がそこにいた。

はぅあっ！　たった今気が付いたけど、この状況ってアルノルト様と二人きりじゃん！　あー、こんな神と二人きりだなんて心臓が破裂しそうなくらい嬉しい一方で、俺みたいな奴がアルノルト様の視界に堂々と入っていることが腹立たしいッ！

「い、いえっ、アルたっ……げふんげふん。ブレイズフォード様のお呼びとあれば参上いたします」

あっぶね。ついついアルたんって呼びそうになったし。こんな呼び方したら、海よりも深い優しさを持つ神のアルノルト様でも流石にキレるだろうから気を付けないと。

「もうある程度察しているとは思うが、君にわざわざ来てもらった理由は本日のライオネル様との件だ。君に手を上げそうになったことを、ライオネル様に代わって謝罪しよう。それとこんなところに呼び出さなければならなかったことも。申し訳なかった」

「いっ⁉　ちょっ、ま、待ってください！　お願いですから頭を上げてください！　俺に謝罪は不要です！」

ア、アルたんがッ！　アルたんが俺に謝罪ぃぃぃぃぃ!?　こんなクソみたいな嫌われ者の平凡ブサイクな俺に向かって、神の如《ごと》く美しい俺の命である推し様が頭を下げて謝罪ぃぃぃぃぃ!?　誰だよアルたんにこんなことをさせた不届き者はぁぁぁぁぁ!?　って俺だよッ！　俺のバカバカバカッ！　俺なんかいっぺん死んでしまえッ！　死んでアルたんに詫びろクソモブブサイクがッ！

「そう言ってもらえて感謝する」

「いえっ、本当にお気持ちは大変、大っ変ありがたくはあるのですが、俺なんかに謝罪は不要ですので！　はい！」

「わかった。謝罪に関してはここまでにしよう。だが、ヘイクラフト伯爵令息。今日の君はやりすぎだったと思う。王族相手に、かなり不敬な態度だった」

「あ、はい！　それについては重々承知しております！」

わかっていてわざとやりました！　なんて言ったらそれこそめちゃくちゃ怒られそうなんで、そこはちゃんと黙っておきます。お口チャック。

「ですが、殿下のブレイズフォード様に対する態度はどう見てもおかしいと思わざるを得ません」

俺がそう主張すると、不服を覚えたのかアルノルト様の視線がきゅっと鋭くなった。

あはぁん♡　その刺さるような鋭い視線！　痺《しび》れるぅ！　アルたんの作り物のように整ったお顔だと、更に威力が増して神に睨まれているというのにドキドキしてしまいますぅ♡　美しい！

「……ライオネル様が仰《おっしゃ》るには、友人と楽しく学園生活を満喫していらっしゃるとのことだ。だからそれについては我々がとやかく言うべきではない」

は？　え、まさかだけどアルノルト様、あいつが言ったこと鵜呑《うの》みにしてる？　あいつがそんな理由でユリシーズと一緒にいるわけないじゃん。それ浮気男の常套句《じょうとうく》だよ。

まぁ確かにユリシーズが学園に来た頃は、純粋に友人として接していたかもしれない。だけど今はあの禍々《まがまが》しい『バーベナのネックレス』の力によって、魅了をかけられて頭がぱっぱらぱーになってるんだよ。あー、それを言えないことがもどかしい！

そもそもあのネックレスがなくても、ライオネルの態度は本当に酷かったからな。もうアルノルト様のことが嫌いなんだろうなって聞かなくてもわかってしまうくらいに。今じゃそれに輪をかけてアルノルト様への態度が酷い。俺はアルノルト様のことを思うと胸が苦しい！

「でも殿下の婚約者はブレイズフォード様です！　婚約者にあんな冷たい態度を取られていいんですか？」

「……私に対する態度は今に始まったことではない。もう慣れている」

はぁ!?　あいつアルノルト様に対して昔からあんな態度なの!?　こんなのどう考えてもゲームと内容が違いすぎる！　ゲームのスタート時点でも、もの凄く仲がいいというわけでもなかった。でもライオネルはそれなりにアルノルト様に気を遣っていたような感じではあったんだ。だが現実は全然違ったってことだ。

どうしてライオネルが昔からアルノルト様を嫌っているのか、その理由が気になる。だけど今はそんなことより、アルノルト様がその状況に慣れてしまったことが問題だ。そんなことに慣れないでよアルたん！　あなたは幸せにならなきゃ駄目なんだよ！

「そんなの慣れているからといって許せることではありません！　あなたはきっと今まで王太子妃になるためにとてつもない努力をしてきたはずです！　その地位に誰よりも相応《ふさわ》しく、誰よりも立派に務め上げるために！　長年あなたが努力してきたことを俺は知っています！」

ゲームの周年記念で出たアルノルト様のカード。そこにはアルノルト様の切ない想いが綴《つづ》られていた。ライオネルへの恋心はもちろん、自分がいずれ一国の王となるライオネルを支えるために、好きなことややりたいことを捨ててまで必死に勉強し続けてきたことも。

国王が国の太陽ならば、自分は月となって影から支えたい。アルノルト様はそう思って、ライオネルのことだけじゃなくて王妃となった後についても一生懸命考えて、そのための覚悟だってしていたことを俺は知っている！

そこまで必死に頑張ってきたアルノルト様を、あんな無下《むげ》にする権利なんて誰にもどこにもあるわけがない！

「だからあなたはそんな風に扱われていい人間じゃない！　婚約者だからこそ、あなたを誰よりも大切にするべきなのに！　あんなに冷たく当たり続けるなんて……俺はっ……俺はそんなのは嫌だッ！　認めないッ！　認めてたまるかぁぁぁぁぁ！」

俺は自分の想いをありったけぶちまけ、アルノルト様の目の前から全力で逃走した。

だってだってだって！　あれ以上いたらアルノルト様の前で無様に泣いちゃうところだったんだもん！　アルノルト様の今までの人生を考えたら涙なしでいられないって！　ああ、今走りながら堪《こら》えられなかった涙がぼたぼた落ちてきてる！

そのまま寮の自室まで全力疾走を続けた。まだ学園に残っていた生徒とすれ違う時、俺の方を二度見していたのを感じたが、そんなことはどうでもいい。俺はとにかく今すぐに自室に引きこもって泣きたかった。

寮に辿り着くと脇目も振らずに自分の部屋に一直線。扉を勢いよく開けてソファーへとダイブした。

「うわぁぁぁぁぁん！　アルたぁぁぁぁぁん！」

「……今日は一段と激しいお帰りだな、エルバート様」

ペレスは状況がよくわかっていないにもかかわらず、俺が泣いているのを邪魔することなくずっと頭を撫でて側にいてくれた。ペレスが学園まで付いてきてくれなかったら、きっと今頃寂しくてもっと悲しかったかもしれない。お陰で俺は安心感の中で、思いっ切り泣くことが出来た気がする。

「ぐすっ……」

「ちょっとは落ち着いたか？」

「うん、ありがと」

「で。一体何があったんだ？」

ちーんと鼻を噛むと、教室での出来事からアルノルト様との会話まで全部ペレスに話した。その間、ずっとペレスはただ耳を傾けてくれて、決して俺の話の邪魔をすることはなかった。だけど。

「お前は馬鹿か！」

「あいたっ！」

ペレスは俺の話を聞き終えるなり、罵倒《ばとう》と共に頭に拳骨《げんこつ》を振り下ろした。ゴンッ！　と見事な音が鳴ってズキズキと痛い。

「はぁ〜……王太子相手に何やってんだ！　本当に不敬罪だとか言われて捕まったらどうするつもりだ⁉　あ゛あん⁉」

「だって……だってぇ……」

アルノルト様に対する態度が酷いだけじゃなく、突き飛ばしたのはどうしたって許せなかったんだ。ペレスだって妹が乱暴されていたら、相手が目上の人だろうが殴り飛ばすくらいするはずだ。口だけで済ませた俺はまだマシな方だろう。

「あんたが『悪役令息』ってやつをやらなきゃいけないのはわかってる。だけどな！　それでお前に何かある方が嫌なんだよ！　アルノルト様を助けたいのはわかるが、お前ももうちょっと自分を大事にしろ！」

「ペレス……ペレスぅ〜！」

折角涙が止まったというのに、ペレスのそんな言葉が嬉しくなって思いっ切りしがみ付き、みっともなくまたわんわんと泣いてしまった。ペレスはそんな俺に呆れてため息を吐きながらも、あやすように背中をさすったり頭を撫でたりしてくれた。

「それでアルノルト様の前から逃げ出したって言ってたけど、それも大丈夫なのか？　アルノルト様は公爵令息だろ？　お前より上位の方なのに、一方的に話すだけ話して逃げたって状況はあんまよくねぇんじゃねえの？」

「あ」

ほんまや。ペレスに言われて気が付いたけど、確かに俺、公爵令息に対して失礼な態度取っちゃってた。しかもただの公爵令息じゃなくて、俺の愛しの推し様アルノルト様に！

「ど、どうしよう！　俺、アルノルト様に酷い態度取っちゃったぁ～！」

「もう仕方ねぇから謝ったらいいんじゃね？　それしかないだろうが」

「……うん。そうする」

ペレスはしゅんと落ち込んだ俺の頭を、今度はぐりぐりと撫でると洗面台へと向かった。濡れタオルを手に戻って、「ブサイクが更にブサイクになってるぞ」と言いながら、少し乱暴に俺の顔をごしごしと拭き上げる。その後は、冷たい濡れタオルを俺の目の上に当てて腫れを引かそうとしてくれた。

口は悪いが面倒見もよくて本当の兄みたいだ。全部が終わって逃亡した後、ペレスにはいいお嫁さんを探してあげよう。こいつも幸せになってほしい。

翌日。俺は登校後、またアルノルト様の机に今度は謝罪の手紙をこっそり入れておいた。今回はしっかり名前入りで。アルノルト様はその手紙を見つけると、俺の方へ視線を向けた。俺がそれにぺこりと頭を下げると、アルノルト様は手紙をそっと内ポケットへと仕舞った。

直接謝れなくてごめんなさい。でも今の俺が近付くと、アルノルト様に迷惑がかかるからこうするしかなかったんだ。アルノルト様のことだからきっと俺の意思は汲《く》んでくれると思う。

ライオネルと一悶着《ひともんちゃく》あったものの、俺はめげずにユリシーズの妨害を続けていた。それもあってか、俺はますます全校生徒に嫌われるようになり、俺の近くに人が近寄ることはなくなった。廊下を歩いていても、俺を避けるように皆離れていく。まるでモーゼの海割りのように。

ヘイクラフト家の人間なことと、王太子と問題を起こした生徒ということで、誰もが面倒事はごめんだと巻き込まれないようにしているんだと思う。

そして俺に対しての嫌がらせも始まった。無視されることは前々からあったけど、教科書を破かれたりノートを捨てられていたり、机の上に落書きがされていたりといった、まぁ言っちゃあなんだがせこい虐《いじ》めだ。というか貴族でもこんなみみっちい真似するんだな、とちょっと感心してしまったほどだ。

ゲーム内だとアルノルト様は虐《いじ》められることはなかったが、ヘイクラフト家の俺だったらバレなきゃいいと考えているんだろう。だが俺を見くびるな。こんなことで心が折れるなんて思わないでくれ。

そんな嫌がらせを受けていても、俺は態度を変えることなくユリシーズの妨害をし続けていた。

だがある日の放課後、自習しようと図書室へ向かっていた時だ。廊下の奥を一瞬だけだがユリシーズが通ったのを見かけた。

ライオネルはアルノルト様と共に既に帰っている。ということは、あいつは他の攻略対象者か高位貴族の令息を攻略しようと動いているのでは？　もしそうならこれは悪役令息チャンス！　後ろを付けてその現場を押さえようと駆け出した。

見失ったかと思ったが、そのまま駆けていくと遠くにユリシーズの淡いオレンジの髪色が見えた。気付かれないよう一定の距離を保ち、見失わないよう後ろを付けていく。するとユリシーズは校舎を出て、庭園側へと向かっていった。周りをきょろきょろと見回していることから、随分と警戒している様子が窺えた。

こんな放課後に一人で庭園？　妙に警戒しながら？　バレてはいけない誰かと待ち合わせの約束でもしているのだろうか。放課後の庭園は立ち寄る人などほとんどいないから、そういう場合ならうってつけだろう。

だがそこで待ち合わせしていたとして、一体誰と？　ライオネルとですら非常識にも皆の前でベタベタとしているのに、こそこそとバレないようにしなければならない相手がいる？　不思議に思いつつ、ユリシーズに気付かれないよう細心の注意を払い跡を付け続けた。

ユリシーズは辺りを警戒しながら庭園の奥へ奥へと進んでいく。もうこの辺りは学園の端っこ。綺麗に手入れされた区画は抜け、多くの木々が生い茂《しげ》る死角の多い場所だ。そしてついにユリシーズの足が止まる。俺も木の陰に立ち、身を屈めて息を潜《ひそ》めた。

するとユリシーズのすぐ側の大木からフードを被った人が出てきた。背格好からしてどうやら大人の男だろう。しかし怪しすぎる。こんな風貌の奴は学園にはいない。そいつはユリシーズと会話をしているようだが、俺がいる場所からじゃ何を話しているのかはまったく聞こえない。やがて二人は更に奥へと歩いていき、その姿は木の陰に隠れて見えなくなってしまった。

このまま跡を付けるか？　だがもし二人にバレたら。ほんのしばらくぐるぐると考えていたが、意を決してあの二人を追いかけることにした。でもどこに行ったのか二人の姿を見つけられず、仕方なく来た道を戻ることにした。

それにしてもユリシーズが会っていたあの男は一体誰だ？　もしやユリシーズが密かに付き合っていた隣国の恋人とか？　仮にそうだったとして、わざわざ学園の隅っこを選択して会っていた理由は？

ただ謎だけが膨らんでいく。あの二人がどういった関係かは気になるが、今はもう調べようがない。もしかしたら今後何か進展があるかもしれないし、だったらその時に調べればいい。そう考えて今はそれ以上考えることをやめた。

それからいつものように日々が過ぎ、ユリシーズも怪しい動きをすることもなくそろそろ一年が終わろうという時。ふと俺の机の中に綺麗な封筒に包まれた手紙が紛れ込んでいたのを見つける。

まーた嫌がらせか、と封筒をよく見てみたら、なんとなんと！　アルノルト様からお茶会のお誘いだったのだ！　なんで!?　と思ったが、もしかしたら偽物の可能性もあるということに思い当たる。

今の俺はみみっちい嫌がらせを受けており、これもその一つかもしれない。じっくり読むためにも、詳細は寮に戻ってから確認しようと一旦内ポケットへと仕舞った。

そして授業が終わり、すぐさま寮へと戻る。胸ポケットの封筒を取り出し、中を読んだ。

「……本物みたいだな」

「アルノルト様の住所まで書いてあるってことは、本物……の可能性は高いと思う」

覗き込んでいたペレスは、嫌がらせで用意されたものではなく本物だろうと確信したようだ。だけど俺はまだそうだと認められなかった。

「何が気になる？」

「いやだって！　アルノルト様が俺を茶会に招待するっておかしくない!?　しかもアルノルト様のお家《うち》の公爵家でだぞ!?　この俺が！　全校生徒にまで嫌われて嫌がらせまでされるヘイクラフト家のこの俺が！　なんでアルノルト様から茶会の招待を受けることになる!?」

手紙の中にはご丁寧にアルノルト様の家の住所まで書かれていた。アルノルト様は王都に住んでいる大貴族で、俺とは違い家から学園へと通っている。それにゲーム内じゃ各攻略対象者達の詳しい住所なんてものは、公式の設定資料集にだって書かれていなかった。だから俺は今日アルノルト様の住所を初めて知ったわけなんだが。

「で、どうすんの？　行くの行かないの？」

「うっ……本当は行きたくないけど、もしこれが本当にアルノルト様からの招待だったとして、伯爵家の俺が無視するわけにもいかないんだよな……」

伯爵家の俺が、目上である公爵家のアルノルト様の誘いを無視するなんて無作法なことは出来ない。断るにはそれ相応の理由が必要だ。その理由に、俺がヘイクラフト家の人間であり、大多数の人間から嫌われているっていうのは使えない。アルノルト様ならそんなことは百も承知で送っているだろうから。

「あ〜……行くしかないのかぁ……」

まだ偽物である可能性はあるが、とりあえず行ってみて判断すればいいか。もし辿り着いた先が本当にアルノルト様の家だったら茶会に参加、もし全然違う場所だったらさっさと帰ってくればいい。

そう決断し、当日。

「マジかぁ……」

ペレスを伴い招待状に書かれていた住所へ赴《おもむ》いてみれば。なんとも見事な豪邸が俺の目の前に聳《そび》え立っていた。

黒塗りのおしゃれで大きな門扉の前には守衛が二人立っており、その門扉の奥には信じられないくらい広くて長い庭園、そして綺麗に整えられたトピアリーの緑に鮮やかな赤い薔薇《ばら》が見えた。

建物はまるで前世に存在した夢の国にあった城のような外観で、壁は白で統一。屋根は落ち着いたグレーの、非常に品のいい豪邸だ。この世界じゃ高価なガラス窓もたくさんあり、なんていうか流石公爵家と言わざるを得ない。

俺の家も伯爵家だし豪邸っちゃ豪邸なのだが、規模も品格も何もかもが劣っている。あの贅沢《ぜいたく》するのに余念がない人達が建てた家ですら、比べるのも烏滸《おこ》がましい迫力だった。

門扉の前に立つ守衛に聞いたところ、ここは間違いなくアルノルト様の家だった。この招待状、本当にアルノルト様本人から出されたものだと確定したのだ。

本来なら馬車で門を潜《くぐ》りそのまま中へと入っていくらしいのだが、俺は寮住まいで馬車など持っていない。乗合馬車を乗り継ぎ近くで下車して、そこからてくてくと歩いてきたのだ。守衛は「そのまま歩いていくの？」と驚いていたが、俺は「大丈夫です」と答え徒歩で門を潜《くぐ》った。

周りの景色が素晴らしすぎて、長い距離を歩いているのにまったく退屈しない。ペレスも「すげぇ……」と零《こぼ》していたから、本当の大貴族の威光に慄《おのの》いているようだ。

ようやく建物の近くに着くと、玄関先には執事が立っていた。俺の姿を目にするとにこりと穏やかな笑みを浮かべた。

「ようこそいらっしゃいませ。アルノルト様のご友人である、エルバート・ヘイクラフト様でございますね」

「あ、はい！　本日はご招待いただきまして、わたくしのような者が恥ずかしながらここへ参りました。こ、こちらが招待状です！　あ、あとつまらないものですが……」

貴族の茶会なんぞ招待されたのは初めてで作法はよくわからない。前世の時のように、手土産――一応王都で有名な菓子店の焼き菓子詰め合わせセットだ――を持参していたのだが、果たしてこれでよかったのかどうか……不安に思いながらも手土産と招待状を執事に渡すと「お心遣い感謝いたします」とにっこり笑って頷いてくれたから、多分大丈夫だろう。

「庭園へご案内いたします」と先導する執事の跡を付いていくと、これまた見事に咲き乱れる薔薇《ばら》が。しかも白薔薇《ばら》で統一されており、遠目には噴水が見える。ところどころにベンチも置かれ、それは青で統一されていた。

「あの、この庭はアルノルト様のために造られたのですか？」

「ほっほっほ。よくおわかりになりましたね。奥様がアルノルト様のためにご用意した庭園でございます」

やっぱり！　花は白で、それ以外は青で統一されているからそうだと思った！　もうこの庭園が『アルたんカラー』で溢《あふ》れてて、俺も前世は同じことをしていたからすぐにわかった。

しかも執事が言うには、薔薇《ばら》も一年中咲くように品種改良したものを育てているらしい。おまけに魔法も使われていて、いつでもこの見事な白薔薇《ばら》を堪能《たんのう》出来るようになっているそうだ。詳しいことはわからなくても、この庭を維持するために相当な金額がかけられていることは想像に難くない。アルノルト様はお母様に溺愛されているらしい。

しばらく奥へと進んでいくと白い東屋《あずまや》が見え、そこにアルノルト様がいた。アルノルト様は俺の姿が見えると綺麗な所作で立ち上がって出迎えてくれた。

「ヘイクラフト伯爵令息、本日の茶会に参加してくれたこと感謝する」

「いえ！　とんでもございません！　わたくしのような者をご招待いただきまして、感謝申し上げます！」

はぁ♡　アルノルト様の私服姿が見れるなんて、それだけで今日来た甲斐《かい》があった♡

詰襟の白いフリルシャツは絹製だろう。襟元には大きなアクアマリンと思《おぼ》しき宝石がついたブローチがキラキラと輝いている。シャツの上に水色のジレを着ており、ジャケットとズボンは眩しいくらいの白色だ。ラペルピンには恐らくダイヤモンドが使われていて、その輝きがアルノルト様の神々しさを更に引き立てている。ゴールドの髪飾りも綺麗な白髪に映えていて美しい以外の言葉が見つからない。私服まで『アルたんカラー』なんて素敵すぎる！

制服姿ももちろん素敵カッコいいけど、今日の装《よそお》いはそれ以上にアルノルト様に似合いすぎていて直視出来ない。はぁ♡　眼福♡　ゲームでは制服姿しかなかったから、もう新鮮すぎて嬉しすぎて鼻血出そう……。

「ヘイクラフト伯爵令息も今日はいつもと雰囲気が違うな。似合っている」

「ごふっ！」

不意打ちの褒め言葉は心臓に悪いのでやめてもらっていいですか⁉

今日は流石に俺もしっかりとおめかしをしている。とはいえ、アルノルト様みたいに素晴らしい装《よそお》いではない。決して華美ではなく、全身無難に紺で纏《まと》めている。俺みたいなクソモブブサイクは地味目で整えた方がまだマシだ。だがそんな俺にも褒め言葉を容赦なく叩きつけてくれるアルノルト様は本当に優しいと思う。その言葉は『生アルたんメモリアル』の一ページに書き留めて一生忘れずにいよう。

席に着くよう案内され、一つ礼をしてからゆったりと椅子に腰かけた。ペレスは従者のため、少し離れた場所で待機だ。

公爵家の使用人が茶会の準備を始める。テーブルには軽食やケーキが並べられ、目の前には香り高い紅茶が置かれた。どれも綺麗に盛り付けられており、しかも非常に美味しそうだ。

それにしてもアルノルト様と関わるつもりはなかったのに、まさかその推し様とお茶会をすることになろうとは。あまりにも非現実的すぎて未だに理解が出来ずにいる。それに招待されているのはどう見ても俺だけ。ということは、誰にもバレずに俺と話をしたかったってことだろう。でも何を話すつもりなのかまったく見当がつかないから困る。

アルノルト様は美しい所作でカップに口をつけた後、伏目がちに口を開いた。

「……正直、今日来てくれてほっとしている」

「え？」

「……私は皆に恐れられているから」

いつもの通り冷たく感じる無表情ながらも、その言葉と声色に寂しさが滲《にじ》んでいた。

あああああ！　アルたぁぁぁぁぁん！　俺も最初行くのを嫌だって思ってしまってごめんなさいそれは別にアルたんのことが怖いとか嫌いとかムカつくとかそんな気持ちは一切なくてこれだけ全校生徒に嫌われててその上家はヘイクラフト家で悪い噂しかないところだしクソモブブサイクだし神であるアルたんに近付くなんて恐れ多くてアルたんの幸せをそっと見守っていられたらそれで十分だったしむしろ俺が近付いたことでアルたんに迷惑がかかるかもって思ってたからであって俺はアルたんのことが大好きだからねぇぇぇぇぇ!!

と心の中では一息にアルノルト様への想いをぶちまけていた。これを本人に言えないことが辛すぎてもうやだ帰りたい……。

「私は別にブレイズフォード様のことを怖いと思ったことはありません。むしろとても優しい方だと知っています」

「そ、そうか……」

え、ちょっと待って。荒ぶる俺の気持ちを抑えてなるべく感情的にならずに当たり前のことを言っただけなのに、アルノルト様の視線がすっと逸らされた。……もしかして、照れてる？　え、アルたん照れてるの!?　アルたんの照れ顔超可愛いんですけど!?

「き、君は変わっているな。私のことをそう思うなんて。でも、ありがとう。とても嬉しく思う」

「い、いいえ！　当たり前のことを言っただけですので！」

あああああ！　もう俺の心臓苦しいんだが！　鼓動が速すぎて、本気で心臓が痛い！　落ち着くために俺もカップを手に取りごくごくと飲んだ。するとすぐさま公爵家の使用人が空《あ》いたカップにおかわりを注いでくれる。一気飲みしてすみません！　ちょっとまだ熱かったですが、大変美味しいお茶でした！

アルノルト様が「君のために用意したんだ。ぜひ食べてくれ」と言うから、目の前にある軽食やケーキをいただくことにした。アルノルト様が普段食べているであろうものを俺も口にすることが出来るとは！　神様ありがとうございます！　そしてもちろんのことながら、今まで食べてきた中で一番と言っていいほど美味しかった。

だが、このままのほほんとお茶会をしているわけにもいかない。本題が残されているはずだ。

「あの……私をお茶会に呼んだ理由をお伺いしてもよろしいでしょうか？」

「そう、だな。……今君は、あの学園であまりいい状況とは言えない。それはわかっているだろう？」

アルノルト様のその言葉に、俺は静かに頷いた。

「なぜ君がリンプトン子爵令息にあそこまで突っかかっているのか、本当の理由がわからない。確かに彼は君の言うように常識的とは言い難い。君の言っていることが間違っているとは思わないが、少々キツく当たりすぎているとも思う。それに――」

アルノルト様はそこで言葉を区切ると、少しだけ考えるように俯《うつむ》いた。だがすぐに顔を上げて俺を見つめる。

「ライオネル様にまで恐れることなくあのような態度や言葉。不敬に当たると伝えたのに、君は未だに危ない言動を繰り返している。以前私を助けてくれたことには感謝しているが、もし……もし私の思い上がりでなければ、だが。……私を守るために、そのようなことをしているのではないのか？」

その言葉を聞いて俺はぎくりとした。まさかアルノルト様本人にバレているなんて。

「もしも本当にそうだったなら。私のことは大丈夫だから、もうやめてほしい。これ以上は君の立場が悪化するだけで、ライオネル様も何をなさるかわからない」

そうです、あなたのためなんです。そう本音を言えたらどんなによかったか。アルノルト様が俺を心配してくれたのは本当に本当に心の底から嬉しいし、何もかも暴露してしまいたい。でもそれがアルノルト様のためになるとは思えないし、もしアルノルト様がまかり間違って断罪されるなんてことになったら。そう考えただけで、俺の心が冷え切って息が出来なくなる。だから――

「勘違いなさらないでください。あなたのためではありませんよ」

「……」

「私が、ユリシーズ・リンプトンやライオネル殿下、そしてユリシーズ・リンプトンを囲うあの連中が嫌いなだけです」

震える手を隠すようにテーブルの下へと移動させた。アルノルト様は推し様で神で俺の命。アルノルト様のことを否定したくはないが、ここで負けるわけにはいかない。俺が『悪役令息』として最後に断罪されるためには、俺はこのままこの役をやり切る必要がある。

「ブレイズフォード様。本日は貴重な機会をいただきありがとうございました。私もヘイクラフト家の人間ですし、貴族のお茶会に呼ばれたことはありません。その初めての機会を、ブレイズフォード公爵家の素晴らしい庭園で与えてくださったことは一生忘れません」

堪《こら》えろ。震えるな。毅然《きぜん》とした態度で伝えるんだ。アルノルト様はとっても頭がいいから、ヘマをすれば全てバレる。俺は悪役令息なんだ。ここで役を降りることだけは絶対に許されない。

「そして今後、もしまたお茶会にご招待いただいてもお断りをさせていただきます。私と懇意《こんい》にしていると思われれば、あなただけではなく、ブレイズフォード公爵家にもご迷惑がかかりますので。俺は一人で大丈夫です。どうかご理解ください」

ああ、辛い。アルノルト様の気持ちを無下《むげ》にすることが辛すぎて死にそう……こんなにも罪悪感に苛《さいな》まれるのは生まれて初めてだ……

「だが、それでは君が――」

「本当にありがとうございました！　お茶もお菓子も全て美味しかったです！　では私はこれで失礼いたします！」

アルノルト様が何か言おうとしていたけど、失礼なことを重々承知の上でぶった切るように叫んでお礼を伝えた。そのままガタッと勢いよく席を立ち、ガバッと礼をするとその場から猛ダッシュで逃げ出した。

「はぁ!?　ちょ、エルバート様っ!?」

焦ったペレスの横を駆け抜け庭園を走り去る。こんな綺麗な場所に似つかわしくない俺の行動は、きっとブレイズフォード公爵家に瞬《また》く間に広まるだろう。そうなれば「あのような無礼者は二度とうちの門を潜《くぐ》ることは許さん！」と皆お怒りになるに違いない。だがそれでいい。俺はもう二度とここへ来てはいけないのだから。

そのまま門扉まで一直線。俺の姿を見た守衛が慌てて門扉を開ける。守衛にも礼を伝えて、再度猛ダッシュ。後ろからは俺の名前を呼び追いかけてくるペレス。まるで鬼ごっこのように二人してブレイズフォード公爵家から走り去った。

「こんの馬鹿たれっ！　あんな真似してよかったのかよ!?　平民の俺ですら失礼極まりないことしでかしたことくらいわかるっての！」

「だって、だってっ……！　アルノルト様にバレそうだったんだもん！　あれ以上あそこにいたら、ボロが出るに決まってる！」

「だからって……あーもう！　なんでこんなややこしいことになってんだよ！」

結局俺より背の高いペレスに追いつかれ、頭をごつんと殴られお説教。ペレスの言うことは間違っていないから甘んじてそれを受ける。

「ごめん。でもああすることしか思いつかなかったんだ」

「はぁ……やっちまったもんは仕方ない。エルバート様の言うアルノルト様だったら、きっとそこまでお怒りにならないと思う。多分だけどな。もし怒られて何かあったらその時考えりゃいいか。今考えたってどうしようもないし」

ペレスはガシガシと頭を掻き、心底呆れた顔で俺を見る。でもその中に俺のことを心配する気持ちがあるってわかるから、こんな状況でも嬉しいと思ってしまう。


そんなとんでもお茶会からしばらくして、学園の一年が終わった。

結局アルノルト様から何かお咎めがあるわけでもなく、俺と距離を取った方がいいと判断してくれたのかお茶会のお誘いなどはなかった。それにほっとしつつ、学年が変わる前の長期休暇へと入った。

俺は領地へは戻らないため、そのまま寮で過ごすことになる。長期休暇の間は魔女のところへ行ってお店を手伝ったり、図書室で勉強したり、王都を散策したりと自由気ままに過ごした。

ただ休暇中は、アルノルト様のこととユリシーズのことが気がかりだった。学園が休みのため、俺はその間何も出来ない。きっとユリシーズは俺がいない状況を利用し、更に親睦《しんぼく》を深めようと動いているだろう。その間アルノルト様はどうしているのだろうか。直接的な被害がなければいいのだが。そんな不安を抱えつつも時間は過ぎ、長期休暇は終わりを告げた。

久しぶりの学園だ。今日から二年次が始まる。俺は去年の試験でしっかりと合格ラインをキープ出来たお陰で、今年も優秀クラスに残ることが出来た。もちろんアルノルト様や攻略対象者、そしてヒロインは全員優秀クラスに残っている。

しっかしあのポンコツヒロイン、あれだけ非常識な奴なのにどうして勉強が出来るのか不思議だ。これはゲームの補正なのか強制力なのか。どっちでもいいが、今年もガンガン妨害していく所存だ。

登校すると去年と同じ顔ぶれがぞくぞくと登校してきた。どうやら優秀クラスのクラスメート達の人員変更はなさそうだ。そして攻略対象者達もまとまって登校してきた。だが去年とは明らかに違う点があった。

攻略対象者達とユリシーズが一緒に登校してくるのは変わらない。アルノルト様はいつも皆を立てているのか一番最後に教室へと入ってくるのだが、今日はその中にアルノルト様の姿が見当たらないのだ。攻略対象者達はアルノルト様が不在でも以前と変わらずうるさいくらいにきゃっきゃとはしゃいでいる。

アルノルト様はどうしたのだろうか、と不安に思っていると、授業が始まるほんの数分前に教室へと入ってきた。それも一人で。そしてライオネルのところへ行き「おはようございます」と挨拶をするが、奴はそれを無視。アルノルト様の姿をちらりと見ることも、返事をすることもなかった。

アルノルト様はいつもと同じ少し冷たい印象を持つ無表情だったが、その瞳がほんのわずかに悲しみで陰った気がした。この長期休暇で何かがあったと見て間違いない。懸念していたことが起こってしまったようだ。

おのれぇぇぇぇぇ！　ライオネルぅぅぅぅぅ！　アルノルト様からの挨拶を無視しやがってぇぇぇぇぇ！　それに周りの攻略対象者達も！　全員まるっとアルノルト様を無視しやがった！

そしてクラスメート達も、アルノルト様達の仲が完全に決裂したことを察したのか教室内が重苦しい空気に変わる。最悪の二年目のスタートだった。

それでも授業は淡々と行われる。その時は普通なのだが、休憩時間や昼食時、アルノルト様は一人ぼっちになっていた。朝の挨拶をしたっきりアルノルト様は彼らの元へ行くことはなく、静かに本を読んで過ごしていた。読書姿もとっても素敵カッコいいアルノルト様なのだけど、誰も近寄ることも話しかけることもしない。

公爵家という高位貴族であるため、自分から話しかけるのは憚《はばか》られるという理由もあると思う。だが誰もがアルノルト様を腫れもののように見ているのが明らかで、自分達が攻略対象者達から非難を受けることを恐れている様子だった。

くっそぉぉぉぉぉ！　本当は俺がアルノルト様に話しかけて一緒に過ごしてあげたいぃぃぃぃぃぃ！

だが俺が動けば更にアルノルト様を追い詰めてしまうため、ぎりぎりと歯を食いしばることしか出来なかった。

そして日々が過ぎ、今俺達は運動場へと来ている。魔法の授業が行われるのだ。

一年生の時から魔法の授業はあったが、二年生になった今年からは魔物討伐の実習訓練が始まるため、魔法の授業が去年より多めになっている。

因《ちな》みに俺も魔法は使える。しかし魔力量がモブらしくポンコツで簡単なことしか出来ない。攻撃魔法も治癒魔法も使えるには使えるが、大体一、二発使えば枯渇寸前になる。魔力量は個人差があるため仕方ないのだが、なんとも情けなくて涙が出る。折角魔法が存在する世界に転生したのだから魔法をバカスカ使いたかった……。

学園ではどんな魔力量の生徒も平等に魔物討伐の実習訓練を行わなければならないし、例外はない。ただし、魔力枯渇となれば『死』が訪れるため無理は禁物。そのため、明らかに魔力量が少ない生徒には事前に魔力回復薬が多めに配られる。

なぜ強制参加なのかといえば、魔物討伐は貴族の義務だからだ。

「わぁ！　ライ様凄～い！」

「これくらい大したことではないよ。それにユリシーズだってなかなか上手じゃないか」

早速、攻略対象者達がわいわいと騒いでいる。ユリシーズにいいところを見せたいからか、競うようにして難しい魔法をバンバン使って遊んでいた。

攻略対象者達は当然魔力量も豊富で魔法も上手い。そういう設定だったのだから当然なのだが、こうして見ていると腹が立つ。ユリシーズは攻略対象者達ほど魔力量が多いわけではないものの、それなりに魔法を使えるので皆から「凄い凄い」と褒められて嬉しそうだ。

そしてアルノルト様といえば、あいつらから離れたところで一人静かに魔法の練習をしていた。アルノルト様は氷の魔法が得意なようで、周りにキラキラとした氷の粒が舞っている。それを器用にくるくると動かしていて、その光景は神秘的と言わざるを得ない。

はぁ♡　いつ見てもなんっっって美しい魔法なんでしょう♡　氷の粒がアルノルト様を輝かせるエフェクトとなっていて、美しすぎてずーっと飽きずに見ていられる♡

あんな頭がお花畑の連中とは違って、正にアルノルト様の魔法は神業！　実際かなり複雑なことを淡々とやってのけている。流石、ゲームの設定資料集にも『魔法の天才』と書かれていただけはある。

とそんな時、運動場の近くにある茂《しげ》みから「にゃぁ……」と子猫がよろよろと出てきた。皆その子猫に気が付いたようで、全員の視線が集中する。子猫は怪我をしており、ふらふらとした足取りで歩いていた。そしてその近くにはアルノルト様がおり、子猫をじっと見ていた。

「わぁ！　可愛い猫ちゃん！　でも怪我をして可哀想っ……！」

その光景を見た途端、ユリシーズがたたたっと子猫に駆け寄った。

あ、これイベントじゃん！　確か、ヒロインが傷ついた子猫をそっと抱きしめて治癒魔法をかけたはずだ。子猫が泥と血で汚れているにもかかわらず、それをまったく気にすることなく抱きしめて治癒魔法をかける優しいヒロインの姿に攻略対象者達がずっきゅーん♡　……ってなるイベントだったはず。

だけどそれを邪魔するのがアルノルト様だ。『こんな汚い野良猫を抱きかかえるなんて、薄汚れたお前にはぴったりだ』とか言うんだよな。そしてそれを聞いたヒロインは傷つくが、攻略対象者達に慰められるってパターンだ。

毎回魔法の授業ではアルノルト様の素晴らしい神業な魔法に見惚《みと》れていたからすっかり忘れて

た！　やばい、すぐ動かないと！

「待ちなさい、リンプトン子爵令息！　病気を持っているかもしれないから、むやみに近付いたり触ったりしてはいけない！」

あー！　遅かったぁぁぁぁ！　俺のバカバカバカ！　アルノルト様が先に動いちゃった！　何やってんだよ『悪役令息』は俺だろうがぁぁぁぁ！

「酷いっ……！　どうしてそんな冷たいこと言うんですか!?　見捨てたらこの子が可哀想だとは思わないんですか!?」

はぁぁぁぁぁ!?　お前の耳は飾りかっ！　アルノルト様は『病気を持っているかもしれないから気を付けろ』って言ったんであって、『見捨てろ』なんて一言も言ってねぇわ！

「まだ子猫なのにっ……こんな傷だらけの姿を見て、どうしてそんなことを言えるんです!?」

「……私はそんなことを言った覚えはない。治療するならば慎重にせねばならないと――」

「もたもたしていたらこの子が死んじゃうかもしれないじゃないですか！　なのにどうしてっ……！」

いやお前が今そこでぐずぐず言ってる方が時間の無駄じゃね？　そう思うんなら今すぐ治療しろよ。

相変わらずツッコミどころ満載で呆れてものが言えない。そしてわざと大声を出すことで、アルノルト様に非難を集中させようとしている魂胆《こんたん》がみえみえだ。ライオネルの完全攻略のためには、アルノルト様という婚約者が邪魔で排除したいんだという思惑が透けて見えている。

今まで俺が表に立って邪魔してきたからアルノルト様への直接的な物言いはなかった。だけど今回はアルノルト様を排除する絶好のチャンスだ。このままだとアルノルト様が悪役令息になってしまう。

「ユリシーズ、どうしたんだ？　何があった？」

「ライ様っ！　僕がこの子猫ちゃんを治療しようとしたらアルノルト様がっ……！」

「お前っ……！　どうせユリシーズが憎いからと突き放すようなことを言ったんだろう⁉」

おいおいおいおい！　待てやゴラァ！　そこのポンコツヒロインはアルノルト様が何を言ったのかはっきり言ってねぇだろうが！　なのに突き放したとか勝手に決めつけてんじゃねぇよ！　あー！イライラするぅぅぅぅぅ！　ちょっと出遅れたが、『悪役令息』参戦します！　アルノルト様を悪役令息になんか絶対にさせない！

「待ってください！　ブレイズフォード様は一言も突き放したりはしておりません。『病気を持っているかもしれないから気を付けろ』と仰《おっしゃ》っただけです」

「エルバート・ヘイクラフト！　お前の言うことなど信じられるわけがないだろう！」

はいはい。俺よりもユリシーズの方を信用してますもんね。俺が本当のことを言ったところで信じませんよね。だがそれがどうした！

「ユリシーズ・リンプトン。お前のやり口は卑怯だ。お前の出身国である、ルズコート王国ではそのように真実を捻《ね》じ曲げることが当たり前だったのか？」

「酷いっ……！　エルバート様までどうしてそんなことを言うの！　僕はただこの子猫ちゃんを治

療してあげたかっただけなのにっ！」

俺の言葉に、ユリシーズはぽろぽろと涙を零《こぼ》した。そして隣に立つライオネルの胸に飛び込み、ライオネルはそんなユリシーズをぎゅっと抱きしめる。

「だったらさっさとすればいい。ブレイズフォード様を侮辱していた無駄な時間を使っていれば、その子猫は今頃元気になっているはずだがな」

「おい貴様っ！　先ほどからユリシーズを貶《おとし》めようとしている己の行動を恥ずかしいと思わないのか！」

「そう仰《おつしや》るあなたの言動が恥ずかしいとは思わないのですか？　ライオネル王太子殿下」

「な、んだとっ……！」

馬鹿にしたように言うと、ライオネルは顔を真っ赤にさせて俺を睨みつける。『ぐぎぎぎぎっ』という音が聞こえそうなほど歯を食いしばっているその様は、王族らしからぬ形相だ。

だがこれでこいつらの意識はアルノルト様から俺に向いた。このまま一気に押し込む！

「ユリシーズ・リンプトンの話だけを一方的に信じて、その他全てを嘘だと断じる。真実を見極めようとする姿勢がまったく見えません。殿下は後の国王です。即位された後もそのように振舞うおつもりですか！　それが将来国を背負って立つ方のなさることなんですか！」

「貴っ様……」

言っている内容は間違っていないとはいえ、王族相手に俺は不敬すぎるくらい不敬なことを言った。その自覚はある。だが、俺だけならまだしもアルノルト様まで加害者呼ばわりされることは許せなかった。アルノルト様を無視し続け、存在自体ないもののように振舞うこいつらの鼻っぱしらを折ってやらなきゃ気が済まない。

痛いところを突かれたと思ったのか、気に食わない俺にそんなことを言われて腹が立ったのか。ライオネルはあまりの怒りにぶるぶると体を震わせていた。その体からゆらりと魔力が浮かび上がる。

「貴っ様ぁぁぁぁぁ！　王太子である僕に向かってよくもぉぉぉぉ!!」

ライオネルは激昂し、両手を俺の前へと突き出した。その手を中心に赤い光が集まり、やがて炎となって顕現する。よほど大量の魔力を注いでいるのだろう、その炎はみるみるうちに大きくなっていった。

「お前など消し炭にしてやるっ!!」

ライオネルの一言が引き金となり、炎の渦《うず》が俺に向かって一直線に飛んできた。まずい。俺のしょぼい魔力じゃ、あれを消し去ることなんて出来るわけがない。流石は腐っても攻略対象者。元々の資質が違いすぎる。

ここでゲームオーバーか、と思ったその時、俺の目の前でキラキラとした光が舞い、それが視界いっぱいに広がった。集まった光は一瞬で氷へと変化し、襲いくる炎の渦《うず》を瞬時に絡めとり凍らせてしまう。そして氷の塊となったそれは、そのままガラガラと崩れ去った。

「ライオネル様！　いくら王太子殿下といえども、怒りに任せて攻撃魔法を人に向けて放つなど許されることではありません。これは陛下に具申せざるを得ませんがよろしいですか」

「アルノルトッ……！　邪魔をしおってっ……！」

「落ち着いてください、ライオネル様。お怒りになるお気持ちは察しますが、これでは周りの生徒に恐怖や不安を与えてしまいます。どうか冷静なご判断を」

どうやら俺はアルノルト様に助けられたらしい。あのもの凄い勢いの炎を一瞬にして凍らせてしまう、アルノルト様の魔法の緻密《ちみつ》さに素早さに正確さ！　凄い！　それを目の前で見られたことに感激だ！　だがアルノルト様に手間をかけさせてしまったことが悔やまれる。助かったとはいえ、アルノルト様に魔力の無駄遣いをさせてしまった。

アルノルト様とライオネルがバチバチと火花を飛ばしていたその時、授業終了の鐘が鳴り響く。

「きょ、今日の魔法の授業はこれで終わりですっ！　解散してください！　解散っ！」

その鐘の音が耳に届いた担当教師はこれ幸いと授業の終了を告げた。それを聞いて、ライオネルはユリシーズの肩をこれ見よがしに抱き寄せると「覚えていろ」と言い捨てて去っていった。

クラスメート達も我先にと運動場を後にする。あっという間にこの場に残ったのは俺とアルノルト様と怪我をした子猫だけとなった。

力なく「にゃぁ……」と鳴く子猫の側へ行く。しゃがみ込み、その体にそっと手を当てて治癒魔法を流し込んだ。俺のしょぼい魔力でも、この子猫の怪我くらいは治せる。

「ごめんな、治療が遅れて。ほらこれで終わりだ。もうこんな怪我するなよ」

そう声をかけてやると、俺の言葉がわかったのか「にゃあ！」と元気に鳴き、ぴょんと走り去っていった。

「ヘイクラフト伯爵令息、手を」

　子猫が走り去ってすぐ、アルノルト様は俺に近付き手を出せと言う。なんで？　と思ったが素直に手を差し出すとサラサラと水が手の上を滑っていく。どうやら子猫に触って汚れた手を綺麗にしてくれたらしい。アルノルト様優しすぎ！

「ありがとうございます、ブレイズフォード様。先ほども助けていただき感謝申し上げます」

「礼には及ばない。……ところで、ヘイクラフト伯爵令息。先ほどはかなりやりすぎだと思う。私は以前君に伝えたはずだ。私のことは大丈夫だと。ライオネル様も何をなさるかわからないと」

　あのとんでもお茶会の時にアルノルト様にそう言われたことは覚えている。でもあのままじゃアルノルト様が悪者にされてしまったからどうしても黙っていられなかった。それにあれは出遅れた俺が悪いんであって、俺がちゃんと『悪役令息』として振舞えていればアルノルト様をあんな目に遭わせなくて済んだんだ。

「……申し訳ございません。ですが私は後悔しておりませんので」

「君はもう少し自分を大切にした方がいい」

「ははっ。それ、従者にも同じことを言われました。ですが、そのお言葉をそっくりそのままお返しいたします」

「え……？」

「次の授業がありますから、我々も戻りましょう」

　その後のクラス内の雰囲気は当たり前だが最悪だった。王太子があんな巨大な火魔法を人に向けて放ったことで、かなり恐怖を感じたせいだろう。そしてそれを引き起こした俺への視線が特に酷い。『お前なんか今すぐ学園を辞めろ』という心の声が聞こえてきそうだった。

翌日の朝。今日は学園が休みのため、魔女の店にでも行こうかと思っていた時だ。俺の寮部屋の扉がノックされた。ペレスは『誰？』と視線だけで尋ねてくる。俺にも心当たりはないため『知らない』と首を横に振った。そのままお互い怪訝《けげん》な顔で見つめ合っていると、再度扉がノックされた。

「どなたですか？」

ペレスが警戒を含んだ声で扉の奥へ声をかけると、耳を疑う言葉が聞こえた。

「突然の訪問失礼いたします。わたくしはアルノルト・ブレイズフォード様の侍従、ナイジーンと申します。エルバート・ヘイクラフト様をお迎えに参りました」

は？　俺を迎えに来た？　まったく意味がわからず呆《ほう》ける俺に、ペレスは『どういうことだ？』と視線で問いかけてくる。まったく身に覚えがないためぶんぶんと首を横に振った。ペレスも困惑した顔だったが、アルノルト様からの使者ならそのままにしておけないとそっと部屋の扉を開けた。

「おはようございます。エルバート様にこちらを。お茶会の招待状でございます」

「あ、はい」

ペレスはそれを受け取ると俺へと差し出した。招待状には俺の名前と送り主であるアルノルト様の名前が書かれており、その字は以前見たアルノルト様の筆跡と同じ。ということは、これは間違いなくアルノルト様からの招待状だろう。

「お茶会と申しましても、本日は気軽にご参加いただけるものでございますのでお着替えは不要でございます。そのままでどうぞお越しくださいませ」

「……あの、断るという選択は」

「残念ながらございません。アルノルト様より、『是が非でも連れてこい』と命じられておりますので」

アルノルト様の侍従、ナイジーンさんはもの凄くいい笑顔で、俺に衝撃の事実を叩きつけた。

アルたぁぁぁぁん!? 俺がお茶会に誘われても断るって言ったからだとは思うけど、ちょっと強引すぎやしませんかね!? そんなところももちろん素敵カッコいいけど、アルたん自ら俺に関わっちゃ駄目だって言ったじゃん!? 部屋まで人を迎えに寄こして俺を無理やり連れ出そうなんて、俺の意思をまるっと無視したちょっぴり腹黒いところが出ていて、そんなところも素敵ぃぃぃぃぃぃ!

結局俺は逃げられないと悟り、ジャケットを羽織るとペレスと共にナイジーンさんに連れられて寮を出た。寮の前には品のいい馬車が停まっており、ナイジーンさんに「どうぞ」と促される。渋々それに乗ると馬車は軽快に走り出した。

馬車は王都の貴族街をパカパカと駆けている。そしてとある菓子店の前で停止した。ナイジーンさんが先に降り、俺達に下車を促す。どうやら目的地はこの菓子店のようだ。

ナイジーンさんは迷うことなく先導し、俺達を案内する。貴族街にある菓子店の中には個室があり、そこは密談やデートなどに使われることがあるが、俺達が向かっているのもその個室のようだった。ナイジーンさんはとある個室の前に立つと、扉をノックし俺達の到着を告げた。するとアルノルト様の声で入室の許可が出る。ナイジーンさんが扉を開け、室内へ入るよう促した。そのまま足を踏み入れると、以前よりも簡素だがカッコいい私服姿のアルノルト様が待っていた。

「ヘイクラフト伯爵令息、来てくれて感謝する」

「……いえ、とんでもございません」

アルノルト様に一つ礼をすると、席に座るよう促される。そのままアルノルト様の正面の椅子に腰かけてすぐに菓子店の店員だろう人が入室した。慣れた手つきでテーブルの上に焼き菓子やケーキの皿を並べる。用意が整うと店員は一礼の後、すっと部屋を出ていった。その後を引き継いでナイジーンさんがお茶を淹《い》れ、俺の目の前にいい香りを放つ紅茶が置かれた。

その間、俺達はずっと無言だった。ナイジーンさんとペレスは部屋の隅へ移動し待機する。それを見てアルノルト様は「どうぞ」と言うと、カップに口をつけた。俺もそれに倣《なら》う。

「あの……どうして私を呼んだんですか？」

「まずは無理やり連れ出したことを詫びよう。普通に招待状を送っても、断られるだろうと思い少々強引な手を使わせてもらった」

うん、それはよくないけど別にいい。アルノルト様のことだから何かどうしても伝えたい話があってこうしたんだろうと思うし。

「本日君を呼んだのは、昨日の件でだ。君が王太子殿下を煽《あお》ったとはいえ、攻撃魔法を放つなど本来あってはならないことだった。だがそのようにさせた君にも責任はある」

「……はい、承知しています」

あー、昨日の件でわざわざ呼んだんだ。っていうか俺、昨日王太子に攻撃されたことペレスに話してないんだよな。心配させると思って黙ってたんだが、今そこにペレスがいるからバレてしまった。心なしか後ろからどす黒い感情が漏《も》れているのを感じる……

「リンプトン子爵令息が私を孤立させようとしていることは気付いている。昨日も大声で私が非道な発言をしたと、周りに聞かせようとしていたこともわかっていた。だが既に周囲から私への心象はそうなっているし、今更だ。昨日は私への誤解を解こうと前へ出てくれたことには感謝している。だがこれ以上は本当に君が危ない。もうやめてほしい」

アルノルト様は本当に優しい。全校生徒に嫌われていて、いい噂のないヘイクラフト家の俺すらも気にかけて心配してくれる。強引だったとはいえ、ちゃんと話をするために俺をこうして茶会に招待し、丁寧に接してくれる。こんな人のどこが怖くて恐ろしい人なんだろうか。

結局、皆見た目だけで判断しているんだよな。もの凄く綺麗な白髪にアクアマリンのような瞳。俺には美の化身にしか見えないけど、他の人にはアルノルト様のその色彩が冷たいと感じられてしまうのだろう。そしてつり目なのと、無表情だからキツい印象も与えているのだと思う。

少しでもアルノルト様とちゃんと話をすればそれが誤解だとわかるはずだ。でも公爵家令息という身分と王太子の婚約者という肩書があるから、誰も簡単には近付けない。

アルノルト様もそんな自分を仕方ないと諦めているように感じる。冷たい、怖いと思われても今更だなんて、それは本心なのだろうか。

俺は今、全校生徒に嫌われていて避けられている。しょうもない嫌がらせも受けているが、別に構わない。それはアルノルト様の代わりに『悪役令息』になりたかったからで、その結果だからだ。でももしここが『ファシラブ』の世界ではなくて、ただただ普通に生きられる世界だったのなら、きっと俺は皆と友達になって楽しく学園生活を送れるようにしていただろう。誰だって自ら嫌われたいなんて思わないはずだ。

それにアルノルト様は無表情だけど、その瞳には悲しみや寂しさを浮かべていた。皆は気付いていないのかもしれないけど、俺はちゃんと気付いていてた。だからアルノルト様も本当は冷たいとか怖いとか、思われたくないんじゃないかな。

「ブレイズフォード様はご自分の心象がよくないことが当たり前でそれでいいと仰《おっしゃ》いますが、本当にそう思っているのでしょうか」

俺がそう語るとアルノルト様はぴくりと、ほんの少しだけ肩を動かした。きっと誰もが気付かないような些細《ささい》な動き。

「以前もお伝えしましたが、ブレイズフォード様は優しい方です。他の人がどう思おうと、私はそれを知っています。それにあなたも寂しいと、悲しいと感じていたのではないのですか？ あなたはいつも表情があまり動きませんが、その瞳にはいろいろな感情が生まれていました。目は口ほどにものを言うとはこのことなんだと思いましたよ」

俺の言葉に、アルノルト様は思いっ切り目を見開いていた。珍しいな。こんなにも感情を表に出すなんてよっぽど驚いたんだろう。なんだ。アルノルト様もいろんな表情が出来るんじゃないか。

「それに昨日の怪我をしたあの子猫。じっと見ていましたけど、本当はあなたが治療してあげたかったんじゃないんですか？」

近くに現れた子猫を見つめるアルノルト様の表情はいつもと変わらなかったけど、やっぱりその瞳には『痛々しい』や『哀れ』といった感情が浮かんでいた。だから俺は余計にあのポンコツヒロインが許せなかったし、アルノルト様のことを信じなかったライオネルが許せなかった。

「子猫を見つめるブレイズフォード様の瞳は優しかったです。あのポンコ……げふんげふん。ユリシーズ・リンプトンが言うような『酷い』ことなんて、これっぽっちも思っていないと明らかでした」

ここまで言うつもりはなかったけど、あまりにもアルノルト様が気の毒すぎて辛くて言ってしまった。相手が俺だなんて不服かもしれないが、それでもちゃんとわかってる人がいるんだよって伝えてあげたかったんだ。

アルノルト様は俺の話を聞くと俯《うつむ》いてしまった。そのためどんな表情をしているのかはわからないけど、きっと悪い方には受け取っていないだろう。

「……君は、凄いな」

「え？」

「ここまで私の気持ちを当てられるのは、あのナイジーンくらいなんだ。それを、知り合ってまだ一年ほどの君が理解していたなんて……」

あ、それは前世も含めてアルノルト様をずっと見つめていたからです。とは言えないが、生アルたんに会ってから、俺がしょっちゅうアルたんウォッチングをしていたお陰でわかったんだと思う。

これも推しへの愛が為《な》せる業《わざ》だ。

アルノルト様は俯《うつむ》いていた顔を上げると、ほんの少し眉尻を下げた。また新たな表情が現れてちょっと驚いたけど、でもそれ以上に嬉しい。少し困ったような表情も、相変わらずお美しい。

「君の言う通り、あの子猫を治療出来るならしてあげたかった。だけどそれが出来ない理由があったんだ」

あ、やっぱりアルノルト様が治療したかったんだ。俺の思っていたことが当たっていて安堵した。でも出来なかった理由っていうのがわからない。なんだ？

「実は……私は『猫アレルギー』を持っているんだ。だから近付いたり触れたりすることが出来なくて……」

「え？」

「くしゃみが止まらなくなり、酷いと蕁麻疹《じんましん》まで出てしまう。だからあの子猫を君が治療してくれた時――」

「え？　え⁉　えーー⁉　アルたんがまさかの猫アレルギー持ちぃぃぃぃぃぃ⁉　そ、そんなの公式設定資料集にだって載ってなかったぞ⁉　何その新情報⁉　そんなの初耳なんだけどぉぉぉぉぉ⁉」

嘘だろ、マジかよ！　アルノルト様の情報は全部知っていた気でいたけど、全然そんなことなかったってことじゃん！　まさかこの俺が資料集を一部読み飛ばしていた……？　いや、そんなわけない。擦り切れるまで何度も何度も読んだんだ。それこそアルノルト様のページは隅から隅まで全部！その俺ですら知らない情報がまだあったなんて！

俺はあまりのショックに頭を抱えた。周年記念で出たアルノルト様のカードのキャラストーリーですら一日最低十回は再生してたし、ゲームの公式サイトに載っていたアルノルト様のページは全部印刷してラミネート保存したたし、なんなら部屋の壁一面に貼って毎日眺めていた。そんな俺が知らなかったアルノルト様の設定がまだあったとはっ……！

おのれ公式めぇぇぇぇぇ！　アルノルト様が悪役令息だからと情報を出し渋ったな！　前世の世界だったらご意見メールを千通は送ってやるところだぞ！

「あの……ヘイクラフト伯爵令息、大丈夫か？　あと、その『アルたん』とはどういう意味なのか聞いても……？」

「へぁっ!?」

し、しまったぁぁぁぁぁ！　俺、アルたん本人の前で何言っちゃってんのぉぉぉぉぉ！　しかも取り乱してとんでもないこと口走ってるし、ペレスはどうでもいいとして、アルたんもナイジーンさんもこんな我を忘れて変な言葉をいきなり乱発し出した俺を見てびっくりしてるじゃん！　びっくりどころかヤバいタイプの馬鹿だと思われて危険人物に指定される！　これはまずい！　逃げなきゃっ！

「な、なんでもありません!!　気のせいです!!」

勢いよく立ち上がった俺は、気が動転して足が縺《もつ》れ、机にぶつかりガタガタとみっともない音を鳴らす。だがそんなことを気にしている場合ではない！　今すぐこの個室から逃げ出さないと！

俺は部屋の出口に向かって一直線に駆け出した。しかしそんな俺の全身に光の紐がぐるぐると巻き付く。

「ふぎゃっ！」

そのまま盛大に前方へ転倒し、びったーん！　と顔を打ち付けてしまった。うう……地味に痛い……

「す、すまない、ヘイクラフト伯爵令息！　だって君が逃げ出そうとするから……」

「い、いえ……大変素晴らしい魔法でございました……」

精度も早さも申し分ございません。むしろ、貴重なアルノルト様の魔法を俺に使わせて魔力の無駄遣いをさせてしまったことを謝罪いたします……

俺の体から光の紐がなくなり、慌てて駆け寄ってきたペレスに抱き起こされた。鼻とおでこが赤くなっているのか、ペレスはそこをふーふーしながら撫でてくれた。それで痛みがなくなるわけじゃないけど、その気持ちは嬉しい。

アルノルト様も駆け寄ってきて、俺の顔の赤くなった部分に手を当てて治癒魔法を流してくれた。次の瞬間痛みはなくなり、赤みも消えたようだ。その様子を見てアルノルト様もほっと息を吐いた。

「ヘイクラフト伯爵令息。どうか逃げないでほしい。今日は君とちゃんと話をしたかったんだ」

「……わ、わかりました」

アルノルト様は俺の腕を掴んでおり、逃がす気はないと言わんばかりだった。アルノルト様のあの魔法がある限り、俺はどうやったって逃げることは出来ないだろう。流石にそれを理解して、ふっと肩の力を抜いた。

アルノルト様にエスコートされるようにまた席へと戻される。ナイジーンさんは冷めてしまったお茶を下げ、新しいものと交換してくれた。とりあえず落ち着こうと、そのお茶に手を伸ばす。

「逃げようとして申し訳ありませんでした。俺は……いや、私はブレイズフォード様のことが嫌いとかそういうわけではなくて……」

「わかっている。それともう気を張って話さなくてもいい。ここには私達しかいないのだし、正式なお茶会でもない。友人と語り合うつもりで、どうか気楽にしてくれ。……ところで『アルたん』とはどういう意味なのか教えてもらえるだろうか？」

うぐっ……やっぱりそれはどうしても知りたいんだ……あー、どうしよう。言っちゃってもいいのかな。でもどうせさっきやらかしてしまったんだし、取り繕《つくろ》ってもおかしいだけか。もういいや。言っちゃお。それで怒られても仕方ないし、もう遅い。

「その……本当に不敬とか無礼とかに当たるかもしれないのですが、その、アルノルト様の愛称といいますか、その……はい、そういった意味を込めて『アルたん』と勝手に呼んでいましたごめんなさい！」

罰はいかようにも！　という気持ちを込めて、俺は勢いよく頭を下げた。前世で同じアルノルト様推しのお姉様方からも『ふざけたあだ名つけてんじゃねぇ』って怒られたし。アルノルト様本人だったら激怒間違いなしだ。

絶対嫌われる。そんでアルノルト様に虫けらのように見られてしまうんだろう。それはそれでちょっと辛いけど、アルノルト様にだったら別にいい。それに元々俺は悪名高いヘイクラフト家の人間だし悪役令息だし、嫌われるのが仕事みたいなものだ。だからたとえアルノルト様に嫌われたとしても、俺はアルノルト様を推すことをやめないしずっと大好きでいるけど。

そう思いながらしばらく頭を下げたままでいたが、アルノルト様は何も言わない。『馬鹿者！』とか『勝手に変な愛称で呼ぶな！』ってすぐに怒られると思ったのに。

そっと顔を上げてアルノルト様を窺い見ると、アルノルト様の頬はうっすらと赤くなっていた。

「……そうか。愛称か……愛称で呼ばれたのが初めてで、その、嬉しく思う」

「はぅあっ！」

照れてる!? アルたんが照れてる!? やだなにこの人可愛いが過ぎて心臓が痛いっ！ いつもと変わらない無表情なのに、嬉しいっていう感情が見え隠れしてて可愛すぎるっ！ え!? アルたんってツンデレ!? ツンデレ属性持ってたの!?

「もしよかったら……今後私を呼ぶ時はそう呼んでほしい」

「え゛!? いい、んですか!?」

その一言に驚きつつも、俺が確認をしたところ、こくんと首を縦に振るアルノルト様。まさかアルノルト様本人から『アルたん』呼びを許される日が来るなんて！ 神様っ！ ありがとうございますありがとうございます！

「それと、その……私も君のことを名前で呼んでも、いい、だろうか？」

ふぁぁぁぁぁ！ アルたんが！ アルたんが俺を名前で呼びたいってぇぇぇぇぇ！ 何そのご褒《ほう》美《び》！ 嬉しいが限界超えて頭の中がサンバでお祭り状態なんですがッ！

「も、もちろんです！　いかようにもお呼びください！　アルたんに呼んでもらえるならなんでも嬉しいでしゅ！」

あ、また噛んだ……なんで俺ってこんなにポンコツなんだよ！　流石はモブの中のモブだな！

「本当に君は不思議な人だな。ありがとう、エルバート」

ついさっきまで嫌われるかも、なんて思っていたのが嘘みたいだ。無表情なのにその纏《まと》う雰囲気は柔らかくて温かい。お陰で今この場は凄く温かな空気に包まれている。俺はそれがとっても嬉しくて、自然にへへっと笑っていた。

「それで本題に戻るのだが……君はどうしてライオネル様やリンプトン子爵令息にあのようなことを？　私はずっと不思議だったんだ。もうやめるように伝えても君は態度を変えることはなかった。その理由を話してもらえるだろうか」

すっと柔らかい雰囲気が消えて、いつものアルノルト様に戻ってしまう。それをちょっと寂しいと思いつつも、「わかりました」と頷いた。気持ちを切り替えるために軽く深呼吸をすると、俺は自分の気持ちを伝えるべく口を開いた。

「俺はアルたんのことをずっと尊敬していました。まだ八歳という幼い年齢で王太子の婚約者となってから、王太子妃教育を必死で受けてこられて努力されていたことを知っています」

周年記念で出たアルノルト様のカードストーリーでも、どれだけ自分が努力を重ねてきたかを語っていた。そして転生してから、俺は家庭教師となったコポック先生に、王太子妃教育は一体どういうことをするのか聞いたことがある。

その内容は多岐にわたり、マナーや歴史、数学などの一般的な学問の他に、複数の外国語や近隣諸国の歴史、文化、産業、農業、風土、それから内政や軍事、貴族家の派閥についてなどなど、本当にたくさんの分野があった。それを聞いた時、あまりの教育内容に愕然《がくぜん》としたものだ。

婚姻までには時間があるとはいえ、そこまでの科目を学ぶためのスケジュールは過密で、まだ幼い子供には相当な苦労があったはずだ。でもアルノルト様はそれをしっかりこなしており、教師からの評価も高いとコポック先生は言っていた。

きっと友達と遊んだりすることも出来なかっただろう。自分の時間は全てその教育に注がれ、王太子妃となるためだけに努力していた。なのに婚約者であるライオネルはそんなアルノルト様を無《む》下《げ》に扱った。それが悲しくて辛くて、どうしてそんなことが出来るのかと俺は憤《いきどお》りを覚えた。

ライオネルに冷たくされてもただ耐えて、文句の一つも言わずそっと付き従っているアルノルト様。俺はそんなアルノルト様を少しでも救いたいという気持ちが強かった。

ここが前世のゲームの世界だとか、アルノルト様が『悪役令息』になって断罪されるとか、そんな内容は全て伏せて、俺はアルノルト様のことをどう思っているのか、どうしてあんなことをしていたのかを正直に話した。

その間、アルノルト様はただじっと静かに耳を傾けてくれていた。それが嬉しくてどんどん言葉が口から漏《も》れていく。今の俺は学園で見せていた『悪役令息』ではなく、本当の『エルバート・ヘイクラフト』の顔だっただろう。肩肘張らず、素のままでアルノルト様と向き合っていた。

「そうか……そうだったのか……」

俺が話し終えると、アルノルト様はどこかぼうっとしたように一言そう呟くと黙ってしまった。心許《こころもと》ない俺は、カップに口を付けたりケーキをちまちま食べたりしてアルノルト様の顔色を窺っている。どうしよう……気持ち悪いとか思われたんじゃないだろうか……

アルノルト様はカップに手を伸ばし喉を潤《うるお》すと、無言で一つ頷いた。そして俺を正面からじっと見つめる。

「ありがとう、話してくれて。そこまで想ってくれた君の気持ちはとても嬉しく思っている。でも私は不安なんだ。君が本当の私を知ってもそう思ってくれるのか……だから聞いてくれる？　私の話を」

少し長くなると思うが。そう言って、アルノルト様は今までのことをたくさん話してくれた。

◇アルノルト side

まだ知り合って一年少々という短い時間であるにもかかわらず、どうして彼はそこまで僕のことを理解してくれるんだろう。今じゃ父上も母上も、本当の僕のことなど忘れてしまったというのに。僕の理解者は侍従のナイジーンだけだと思っていた。まさか僕の知らないところでエルバートが理解していたなんて思っていなかった。

憧れだった愛称で呼んでくれて、僕を尊敬していると言ってくれて、それだけでも嬉しいのに、彼の行動の理由はライオネル様とリンプトン子爵令息から僕を守るためだったなんて。そう言われて感激しない方がおかしいだろう。

だから僕は彼に話すことにしたんだ。本当の僕を。受け入れてもらえるかなんてわからない。本当に話していいのかもわからない。でも話した方がいいと思った。きっと優しい彼ならわかってくれると、そんな風に望んでしまったから。

私がこの世に生を享《う》けてしばらく。魔力鑑定でとんでもなく豊富な魔力量を持っているとわかった。そのことと公爵家令息という身分によって、母上は私を『王太子妃』にするべく教育を始めた。

『アルノルト、よく聞きなさい。あなたは将来この国の王妃になるの。そうすれば必ず幸せになれるわ』

母上はそれが口癖で、まだ私が言葉を理解する前からずっとそう唱えていたと思う。

私は王太子妃、そして後の王妃となるためにいろんなことをさせられた。赤子の時から読み聞かされていたのは絵本ではなく、有名な学者が書いた論文で、少し成長したら豊富な魔力を持っているのだからと魔法の訓練。王を守る最後の盾は王妃だからと剣術を学ばされた。王妃となれば王と共に国を導くため知識も必要と、私の周りには常に何かしらの教師が張り付いていた。

家族よりも教師と過ごす時間の方が長く、一時期誰が私の肉親なのかわからなくなったほどだ。

そしてずっと何かを覚えさせられ何かをやらされる日々は、幼子の体には相当負担だったのか、私は度々《たびたび》熱を出し寝込むこととなった。すると母上がやってきて「これくらいで熱を出すなんて情けないと思わないの？　早くこれを覚えなさい」と、頭が上手く働かない私の枕元に、分厚い歴史書などを置いた。

　喉が渇いた時に飲む水でもなく、心を和《なご》ませるための花でもなく、どんなに体調が悪くても、私に与えられたのは勉強道具。本調子ではなくても熱が下がればすぐ授業が再開され、完璧に出来なければ母上に叱られた。

『あなたは王妃にならなきゃ駄目なの！　こんな簡単なこともわからないなんて！』

『やめて！　痛い！　ごめんなさいごめんなさい！』

『泣く暇があるなら早く覚えなさい！　あなたの幸せのためなのよ！』

　母上は私が王妃になることが、私の幸せになると疑っていなかった。一度だけ「王妃になりたくない」と言ったことがある。それを聞いた母上は信じられないくらい激怒し、私をこれでもかと折《せっ》檻《かん》した。すぐに治癒魔法がかけられ傷跡が残ることもなかったが、あの時の恐怖は今でも忘れていない。それからは「王妃になりたくない」と口にすることはなかった。

　母上は焦っていたのだ。私以外にもライオネル様の婚約者候補が数人いたのだから。誰よりも高貴な血筋であり、誰よりも優秀で、誰よりも魔力量が多くて、誰よりも魔法も武術も堪能《たんのう》であれば、私が婚約者になれると思っていたらしい。

　そして実際に私が八歳の時、ライオネル様との婚約が結ばれた。その時の母上はとてもとても喜んだ。

『流石は私の息子！　王太子殿下の婚約者になれるのはこの子しかいないのよ！　だって私の子供

だもの！　当たり前だわ！』

私は素直に喜べなかった。本当に婚約者になったことに絶望した。まだあの勉強の日々が続くのだとわかっていたから。

そして私がライオネル様の婚約者となったことで、王宮で王太子妃の教育が始まった。


「あの……エルバート、大丈夫か？」

「えぐっ……うぐっ……だって、だってっ……アルたんがそんなに辛い幼少期を過ごしていたなんてっ……！　俺の家も潰れてなくなってしまえって思うくらい酷い家だけど、アルたんの家はそれ以上に酷いよっ……！」

まるで我がことのように大粒の涙を零《こぼ》し嗚咽《おえつ》するエルバート。少し呆れ顔の彼の従者がそっとハンカチを渡すのかと思ったら、それを顔に押し付けるようにごしごしと拭いていた。それでもされるがままで「ありがとう」と礼を言うところから、この二人には強い信頼があるのだと思った。

続けてください、と促され、紅茶を一口含むとまた私は口を開いた。

私がライオネル様の婚約者となった時から、侍従としてナイジーンが私に付いてくれることになった。王太子妃教育はかなりの過密な予定が組まれており、彼は私の身の回りの世話から予定管理まで全て請け負ってくれていた。

朝起きて身支度を整えるとすぐさま王宮へと向かう。そこで待ち構える教師陣に私は様々なことを叩きこまれた。今まで以上の教育で、時間に追われるように課題をこなす日々。終わらなければ寝る時間だって削りに削った。

そんなある日、外で剣術を学んでいた時だ。末の王女殿下の愛犬がとことことやってきた。大変人懐っこい子犬で私にも尻尾を振って甘えてくる姿がとても可愛くて、私はついつい撫でてしまった。辛い日々だったが、その子犬と戯《たわむ》れたほんの短い時間は私にとって潤《うるお》いに感じたのだ。しかし。

『アルノルト様！　一体何をされているのですか！』

その場には剣術の指南役だけではなく、私の礼儀作法の教師もいたのだ。彼女にいきなり大声を上げられ、驚いた子犬はどこかへと走り去っていった。私もその子犬のように走り去れたらどんなによかったか。

『なんですか今の笑顔は！　そんなものを見せて恥ずかしいと思わないのですか！』

私は子犬がとても可愛くて、ついつい笑っていたのだ。だが礼儀作法の教師は私が笑うことをよしとしなかった。

『笑顔を振りまいては舐められると申し上げたはずです。あなたは王太子殿下を陰で支えるために、いつでも凛《りん》とした姿でいなければならないのですよ！　そのように笑っていては周りから何を言われるか考えられないのですか！』

王太子妃教育が始まってから私は笑うことを禁止された。それまでは笑うこともあったし、それについて言及されることはなかった。だからその件を母上に話したのだ。

『そう……そうなのね。ならアルノルト。これからあなたは笑っては駄目よ。素晴らしい先生がそう仰《おっしゃ》っているのだから間違っているはずがないもの。これからも先生の言うことをちゃんと聞くのよ』

それからの私は家でもどこでも笑うことは出来なかった。そんな日が続くと不思議なもので、私を昔から知っている人でも私が『笑わない子供』だと思うようになった。

私の婚約が調《ととの》ってしばらくした後、伯母上が婚約祝いとして私に礼服を仕立てて、それを持って会いに来てくれた。伯母上からいただいた礼服は、綺麗な薄いピンク色でとても可愛らしいものだった。シャツにも品のいいレースがあしらわれ、リボンタイには見事な刺繍。全体的に可愛らしい印象の礼服で、私は一目見てそれを気に入った。

『なんなのこれは！　お姉様！　アルノルトは王太子妃になる子なのよ！　こんな可愛い服を着て周りに舐められたらどうしてくれるの！』

母上は可愛らしい礼服が気に入らず、伯母上に怒鳴っていた。母上は私を凛々《りり》しい子にしたかったらしく、この礼服は母上の理想と真逆のものだったのだ。

伯母上がなぜ私にこういった礼服を仕立てたのかといえば、私自身が可愛いものが好きだったからだ。小動物もレースもリボンもピンク色も。そんな可愛らしいものが好きだった私のために、わざわざ仕立ててくださったのだ。

伯母上は普段は王都にいない。私と会ったのも随分と久しぶりだった。そのため、母上が私にどういった教育をしていたのか知らなかったのだ。その後、伯母上は私にひたすら謝っていた。そして何かあったら、いつでも訪ねてきなさいと温かいお言葉もいただいた。そんな優しい伯母上の気持ちを無下《むげ》にしたことが、とても申し訳ないと思った。

「え、ちょっと待って。アルたんって、可愛いもの好きだったの……？」

「……そうだ。私の見た目からすれば、恥ずかしい話なのだが――」

「えぇぇぇぇぇ⁉　アルたんがまさかの可愛いもの好きっ⁉　また裏情報投下されたんだけどぉぉぉぉぉ⁉」

エルバートはガタッと勢いよく席を立ち、大きく体を仰《の》け反《ぞ》らせ頭を抱えていた。ここまでの反応をされるとは思わず、私もびくっと体が震えた。向こうで控えているナイジーンもペレスも同じように体が揺れている。

エルバートはまたガタッと席に座ると手を口に当てて茫然《ぼうぜん》としていた。もしや嫌悪感を抱いてしまったのだろうか。

「普段クールなアルたんがまさかの可愛いもの好きなんてギャップが凄い……なにこれアルたん可愛すぎでしょなんなの反則じゃんこんなの予想してないってどこまで可愛いを詰め込めば気が済むの誰か教えて可愛いが限界突破して心臓が痛くて苦しい辛い助けて！」

「だ、大丈夫か？　心臓が痛いなんてすぐに医者をっ……」

「大丈夫です！　アルたんの新たな魅力を知って胸がぎゅんぎゅん鳴ってるだけなので！」

興奮しているせいかエルバートの顔は赤く、少し息も荒くなっていた。ナイジーンがすっと冷たい水を彼の前に差し出すと、エルバートはそれを掴み勢いよく飲み干した。そしてふぅ、と息を深く吐くと「取り乱してしまい申し訳ありません。続きをお願いします」とまた私と向き合ってくれた。

彼の話していた内容はよくわからなかったが、気を悪くしたわけではなかったようで安堵する。

そして私は続きを話すことにした。

それからの私は可愛いものが好きだなんて誰にも知られてはいけないと思い、そのことを口にすることはなかったし、母上も決してそのようなものを周りに置かなかった。だがナイジーンだけはこっそりと「食べてしまえばバレませんから」と、私に見た目の可愛いお菓子をくれた。しばらくそれを眺めた後、口に放り込む。優しい甘さが広がり、その時は心が温かく感じた。

ライオネル様の婚約者となってから、教育で忙しいものの、二人での交流の場も設《もう》けられていた。初めてライオネル様とお会いした時は、優しい笑顔で「よろしく」と言ってくださった。しかし段々とライオネル様の態度は変化していった。その理由がわからなかったのだが、城に勤める使用人達が話していた噂を聞いて知ってしまったのだ。

『殿下の婚約者様ってにこりとも笑わないのよね。ちょっと不気味だと思わない？』

『殿下の側仕えの方が話していたのだけど、殿下もあの婚約者様が何を考えているのかわからなくて怖いって仰《おっしゃ》っていたそうよ』

『あ、それ私も聞いたことある！　しかも婚約者様ってもの凄く優秀らしくて、殿下の方が劣っているとかなんとか。誰かがそんなことを言っていた気がするわ』

私が笑わなくなったのは『笑うな』と教育されたからだ。優秀なのは、教えられたことを必死に覚えただけ。それらは全て私が選べることではなく、押し付けられたこと。そうしなければならなかったし、そうしなければ母上からの折檻《せっかん》が待っている。

だがその結果、不気味で怖いなんて言われているとは思わなかった。ライオネル様も私と比べられ、しかも劣っているなどと言われていたとは。

ライオネル様もとても優秀な方だ。王太子となってからの教育は大変だと聞いていたし、私同様必死に向き合ってこられたはず。だがその努力を嗤《わら》われるようなことを言われれば、面白くないのも道理だと思った。私は誤解を解こうとライオネル様を訪ねた。

『……なんの用だ？　僕を嗤《わら》いに来たのか？』

『ち、違います！　ライオネル様と親交を深めたくて参りました』

私がライオネル様との予定が合いそうな時間を見つけ、やっと会いに行けば私の顔を見るなり不快な表情を隠しもしなかった。それに傷ついたものの、なんとか誤解を解こうと教師から聞いたライオネル様の努力や素晴らしさを話したのだが。

『はっ！　僕が素晴らしいだと？　自分の方がもっと出来ると馬鹿にするつもりか！』

『私はそんなことを申し上げたいのではなく――』

『うるさい！　お前の顔が僕を馬鹿にしているというのがわからないのか！　出ていけ！　お前の顔なんか見たくない！』

私の言葉が逆鱗《げきりん》に触れて、弁解する余地を与えられないまま追い出されてしまった。その後も何度か誤解を解こうと試みたのだが、ライオネル様は私と会ってくださることもなくなってしまった。そうして私に対するライオネル様の態度はどんどん冷たさを増していき、たまにどうしても顔を合わさなければならない時は私を見る表情も嫌悪感しか表さなくなった。

けれど、それに傷ついていたのは最初だけだった。私の表情がライオネル様を不快にさせていると理解していたが、教師が教えたことと反することをすればどうなるか目に見えていた。だから言葉でなんとか伝えようとしたものの、受け入れてもらえなかった。どうにかしなければならないとわかってはいても、私にはこれ以上どうすることも出来なかった。

そして学園へ通う時が来た。私は朝早くから王宮へと向かいライオネル様を待つ。きっとライオネル様はそんなことを望んでいないだろう。だが教師にも婚約者として当然の行いだと念を押されていたし、私の意志などどうにもならない。ライオネル様も私の姿を見るなり、その視線をキツいものに変える。

これみよがしに大きなため息を吐かれるも、ライオネル様も何か言われているのか私が共に馬車に乗り登校することを止めようとはしなかった。馬車が走るその間、ずっと無言の時が流れる。ライオネル様からは常にいらいらした空気を感じていた。

学園に到着するとライオネル様の幼馴染達がライオネル様を待っており、合流すると揃って教室へと向かった。ライオネル様の後に続いて教室に入ったその時、涙を流しているエルバートがいた。

一体どうしたのだろう、具合が悪いのだろうか。そう思い、君に声をかけることにした。いつもなら私は動かなかった。だが学園が始まりクラスメートとの交流をしてみたいと、愚かながらそんなことを考えてしまったのだ。

しかし君は顔を真っ赤にさせたと思ったら、そのまま鼻血を出して気絶してしまった。慌てた私は君を介抱しようとするもライオネル様に止められた。

『アルノルト！　お前は一体何をやったんだ⁉』

正直にエルバートの具合が悪そうだったから声をかけたと話しても、当然それを信じてもらえなかった。むしろ私が君を追い詰め恐怖を与えたと断定される始末。エルバートは他の生徒の手により医務室へと運ばれていった。それを見て、申し訳ない気持ちが大きかった。

やはり私は誰かと交流を持ってはいけないのだ。もしかしたら、という淡い気持ちを抱き愚かな行動を起こした自分を後悔し、もう余計なことはしまいと心に決めたのだ。

「あの時は本っ当に！　申し訳ございませんでしたぁぁぁぁ！」

エルバートは椅子から飛び下りるように床に座ると見事なまでの土下座を見せた。驚きつつも、慌てて駆け寄り立ち上がらせる。エルバートは大粒の涙を零《こぼ》し、しゃくり上げていた。

「ううっ……ごめん、ごめんねアルたん！　アルたんのあまりの美しさ優しさに興奮しすぎて気絶したんだ！　別にアルたんが怖いとか思ってたわけじゃないよ！　声をかけてもらえたことが本当に嬉しくて嬉しくてっ……ああああああ！　あの時の俺をぶん殴ってやりたい！」

「うわぁぁぁぁぁ！」と頭を掻きむしり唸《うな》るエルバート。今ならそうだったのだろうとわかるが、あの時は本当に焦りしかなかった。興奮しすぎて気絶するなんて思いもしないから。

ごしごしと目元を擦ったエルバートは「すみません……」と謝ると椅子に座り直した。お茶を一口飲んで落ち着いたところを見て、また話の続きを始めた。

それから数ヵ月後、リンプトン子爵令息が学園へとやってきた。彼は私とは真逆で、常に笑顔で自分から皆へ話しかけていた。話し上手聞き上手で、彼の周りにいる皆は自然と笑顔になっていた。私とは違い、可愛らしい容姿に眩しい笑顔。正直言って私は彼が羨ましかった。そう振舞えることが羨ましかったのだ。

私が話しかければ皆の顔が強張る。正に王太子妃教育の賜物《たまもの》だった。お陰で私は舐められることはなかったが、誰も私には近寄らない。今では自分がどう思われているのかを知っていたから、特に何も思わなかった。リンプトン子爵令息が来るまでは。

彼の振舞いを見ていると、周りの雰囲気が変わっていくのがわかった。皆もリンプトン子爵令息に自ら話しかけ、笑い声が広がっていく。婚約者であるライオネル様も例外ではなかった。

ライオネル様は私といる時とは違い、楽しそうによく喋った。リンプトン子爵令息が困っていれば、すぐに手を差し伸べていた。私が得られなかったものを、リンプトン子爵令息はいとも簡単に手にしていた。

そして図書室で殿下のご友人方と勉強会をすることになった。その時はリンプトン子爵令息の姿はなかったが、図書室にいた彼は私達の姿を見つけると自ら輪の中へと入ってきた。しかも、リンプトン子爵令息は私を押しのけるようにライオネル様の隣へと身を滑らせた。

最初は気のせいかと思ったのだが、一瞬彼が私へ向けた視線は『侮蔑《ぶべつ》』に満ちていた。その時にわかったのだ。彼は私を排除したがっていると。

私は別にそれで構わなかった。ライオネル様への個人的な気持ちはほとんどなく、ただ義務感で一緒にいただけだ。将来婚姻する人なのだから、この人のために努力しなければという思いしかなかった。

それに私がこのまま排除されれば、今の息の詰まる毎日から解放されるかもと思いもした。

「え、待って待って！　アルたんってライオネルのこと好きじゃなかったの⁉」

「恋愛感情での好き、という気持ちはないな。ただ将来を共にする人だから、そういった意味での情はあったと思うが……」

「また新情報追加されたんだけど一体何がどうなってるの⁉」

「うるせぇ！　何度もアルノルト様の話の腰を折ってんじゃねぇよ！」

「あいたっ！」

　エルバートの従者であるペレスが、エルバートの頭を小気味よく叩く。本来なら従者として許される行為ではないが、エルバートは素直に「ごめんなさい」と謝っている。なんだか仲のよい兄弟のようで微笑ましく思った。今度はペレスに「うちの主人がすみません。どうぞ続けてください」と促された。

　リンプトン子爵令息が殿下達と共に試験勉強を始めたのはよかったのだが、彼の声は大きく、図書室内に相応《ふさわ》しい声量ではなかった。周りを少し見たところ眉をひそめている生徒もおり、これは注意した方がいいと思った。けれど。

『さっきからお前の声は非常にうるさい。試験前とあってここで試験勉強に勤《いそ》しむ生徒が多いことは見てわかるだろう。なのに周りの迷惑も考えずただひたすら大きな声を出し騒ぎ立てるのなら、即刻ここから出ていってくれ』

『そんなっ……僕、そんなつもりはなくてっ……』

　私よりも先にエルバート、君が動いたのだ。殿下達は一斉に君を非難した。だが君は怯《ひる》むことなく、堂々と言葉を返す。それで君が投げ飛ばされた時、これは流石にまずいと思った。

『……私もこれ以上図書室内で騒ぎ立てるのは得策とは思えません。ここは一旦退室いたしましょう』

このまま大事《おおごと》にでもなったら君の身が危ない。そう思って退室を促したがライオネル様は私が君の肩を持ったと判断し、更に頭に血を上《のぼ》らせ逆効果になってしまった。そして私は見たのだ。リンプトン子爵令息が薄く笑っているのを。

『アルノルト様もどうしてそんなことを言うの？　僕達は勉強していただけで、何も悪いことしていないのにっ……』

そこで私は気が付いたのだ。彼が図書室内で大きな声を上げていたのは、私を貶《おとし》めるためだったのだと。私がリンプトン子爵令息に対し注意をすれば、それを見たライオネル様達が揃って私を非難する。そのことがわかった上での行動だったのだ。そしてそれは現実となっている。

『ユリシーズ・リンプトン。これ以上人の迷惑を考えず自分勝手に振舞うのなら、即刻ここを立ち去れ』

だが君はそうリンプトン子爵令息に指摘した。すると面白いほどに、全員の視線が君に集中した。その後、リンプトン子爵令息が泣き出したことで図書室を退室することになった。とりあえずこの場がこれ以上酷くならなかったことにほっとしたものの、もしかして君は私を庇ってくれたのでは、と考えた。

けれど、その時は私の勘違いだろうと思っていたのだ。誰からも恐れられ、近寄られることのない私を庇ってくれるような人は今までいなかったのだから。

でもそれからは不思議なことが続いた。君はことごとくリンプトン子爵令息に突っかかっていた。そうすることでライオネル様達は君に集中する。君の姿が見えなくなった後も、君のことばかりを話していた。

リンプトン子爵令息が現れる前からライオネル様の私への態度は冷たいものだったが、リンプトン子爵令息が現れてからは彼と私を比べ、ことごとく私を貶《おとし》めていた。だというのに君がリンプトン子爵令息へ何かを言う度《たび》に、私への非難は明らかに減っていたのだ。

『ナイジーンはどう思う？』

『……彼はヘイクラフト伯爵家の者ですよね。きっと人気者になったリンプトン子爵令息のことが気に入らないという、そんな単純な理由なのではないかと』

きっと誰もがそう思うだろう。だけど私は何かがずっと引っかかっていたのだ。

リンプトン子爵令息は明らかに私を排除したがっている。だが、ライオネル様達は君への非難に集中していて、希望通りの動きになっていないのではと。

そしてある日、差出人はわからなかったが私の机に『ユリシーズ・リンプトンから何かを贈られても、決して受け取らないでください』という手紙が入っていた。どういう意味かわからなかったが、その後リンプトン子爵令息から呼び出され、ネックレスを受け取ってほしいと言われた。

『……大変申し訳ないのだが、私は公平を期すために誰からも贈り物を受け取ることが出来ないのだ』

『……ふーん。そうなんですね。つまんないの。受け取ってくれたらアルノルト様も絶対楽しい思いが出来たのに残念。それじゃこれからも頑張ってくださいね』

彼は嘲笑《ちょうしょう》しながらそう言って、あっさり身を翻《ひるがえ》した。あの手紙がなくても受け取ることはなかったが、私に注意を促してくれた差出人は、きっと私を何かから守るために知らせてくれたのではと思った。

その後、私がライオネル様から突き飛ばされ、君が私を抱き起こしてくれたあの日。

『そんなの慣れているからといって許せることではありません！　あなたはきっと今まで王太子妃になるためにとてつもない努力をしてきたはずです！　その地位に誰よりも相応《ふさわ》しく、誰よりも立派に務め上げるために！　長年あなたが努力してきたことを俺は知っています！』

『だからあなたはそんな風に扱われていい人間じゃない！　婚約者だからこそ、あなたを誰よりも大切にするべきなのに！　あんなに冷たく当たり続けるなんて……俺はっ……俺はそんなのは嫌だッ！　認めないッ！　認めてたまるかぁぁぁぁぁ！』

体育館倉庫の前で話をしていたが、君はそう叫んで走り去ってしまった。あの時は唖然としたものだが、君はその翌日、私への謝罪の手紙を机の中に入れてくれていた。そこで気が付いたのだ。『リンプトン子爵令息から何も受け取るな』という差出人不明の手紙も、君が書いたものだったのだと。筆跡が同じだったためすぐにわかった。

そこからだ。君が私を守ってくれているのではと思うようになったのは。

あの時、君が叫んだ言葉は、明らかに私を憂慮《ゆうりょ》する言葉だった。そこから君の行動を観察するようになった。元々君はヘイクラフト家の者としてクラスメートから距離を取られていたが、あの一件からは全校生徒が君と関わらないようにしていた。それだけじゃなく、嫌がらせも始まった。だが君はそれを気にすることはなく、態度を変えることもなかった。

もしかして君がそのような窮地に陥《おちい》っているのは、私を庇っているせいなのでは。そうならば申し訳が立たない。そう思い君を茶会に招待し、じっくりと話をするつもりだった。

『ライオネル様にまで恐れることなくあのような態度や言葉。不敬に当たると伝えたのに、君は未だに危ない言動を繰り返している。以前私を助けてくれたことには感謝しているが、もし……もし私の思い上がりでなければ、だが。……私を守るために、そのようなことをしているのではないのか？　もしも本当にそうだったなら。私のことは大丈夫だから、もうやめてほしい。これ以上は君の立場が悪化するだけで、ライオネル様も何をなさるかわからない』

『勘違いなさらないでください。あなたのためではありませんよ。私が、ユリシーズ・リンプトンやライオネル殿下、そしてユリシーズ・リンプトンを囲うあの連中が嫌いなだけです』

君は毅然《きぜん》とした態度できっぱりとそう言っていたが、手は震えていた。何かを隠していると思った。その理由を知りたかった。だけど君は私に礼を伝えるとまた逃げ帰ってしまった。

『……逃げられてしまいましたね。でもあの家の者にしては珍しくまともな少年といいますか、本当にアルノルト様のことをご心配されている感じでした』

その場で給仕をしてくれていたナイジーンも君が突然走り去ったことに驚いていたが、やはり私と同じ考えに至ったようだった。

どうして彼は私のことをここまで想ってくれるのだろう。守ろうとしてくれるのだろう。理由はわからなくとも、こんな自分にそんな人がいたという事実は私の心を救い上げてくれた。

そして一学年が終わり長期休暇へ入る。私は変わらず王太子妃教育があるため王宮へ通っていた。そんな時、王宮の庭園でライオネル様とリンプトン子爵令息が抱き合っている姿を見てしまった。そこで確認をしてみたところ、ここ最近ライオネル様はよくリンプトン子爵令息を王宮へ招いていたことを知った。

その姿を見て、いい気持ちにはならなかったが傷つくこともなかった。ただ誰かに見られる可能性が非常に高い場所で、このようなことをして大丈夫なのかという心配の気持ちが大きかった。

授業を受けるために王宮内を移動していた時だ。噂好きの使用人達の話が聞こえた。

『ねぇねぇ知ってる？　最近の王太子殿下とユリシーズ様のこと！』

『そんなの皆知ってるわ。それにユリシーズ様と一緒にいるようになってからの殿下、とても明るくなられたと思わない？』

『そうそう！　それにユリシーズ様って凄く優しくて、私なんてこの前お菓子をいただいたの。それも王都でも人気すぎてなかなか買えないお店の焼き菓子をよ！』

『いつもお疲れ様です、って言って配ってるって聞いたことあるわ。いいなー、羨まし〜』

『ご婚約者様より、ユリシーズ様との方がお似合いよね。このまま婚約者が変わるんじゃないかしら。その方が殿下にとってもいいと思うのよね』

その話を聞いて気付いたのだ。誰かに見られる可能性のある場所であのような行為。見られるためにわざとやっていたのだと。そうやって外堀を埋め、自分の有利な状況へと追い込む。それが私を排除する一手となると知って。

「あんっの野郎っ……！　アルたんのことをここまでコケにしやがってっ……しかも城の使用人も馬鹿しかいないのか⁉　あのポンコツに騙されやがってっ……！」

エルバートはわなわなと震え、奥歯を噛み締めて唸《うな》っていた。まるで自分のことのように怒りを覚えている姿に、どうしてか心が温かくなり嬉しいと思った。やっぱり君は優しい人だ。

「二年が始まってからおかしいと思ってたんです。明らかにアルたんを無視し出して、あのポンコツぶりっことべったりだったから」

「新学期が始まる数日前に、ライオネル様から手紙が届いたのだ。『これからユリシーズと登校するから迎えに来るな』と。本来なら君のように怒るべきなのだろう。だが私はほっとしたんだ。毎朝のあの無言の時間は、私も居心地が悪かったから」

それからも学園で私は一人で過ごすことが多かった。だけどその時間は非常に心地よく、気分がよかった。ずっとライオネル様の後ろを付いて回っていた日々。教師からも『婚約者として学園でも殿下をお支えして当然です』と言われていたし、嫌がられていてもそうするしかなかった。私の意志などどうにもならないのだから。

「そして昨日のことだ。君はまた私を助けてくれた」

クラス内でもリンプトン子爵令息の人気は高い。私より彼の言葉の方を信じる者は多かっただろう。ライオネル様も私の言葉など聞くに値しないという態度だったのに、君は堂々と否定してくれた。その結果、攻撃されてしまうなんてことにもなったのだが。

「でも嬉しかった。ああまでして私を守ってくれたことが。昨日は礼も伝えず申し訳なかった。本当にありがとう、エルバート」

「ア、アルたんがっ……笑ったっ……アルたんが笑ったぁぁぁぁ！」

遅れた礼を伝えた途端、エルバートは大声を上げて勢いよく立ち上がった。どうやら私は知らず知らずのうちに笑ってしまったらしい。あれほど何があっても笑うことなどなかったのに、昨日の出来事を思い出して温かい気持ちになったら自然とそうなったようだ。

「アルたんの笑顔が眩しいっ！　美の化身が進化しすぎて直視出来ないっ！　はっ！　もしや俺は死んだのか!?　ということはここは天国!?　アルたんはやっぱり天におわす神！　笑顔一つでこの威力を放てるなんて神以外にあるわけない！　ああああぁ！　ありがとうございますありがとうございます！　もう俺の人生に悔いはありませんのでこのまま成仏させていただきます！」

エルバートはまたも叫び出したと思ったら、勢いよくその場に膝を突いて両手を組んだ。神に祈りを捧げる彼の姿に、私もナイジーンも驚く以外何も出来ずただ唖然とする。

「うるせぇ！　意味のわからんことを連発するな！　そんで落ち着け！　行儀が悪いぞ！」

だがペレスはそうじゃなかったようで、機敏な動きであっという間にエルバートに近付くと彼の頭を小気味よく叩いていた。

「馬鹿を言うな！　ペレスも見ただろう!?　美しすぎるアルたんがふわって笑ったあのご尊顔を！　それを直視したら落ち着けるわけがないだろう！　いつものクールビューティーアルたんも素晴ら

しく美しいが、そのアルたんがちょっと微笑んだだけで威力マシマシの後光が俺の目を焼いたかと思ったわ！　ってかなんでお前はあの後光を受けて平気なんだ⁉　お前の目は節穴か⁉」

　叩かれたことに怒るかと思ったが、そのことには一切触れず私の微笑みを恥ずかしいくらいに褒めちぎり、二人の勢いのあるかけ合いが始まった。ナイジーンもあまりのことに目を丸くしている。いつも冷静沈着で何事にも動じない彼でも、流石にどうしていいかわからず動けないようだ。

「エルバート様が言いたいことはわかるが、お前はおかしくなりすぎだ！　変態行動もそこまでにしろよ！　目も血走ってて本気で怖いわ！」

「何をぅ⁉　俺は変態じゃなくて強火担だ！　そこを間違えるんじゃない！　意味がまったく違うだろう！　流石の俺だって傷つくんだからな！　大体お前は従者のくせに俺に対する発言をもう少し――」

「ぷはっ……くくくっ……あはっ、あはははは！」

「「あ」」

「あ……しまったっ……」

　私は今、大声を出して笑ってしまったのか……？　エルバートとペレスとのかけ合いが面白すぎて、つい我慢が出来ずに……なんということを……これが礼儀作法の教師や母上に知られたら……

「アルたんの笑い声ぇぇぇぇ！　か、可愛いっ！　くしゃってなった笑顔も可愛いを通り越して美しいというかもはや神というかそれ以上の尊い何かだ！　神以上の例えを即刻俺に教えてくれ！　神だなんてそんな陳腐《ちんぷ》なものでアルたんの笑顔の可愛さ美しさを表現するなんて出来るわけがないっ！」

だがエルバートはそんな私の心情を知るわけがなく、顔を真っ赤にさせて鼻息も少々荒く捲《まく》し立てた。ひたすら可愛い、美しいと。

「アルたん！　アルたん笑おうよ！　絶対、ぜぇぇぇぇぇったい笑った方がいい！」

「だがっ……それは教師や母上の教えに背くことにっ……」

もし私が笑ったとしたら、何を言われ何をされるか容易に想像がつく。母上に強く折檻《せっかん》された時の記憶が頭をよぎり、恐怖が全身を襲った。

「はぁ⁉　そいつらの言うこと聞いてよかったことってある⁉　笑うなとか意味わかんないし笑っただけで舐められるとかあるわけないじゃん！　むしろ笑った方がアルたんの魅力が全開になるし絶対皆見惚《みと》れるし絶対アルたんと仲良くしたいって思うし絶対アルたんを神と崇《あが》め奉《たてまつ》るから！」

「……でもっ……」

そう力説するエルバートの言葉は魅力的な一方、簡単には頷けない。それは私が今まで受けてきた教育と正反対で、絶対にしてはいけないとキツく言い聞かされてきたこと。幼い時に受けた痛みや苦痛は、今も私の心を縛り付けている。

「ねぇアルたん。アルたんが心配してることわかるよ。だけどアルたんが人の笑顔見て嫌だなって思ったことある？」

エルバートにそう問われて、私は首を横に振った。むしろ笑顔の人の周りには、笑顔が溢《あふ》れていて温かくて本当に楽しそうだった。

「人に笑顔を向けられたら嬉しいって思わない？」

いつも私を助けてくれるナイジーンが笑ってくれると嬉しい。彼以外にそんなことをされたのはもう随分と昔の話だが、その時は確かに嬉しいと思った。

「アルたんが笑うことで、アルたんも誰かに『嬉しい』って思ってもらえるんだよ。アルたんだって出来るんだよ。笑顔ってさ、それだけで誰かを幸せに出来る、最高の魔法なんだよ。それもアルたんみたいな美の化身が笑ったら、もの凄い威力なんだから！　それは間違いなくアルたんの武器になる！　もったいないよ！　こんなに最強の武器を持っているのに使わないなんて、宝の持ち腐れだよ！」

「……私は、笑ってもいいのか……？」

「もっちろん！　これからアルたんのやりたいことやろうよ！　大丈夫。俺が保証する！」

エルバートはとってもいい笑顔で、自信満々にそう言い切った。なぜだろう。高名な礼儀作法の教師の教えより、彼の言葉の方がすんなりと受け入れられた。

笑顔は誰かを幸せに出来る最高の魔法。確かにそうかもしれない。全ての笑顔がそうじゃないかもしれないが、心から嬉しい、楽しいと思った時の笑顔はとても魅力的に感じる。今エルバートが見せてくれている笑顔のように。

彼が笑ってくれたことが嬉しい。もっとその笑顔を見たい。もっと笑顔にさせたい。今までそんな風に思ったこともないのに、どうしてか彼に対してそう思ってしまう。エルバートの笑顔は私の心を温かくしてくれる。誰よりも、何よりも。

過去に感じたことのない胸の高鳴り。彼ともっと親密になりたい。彼をもっと知りたい。これはライオネル様への気持ちとはまったく違う、義務を伴わない個人的な願望。そして欲望。

ああ、そうか。私は……僕は恋に落ちたのか。恋とはこんな一瞬で訪れるのか。

「なんの力もないエルバート様に保証されてもな……」

「おいペレス！　そんなツッコミは帰ってからにしてくれ！　お前だってアルたんが笑った方がいいって思うだろ⁉」

エルバートの言葉を噛み締めていたら、また二人の勢いのあるかけ合いが始まった。ぽんぽん交わされる素早い言葉のやり取りは、貴族間ではほとんど見ることがなく新鮮だ。

ナイジーンもはじめは戸惑っていたのに、今は少し呆れながらもその様子を楽しんでいるように見える。

「そりゃもちろん。悔しいけどエルバート様の言う通り、笑顔のアルノルト様は信じられないくらいお美しかったです」

「悔しいけどってなんだよ⁉　お前はいちいち一言多い！　ナイジーンさんもアルたんが笑った方がいいって思いますよね⁉」

「ええ、それはもちろんでございます。私も久しぶりにアルノルト様が笑ったところを拝見しましたが、大変お美しいだけではなく私の気持ちまで温かく幸せになりました」

「ほら！　だからアルたん！　アルたんは笑った方がいいんだって！」

ああ、エルバート。君にそう言われてどれほど救われたか。感情を抑えることに慣れたとはいえ、誰かの顔が強張る度《たび》に申し訳ないという気持ちでいっぱいだった。だがもうそんなことをしなくても、思わなくてもいいのか。

「……うん、わかった。ありがとうエルバート。僕はもう我慢することを、感情を抑えることをやめるよ」

こんな風に背中を押してもらえてどれだけ嬉しかったか。どれほど救われたか。君の存在は僕にとってどれだけ大きなものなのか。君と出会えたことが、今までの人生で一番の幸運だろう。

「ごふっ……！　アルたんの笑顔が最強すぎるっ！　鼻血出そう！」

「ここで鼻血出したら気持ち悪いし汚いからやめておけよ」

「ぐっ……否定出来ないのが辛いっ……！」

「あはは！　本当にエルバートとペレスは仲がよくて見ていて気持ちがいいね。今日、君とちゃんと話せてよかった」

「はい！　俺もです！」

それからの時間は、久しぶりに楽しい時間だった。こんなに笑って気分が高揚したのはいつぶりだろうか。僕にこんな時間をくれたエルバートが愛しいと思う。

変わろう。僕のために。彼のために。僕を認めてくれている人達のために。僕が変わったことでどうなるかはわからない。でもこのままでは明るい未来はきっと訪れない。だったら彼の言うように自分のやりたいことをやって、何かを変える努力をした方がずっといい。こんな風に前向きになれたのも、エルバートがいてくれたから。

「それじゃあまた学園で」

「はい。アルたん、今日はありがとうございました」

馬車でエルバートとペレスを学園の寮まで送り、そこで別れた。公爵邸まではナイジーンと二人きりで、さっきまでの賑やかさはすっかり鳴りを潜《ひそ》める。

「よかったですね、アルノルト様」

「うん、本当に」

「それでこれからどうなさるおつもりですか？」

「……学園以外はいつもと同じように過ごす。それで少し様子を見ようと思うんだ」

帰宅後、いきなり僕が変わってしまったらきっと母上に怒鳴られ面倒くさいことになるだろう。いずれは僕の気持ちを打ち明けるつもりだけど、それは今じゃない。しばらくはバレないよう振舞うつもりだ。

「あなたのなさりたいことをなさってください。私もアルノルト様の味方でございますから」

「いつもありがとう、ナイジーン」

微笑んでそう言うと、ナイジーンの笑顔もいつも以上に輝いていた。

翌日。今日も学園は休みのため、いつものように王宮へ通う。そしていつものように授業を受け終え、帰宅しようとした時だ。珍しいお客様がお越しになった。

「アルノルト、今少し大丈夫？」

「ご無沙汰《ぶさた》しております、ルーファス殿下」

このウォールダム王国の第二王子である、ルーファス殿下。僕達の二つ下で、来年学園へご入学予定だ。

兄であるライオネル様と同じ金の髪に緑の瞳をお持ちで、お二人のお顔立ちはよく似ていらっしゃる。だがライオネル様と違うのは、僕をご覧になる目がとても優しいこと。授業が終わったのが夜遅かったこともあって、申し訳なさそうな表情でお越しになられた。

折角来てくださったのだからとソファーにおかけいただき、ナイジーンがすぐさまお茶を用意する。だがそれをお待ちになることなく、ルーファス様が話を始められた。

「余計なお世話かと思うのだけど……兄上との仲は、その、あまりよくなさそうだね」

「……お恥ずかしいことです」

「前から言ってるけど、アルノルトに非はないよ。どう見ても兄上の行動が異常なんだ。最近じゃあのユリシーズ・リンプトンをよく王宮に招いているらしいし、人目に付く場所でわざと誤解されるようなことをしている。兄上を諫《いさ》めてはいるのだけど、うるさいと一蹴されてしまったよ」

ルーファス殿下は以前から僕のことをとても心配して、気にかけてくださっていた。ライオネル様の態度や行動が少しでもよくなるよう、ご配慮くださっていたのだ。それが実を結ぶことはなかったけれど。

「先日、兄上が僕にユリシーズを紹介したんだ。それもさも楽しそうに」

殿下はその可愛らしいお顔をぐっと歪《ゆが》めると、リンプトン子爵令息とのやり取りをお話しになった。

ライオネル様から茶会に招待されたルーファス殿下は、その茶会でリンプトン子爵令息を紹介された。確かに愛らしい容姿をしていて、とても華やかな印象を持たれたらしい。三人で茶会をしていたが、途中ライオネル様は侍従に呼び出され一時退席された。

『ルーファス様ってライ様にとてもよく似ていて素敵ですね。ルーファス様も凄く優秀だって、ライ様が言ってました！』

『……あなたに名前呼びを許した覚えはないのだが？』

『えー？　ライ様は全然気にしなかったのに。ルーファス様も細かいことを気にしすぎると、アルノルト様みたいに険しい顔になっちゃいますよ』

最初から非常に馴れ馴れしい態度で、注意をするもまったく聞き入れる様子はなかったそうだ。しかもライオネル様が離席された時、わざわざ隣へ移動し手を握ってきたらしい。不快に思われたルーファス殿下がその手を勢いよく振りほどくも、リンプトン子爵令息は気にすることなく笑っていたそうだ。

「あの時のユリシーズ・リンプトンには、はっきり言って気持ち悪さと恐怖を感じた。そしてあいつはとんでもない一言を放ったんだ」

『ルーファス様って第二王子様なんでしょ？　本当はルーファス様が王太子になりたかったんじゃないんですか？　ライ様よりルーファス様の方が本当は王太子に向いてるって噂で聞きましたよ』

その発言を聞いたルーファス殿下は『勝手なことを言うな』とお叱りになった。だがリンプトン子爵令息は更に笑みを深める。

『でも、そういうこと言われたりしません？　弟だから王太子になれないなんて、ルーファス様可哀想。公平な機会を与えてもらえたらよかったのに』

「あの場には僕の侍従や、給仕のための使用人もいた。なのに平気であんなことを言うあいつの神経を疑ったよ。言質《げんち》を取られるようなことはなかったから大丈夫だったものの、一歩間違えれば……」

リンプトン子爵令息が言う噂は僕も知っている。実際それを望んでいる派閥があるのも事実だ。

だが兄弟間で泥沼の争いになることをよしとしなかった陛下が、ライオネル様を王太子に指名されたのだ。それにルーファス殿下は以前から「王太子となった兄上をお支えする」と仰《おっしゃ》っておられたし、ルーファス殿下自身、王太子ひいては王になりたいと思っていらっしゃらない。

リンプトン子爵令息の発言のせいで、一歩間違えればとんでもない事態になってしまうところだった。もしルーファス殿下が一言でも「そうだ」と発言していれば、継承争いが勃発《ぼっぱつ》するという話が広まり混乱が起きた。ルーファス殿下を王太子にしたい派閥の貴族達は、ここぞとばかりにその噂を真実へと変えるだろう。それを沈静化させるのにも大変な労力を使うことになる。

ライオネル様のお戻りも早かったことで、それ以上リンプトン子爵令息からその件について話をされることはなかったそうだ。ルーファス殿下も早々に茶会を引き上げ自室へと戻られたらしい。

茶会での出来事を思い出したせいか、ルーファス殿下の顔は更に不快感が表れていた。

「アルノルト、あの男は学園でもあのような常識のない行動を取っているのか？」

「……はい。ライオネル様だけではなく、オードミニック侯爵令息、ルネスタン公爵令息、ディデニエル伯爵令息にアンセルム第二王子殿下ともかなり親密になっております。それ以外にも高位貴族の令息達のほとんどが」

僕がそう言うと、ルーファス殿下は思いっ切り目を見開かれた。流石に異常な事態だと思う。続けてリンプトン子爵令息が普段学園でどのようなことをしているのかも、ルーファス殿下にお話をした。

一つ話をするごとに、ルーファス殿下は信じられないと頭を抱えていた。そしてリンプトン子爵令息が僕を排除したがっているだろうということも説明する。

「……兄上は何をやっておられるのだ！」

ルーファス殿下はそう叫ぶと、いつの間にか出されていたお茶に手を伸ばしぐいっと一息で飲み干してしまった。殿下らしからぬ所作で、飲み干した後も「ふぅ～……」と深く息を吐かれていた。それほどまでお怒りになられたということだ。

「アルノルト、兄上に代わって謝罪しよう。申し訳なかった」

「殿下！　おやめください！」

真面目なルーファス殿下にすれば、ライオネル様のされていることは信じられないと同時に許されることではないのだろう。まったく非のない殿下が僕に深く頭を下げられて、逆にこちらが恐縮してしまう。

「ルーファス殿下、私は気にしておりません。ですから謝罪は不要でございます」

「しかしっ……長年にわたる兄上の態度は目に余る！」

「よいのです。お陰で素晴らしい出会いもありましたから」

「っ⁉　アルノルトが……笑った⁉」

エルバートのことを思い出しただけで、ふわりと心が温かくなり自然と笑っていたようだ。僕の笑顔なんてほぼ見たことのないルーファス殿下は唖然とされている。不敬だとわかりつつも、そうやって殿下を驚かせたことを少し楽しいと思ってしまった。

「私はとある人に守られていたんです。リンプトン子爵令息が私を排除しようと動いていると知って、私を守るために矢面《やおもて》に立ってくれた人がいたんです」

エルバートについて話すと、「あのヘイクラフト家の……」とルーファス殿下はまた驚かれた。それと同時に信じられないとも。でも側にいたナイジーンにも昨日のことを話してもらうと、困惑しながらも納得してくださったようだ。

「私はここまで私を信じて守ってくれた彼に感謝しています。彼がいてくれたから、私はそこまで酷い目には遭いませんでした。だから私は、彼に恋をしてしまいました」

「なっ……！　アルノルトっ、それはっ……！」

ルーファス殿下は僕のとんでもない一言に焦り、ガタッと席を立った。その表情には、恐らくこの後続くであろう言葉を予測し、それを口にしないでほしいという願いも込められているのだと思う。それをわかった上で、僕は言う。もう自分を偽らないと決めたから。

「殿下。私はライオネル殿下との婚約を解消しようと思います」

「そんなっ……だが、それはそんなに簡単なことでは……」

殿下の仰《おっしゃ》る通り、簡単にいかないことはわかっている。それでも僕を信じて守ってくれて、やりたいことをやればいい、笑えばいいと背中を押してくれた彼を諦められない。ライオネル殿下と共に国を背負い王妃になる未来よりも、エルバートの隣にいる未来の方が僕にとって幸せになる道だ。

母上の教えには背くし、きっと猛反対されるだろう。それに王太子妃教育も無駄になる。今までの時間も労力も全て。国にとっても一大事だろう。僕とライオネル殿下の婚約が解消されれば、また新たに婚約者の選定を行わなければならない。それから次の婚約者に教育を施すための予定も組み直さなければならないし、その婚約者の負担も相当大きなものとなるはずだ。

だけど僕はやると決めたんだ。僕の幸せのために。誰のためでもない、自分のために。多方面に多大な迷惑をかけるとわかっていても。

それにライオネル殿下も僕とこのまま婚姻なんて望んではいない。双方の幸せのためにも将来の国のためにもそうした方がいいのだ。たとえ言い訳がましく聞こえようが、僕の意志は固い。簡単な道ではないことはわかっている。それでもやりようならいくらでもある。

「私がこうして笑えるようになったのも、エルバートのお陰なのです。彼の側にいたい、彼を支えたい。そう恋焦がれてしまいました。殿下は私が笑うことを気持ち悪いと思われましたか？」

「……いや、むしろその方がいいと思った」

「ふふ。エルバートもそう言ってくれました。私は変わります。私のために。ですから殿下にもどうかお力添えをいただけませんか？」

僕がそう言うと、殿下は頭を抱えて唸《うな》ってしまわれた。殿下には本当にお世話になった。僕とライオネル殿下が上手くいくよういろいろと手を貸してくださっていた。それを無下《むげ》にしてしまうが、僕はもう嘘をつくことも我慢することもしたくない。

「はぁ……兄上のやらかしは現時点でも相当なものだ。それにユリシーズ・リンプトンの件も気になっている。何が目的なのか、探らなければならないと思っていた。アルノルトの願いに安易に頷くことは出来ないが、状況次第では婚約を解消する動きになる可能性もある。その時は希望に添えるよう約束しよう。ただし！」

殿下は居住まいを正しキッと睨むように僕を見る。それを受けて、僕も自然と背筋が伸びた。

「エルバート・ヘイクラフトのことも調べさせてもらう。彼の素行によっては僕は反対させてもらう」

「ええ、それで構いません。彼なら大丈夫です」

彼の家のことはどうしようもないが、彼自身のことならば問題ない。僕はそう自信を持って言える。彼を信じている。

「……はぁ……その自信と余裕からして、アルノルトの言う通りなのだろうな。アルノルトが義兄上となってくれることを楽しみにしていたのに……」

「ご希望に添えず申し訳ございません、殿下」

その後二、三言葉を交わした後、殿下は少し意気消沈した様子で部屋を退室された。それを見送り、僕達も公爵邸へと戻る。

さて、明日からどうしようか。馬車に揺られながらそのことに想いを馳せる。学園へ行くのが楽しみでならない。こんなにもワクワクと心が躍るのも随分と久しぶりだ。

明日はまたエルバートに会える。それが一番楽しみだ。彼はまた興奮していろいろと言葉を乱発するのだろうか。正直話の内容は半分ほど理解出来ないのだけど、目をキラキラさせて話している彼を見ているのはとても楽しい。

「もしかしてエルバート様のことを考えていらっしゃるのですか？」

「ふふ。流石ナイジーンだね」

「とてもいい笑顔でしたから」

彼のことを考えるだけで自然と笑ってしまうのだから、恋というのは不思議なものだ。こんなにも見える世界が変わるなんて知らなかった。王太子妃教育であれほどたくさんのことを学んだというのに、まだまだ知らない世界があるなんて。

その日の夜は明日エルバートと何を話そうかと考えながら、久しぶりに心地のいい眠りについた。


「おはよう、エルバート」

「えっ⁉　アルたん⁉　どうしてここに⁉」

翌朝、待ち切れなくて学園寮の入り口で待っていた。寮に住む生徒も何事かとこちらを見ている。

「一緒に登校しようと思って待っていたんだ。さぁ行こう」

「ちょ、ちょっ！　アルたん⁉　俺と一緒に行ったら変な目で見られるからっ……！」

僕が一歩エルバートに近付けば、彼は一歩後ろへ下がる。彼は自分と一緒にいては駄目だという姿勢を崩さない。以前の僕ならその通りにしていただろう。だけど僕は変わったんだ。もう我慢しない。

「ふふ。そんなこと気にする必要はないよ。さ、行こう」

「朝からアルたんの笑顔が眩しいっ！　って、うそうそうそ⁉　マジで言ってる⁉　ぎゃー！　アルたんが俺の手を握ってるぅぅぅぅ！　ばっちぃから触っちゃ駄目ぇぇぇぇ！」

ははは。エルバートは朝から随分と元気だ。『ばっちぃ』とはどういう意味かわからないが、触っちゃ駄目と言われるともっと触りたくなってしまう。掴んだ手首を放さないよう、更にきゅっと力を入れた。その途端エルバートの体が強張る。僕に触られるのが嫌なのかと思い顔を窺うも、ただ真っ赤になっているから恥ずかしいのだろう。エルバートは意外と奥ゆかしいらしい。

そのままエルバートと登校すると、僕達に気が付いた生徒が一斉にこちらを見た。いきなり僕達が一緒に、しかも僕がエルバートの腕を掴んでいるのだから驚くのも無理はない。いつもなら僕を見ると一様に表情が強張るのに、今日に限っては驚愕の色しかない。それがとても新鮮で面白かった。

「あ、あれ？　アルたん、リボン変えたんですか？」

「ふふ、気が付いてくれたんだ。嬉しい」

髪を括《くく》る時に使うリボンはいつも黄色に金糸の刺繍が施されたものを使っていた。これはライオネル殿下の婚約者として彼の色を使っていたのだ。だけど今日からは優しいミルクティー色に白糸で刺繍が施されたものを使用している。君はこの意味を理解してくれるだろうか。

「そのリボンもとても似合ってます！　というかアルたんに似合わないものはありません！」

あー、やっぱり気が付かないか。このリボンは君の髪色と僕の髪色を合わせたものだよって教えたら、彼はどうなるのだろう。ちょっと見てみたいけど、今はまだ秘密にしておこう。リボンを変えたことにすぐ気付いてくれただけで十分だ。

寮と学園が近いこともあり、あっという間に教室に着いてしまう。もっとこの時間を楽しみたいのに残念だ。でもこれから毎日こういった時間を過ごすのだからと自分を納得させた。

「皆おはよー！」

しばらくするとリンプトン子爵令息がライオネル殿下と一緒に登校した。その後ろにオードミニック侯爵令息達も続いている。相変わらず彼らは本当に仲がいい。奇妙なくらいに。僕とエルバートが一緒にいるところを見つけたリンプトン子爵令息と目が合う。

「あれ？　えー!?　アルノルト様とエルバート様が一緒にいるー！　凄ーい！　珍しいですね！」

大袈裟なくらいの声を上げてこちらへと駆けてくるリンプトン子爵令息。エルバートはその声を聞いた途端、ぐっと眉間に皺が寄った。

「どうして二人が一緒にいるんですか？　二人がこんなに仲がいいなんて知りませんでした！　よかったですね、エルバート様！　一人ぼっちじゃなくなって！」

いつも通りのにこやかな表情だが、その言葉には棘《とげ》がある。エルバートの眉間の皺はますます深くなってしまった。そんな顔をしないで。君も笑った方がずっといいのに。

「そうなんだ、リンプトン子爵令息。私はエルバートと友人になったんだよ」

「……へぇ。ライ様を放っておいてエルバート様と仲良くなったんですか。婚約者なのに大丈夫なんですか？」

「なっ……んだと⁉　――ってアルたん⁉　なんで⁉」

僕の前に立とうとするエルバートを手で制し、リンプトン子爵令息へ笑顔を見せる。

「放っておいてほしいと言われたからその通りにしただけだ。それに私はエルバートとは友人で、友人と楽しく過ごすことの何がいけないのかな？」

僕が笑顔で言い返したことに驚いたのだろう。リンプトン子爵令息の顔には今まで見たことのない驚愕の表情がくっきりと表れていた。

「アルノルト、どういうつもりだ。お前は何をしているのかわかっているのか」

「おはようございます、殿下」

リンプトン子爵令息を追いかけてライオネル殿下もお越しになった。私を見る目は相変わらずだが、今日はいつもと違い不可解さが滲《にじ》み出ている。

「答えろ。なぜお前がエルバート・ヘイクラフトと一緒にいる」

「彼と友人になったからです。今朝は一緒に登校いたしました」

「なっ……僕を迎えに来ず、こいつのところへ行ったのか⁉」

「おや、おかしいですね。リンプトン子爵令息と一緒に登校するからもう迎えに来るなと仰《おっしゃ》ったのは殿下ではありませんか」

にっこりと笑ってそう言ってみせると、殿下は目だけじゃなく口まで大きく開いてしまわれた。僕が口答えしたことに驚いたのか、笑顔になったことに驚いたのか。どちらでもいいが、そんな少々まぬけな表情が見られて気分がいい。

それに教室内の騒《ざわ》めきも一層大きくなる。どうやら僕が笑顔を見せたことで、皆かなり驚いてしまったようだ。

「だがお前は僕の婚約者だろう！　そいつのところじゃなくて僕のところに来るべきじゃないのか！」

「確かに殿下の婚約者ではありますが、殿下はリンプトン子爵令息と一緒にいることをお選びになったではありませんか。それに以前『邪魔だ』と仰《おっしゃ》られましたので、ご希望に添っただけなのですが……」

困ったような表情で首を傾げてみせる。これはリンプトン子爵令息がよく使う手だ。彼はこうして「どうしても駄目ですか？」などと庇護欲をそそるように相手に訴えていた。なるほど、やってみるとどうしてなかなか。殿下も「ぐっ……」と押し黙ってしまわれた。僕が言ったことに思い当たる節がありすぎて何も言い返せないだけかもしれないが。

「ごめんなさい！　アルノルト様っ……！　僕はそんなつもりはなかったんです！　ライ様がとっても優しいからつい甘えてしまってっ……」

黙ってしまったライオネル殿下に代わって、リンプトン子爵令息が声を上げる。目に涙を浮かべ、大袈裟な身振り手振りで舞台役者かのように振舞っていた。今僕達は全クラスメートから注目されている。皆固唾《かたず》を呑んで見守るこの状況は、さぞ僕を悪役に仕立て上げるのにうってつけだろう。

「謝罪は不要だ、リンプトン子爵令息。殿下がそう望まれたのだから、私から何かを言うつもりはないし、気にしてもいない」

だから僕はその挑発には乗らない。以前の僕ならどうすれば彼が理解してくれるのかを考えていたが、今は違う。もう理解してもらう必要はないし、自分の気持ちをしっかりと伝え堂々としていればいい。

「で、でもっ！　アルノルト様は怒ってますよね？　僕がライ様を独り占めしてしまったから……」

「私はまったく怒っていないよ。むしろ、殿下のことを押し付けてしまったようで心苦しいほどだ。いつもありがとう。世話をかける」

どうしても僕を怒らせたいのか、リンプトン子爵令息は被害者のように訴える。だが本当に怒りの感情を抱いてはいないし、僕がするべき殿下の世話を任せているのだから感謝しかない。お陰で僕は一緒にいたくない殿下といなくて済むのだから。

不思議だな。ちょっと見方や考え方を変えただけで受け取り方がこんなにも違う。恐縮も我慢することもしなくていいなんて、エルバートがいなければ気付けなかったことだ。と、ここで教師が教室に入ってきた。僕も席に着かなければ。

「ではまた後で、エルバート」

「あ、はい」

茫然《ぼうぜん》としていたエルバートに笑いかけて席に着き、それからいつも通り授業を受けた。その間もちらちらと殿下とリンプトン子爵令息の視線を感じる。いきなり僕がこんなに変わって理解が出来ないのだろう。

午前の授業が終わり昼食時間となった。すぐにエルバートの元へ行き、食堂へ誘う。ここでもエルバートは自分といるのは駄目だと言うが、それを無視して彼の手を引いた。食堂へと向かう道すがら、目の前を歩いている女生徒がたくさんの本を抱えており落としそうだなと思っていると、案の定バラバラと落としてしまった。そこへ駆け寄り、本を集める。

「あ、ありがとうござっ……ひっ⁉」

拾っていた相手が僕だと気が付くと、女生徒はびしりと固まり動かなくなってしまった。それを気にすることなく全ての本を拾い集めた。

「もももも申し訳ございません！」

「気にしないで。かなり重いから一緒に持っていこうか？」

「ひゃぁぁぁぁぁ！　だだだ大丈夫ですっ！　ホントにホントに大丈夫なのでっ！　あ、ありがとうございましたぁぁぁぁぁ！」

女生徒は僕が集めた本を奪い取るように受け取ると、そのまま走っていってしまった。なんだかその様子がエルバートのようで面白い。かなり顔を赤くさせていたが大丈夫だろうか。

「アルたん信者が出来上がってしまった……恐るべしアルたんの微笑み！」

「信者？」

「今の女生徒、アルたんの微笑みで胸を打ち抜かれていました。流石アルたん！　この調子でどんどん信者を増やしましょう！」

「ふふ。エルバートは大袈裟だな」

きっと以前の僕なら、ああやって走り去られたらまた怖がらせてしまったのかと気が沈んだが、エルバートがそう言ってくれるとそうなのかと思える。落ち込むどころか気持ちが舞い上がってしまうのだから僕も大概単純だ。

食堂へ向かうと既にたくさんの生徒で賑わっていた。各テーブルに友人ごとに固まり食事をしている。奥に空《あ》いているテーブルを見つけ、エルバートと共にそこへ座った。すると両隣と前後のテーブルからガタッ！　と音がする。隣を確認したら、全員同じような表情で僕達を見ていた。

「アルたん！　どうするんですか！　俺と一緒にいるのがこれで全校生徒に知られてしまいます！　アルたんも何を言われるかわかりませんよ！」

エルバートは前のめりになり、声をかなり落としてこそこそと未だそんなことを言う。僕は君と友人になったのだと、全校生徒に知られるよう振舞っているというのに。

「ふふ。エルバートは心配性だね。大丈夫だよ」

安心させるように、エルバートが絶賛してくれた微笑みを浮かべてみた。するとエルバートは「うぐっ！　その微笑みが強すぎるっ！」と悶絶し始めた。そんなエルバートが可愛いと思う。

やがて昼食が運ばれ、二人で一緒に食べる。殿下達と一緒だった時とは違い、美味しいと思う。エルバートがいてくれるだけで全てが好転する。僕もずっと楽しくて気分が高揚している。これがこれから先も続くと思うと、自然と笑ってしまう。

それからエルバートと一緒にいるようになって一週間ほど。リンプトン子爵令息達の周りは変わらないと思ったが、少し変化が出てきた。

「やぁ、アルノルト。今日の昼食は私と一緒にどうだろうか？」

「……アンセルム殿下」

カプレシア王国の第二王子である、アンセルム殿下にお声がけいただいたのだ。殿下はライオネル殿下と大変仲が良く、それが縁でこちらへ留学へと来られている。だからずっとライオネル殿下と一緒に過ごしていらっしゃったのに、どうして突然……

「ライオネルの婚約者だったしなかなか話しかけづらかったんだが、エルバート・ヘイクラフトと友人になったというし、彼とずっと一緒にいるからね。彼といるより、私と一緒の方が君も何かと都合がいいだろう？」

どうやらエルバートと一緒にいることが僕の評判を下げると思われたらしい。どうしてもエルバートの不評をすぐに変えられないから、そう思うのも無理はないのだが。ただ正直面白くない。エルバートは皆が思うような人ではないというのに。

「そうですね！　俺もその方がいいと思います！　では俺はこの辺でっ……ってアルたん!?」

「駄目だよ、エルバート。君はここにいて」

どこかへ行こうとするエルバートの腕を掴み、それを阻止する。僕はアンセルム殿下より君と一緒にいたいのに、どうして逃げようとするのか。

「エルバート・ヘイクラフト。君もかなり計算高い男のようだね。アルノルトをどうやって懐柔《かいじゅう》したのかな。君が近付いていい人ではないとわからないのかい？」

「お言葉ですが。私がエルバートと一緒にいたいのです。まるで私が彼に騙されているように仰《おっしゃ》いますが、そうではありません。誤解のないようお願いいたします」

アンセルム殿下の一言に少々怒りを覚えてしまった。エルバートの人柄を知っているだけに、どうしても訂正しなければ気が済まなかった。

「……それ、本当かい？」

「ええ。嘘偽りない本心です。それに殿下もどうして急に私にお声をかけたのですか？　ずっとリンプトン子爵令息とご一緒されていましたよね。まるで彼に騙されているかのように」

「ちょっ……アルたんっ!?」

ここまで言うつもりはなかったが、エルバートのことを蔑《さげす》まれてつい口から出てしまった。でも後悔はしていない。彼が僕を守ってくれたように、僕も彼を守りたいから。

「……ちょっと人気《ひとけ》のないところで話そうか。エルバート・ヘイクラフトも来るといいよ」

食堂で食事はせず、サンドイッチなどを頼みそれを持って中庭へと向かうことにした。今の時間ならまだ人は少ないため、話をするにはちょうどいい場所だ。

「さて、ここならいいかな」

殿下は中庭に設置されている東屋《あずまや》を選び、そこで三人で腰かけた。エルバートは若干居づらそうにしていて、少し申し訳なくなる。

「ユリシーズのことだけどね。不思議なんだが、今になってどうしてあの子にあそこまで気持ちを許していたのかわからないんだ」

一緒に持ってきた飲み物を一口飲むと、殿下はいろいろと話してくださった。最初はただ単純に、他国から移住したばかりで文化の違いに慣れていないリンプトン子爵令息に親近感を持っていただけだったそうだ。だが明るくて元気で素直な彼を可愛いと思うようになり、やがてプレゼントをし合う仲になった。

「ちょっとした花束でも大袈裟なくらい喜んでくれてね。その顔を凄く可愛いと思ったんだ」

それからリンプトン子爵令息をどんどん好意的に思うようになり、彼の側にいることを選ぶようになる。でも彼はとても人気者で誰とでも楽しそうにしている。そして段々と自分だけのものになったらいいのにと考えるようになったそうだ。

「ユリシーズはカプレシア王国のことを知りたいと言っていろいろ聞いてくれたんだ。それが嬉しくて私はたくさん教えてあげたよ。その間は私だけに注目してくれるからね。王都のどこどこは凄く景色がいいとか、人気の食べ物とかについてたくさん話した。でもね、それが段々と変化していったんだ」

リンプトン子爵令息の質問は軍事や内政のことにまで及んだらしい。流石にそこまでは、と殿下は言葉を濁されたそうだ。だが彼の悲しそうな顔を見ると罪悪感に襲われる。だからちょっと調べればわかる程度なら話してしまったらしい。

「去年まではデートに誘えば来てくれたんだけど、最近はまったく誘いに乗ってくれなくなって。それで調べてみたら、ライオネルがユリシーズを独占していたんだ」

相手がライオネルなら仕方ないか。ユリシーズも楽しそうだし。と、そう思っていたそうだ。そんな時、僕がエルバートと行動を共にするようになる。

「驚いたよ。アルノルトは笑わないって思ってたのに、凄く綺麗な顔で笑うんだから。ライオネルからも『あいつは無表情で怖い』って聞いていたし、会ってみたらその通りだったし。なのに最近の君は凄く楽しそうで」

そこでハッとしたらしい。なんと僕の笑顔を見てからリンプトン子爵令息の笑顔を見た時、違和感を抱くようになったのだとか。それでしばらく観察していると、リンプトン子爵令息が僕達を見ていた時の顔が非常に冷たく鋭利だったそうだ。今までどんな表情をしていたってそんな風に思ったことなどなかったのに、その時抱いた違和感はずっと心に残った。

しかもライオネル殿下達に僕達のことを「ベタベタして気持ち悪い」と話していたらしい。

「けっ！　なーにが『ベタベタして気持ち悪い』だっつーの！　あいつの方が誰かれ構わずずっとベタベタしてただろうが！」

エルバートはそう言うと、怒りを呑み込むように大きな口でサンドイッチにかぶりついていた。そのせいで口の横にソースが付いてしまっている。

「君の言う通りだよ。以前の私はそれに対してなぜか疑問を持たなかった。でも今は、ユリシーズが言っていることもやっていることも、全部不思議でならないんだ」

やがて、以前エルバートがリンプトン子爵令息に言っていたことも納得出来たそうだ。確かにおかしいのはユリシーズだ、と。だけどどうしてあの時それを不思議に思わず、ユリシーズが正しいと信じていたのかわからない。もしかしていつの間にか何かの暗示にかけられていたのかもしれない、とそう疑わずにいられなかったそうだ。

「だからアルノルトがエルバート・ヘイクラフトと一緒にいるようになって、もしかしてこいつが何かやっているんじゃないかって思った。でもどうやら誤解だったみたいだ」

以前のアンセルム殿下と同様、僕もエルバートの話だけを信じているのか、それともそう思わざるを得ない何かをされたのか。そんな疑いを持っていたようだが、今の僕を見て、自らの意志でエルバートと一緒にいると言ったことを信用してくれたらしい。

「アルノルト、疑ってしまってすまない」

「いいえ。私のことは大丈夫です。ですが殿下。謝るのは私ではないと思いますよ」

また大きな口を開けてサンドイッチを頬張ろうとしているエルバートに視線を移す。それに気が付いたエルバートが「ん？」と動きを止めた。

「……そうだな。エルバート・ヘイクラフト、君を疑って、蔑《さげす》むようなことを言ってしまってすまなかった」

「へ……？」

まさか謝られるとは思っていなかったエルバートは、ぽかんとアンセルム殿下を見つめている。気の抜けた表情もなんて可愛いんだろうか。出来れば僕の顔を見てその表情をしてほしい。

「あ、いや！　別に気にしてないです！　本当のことなので！」

「だがよく考えてみれば、君がユリシーズに指摘していたことは至極当たり前のことだった。確かに言い方自体はキツいものもあったと思う。でも非常識な真似を平気で繰り返すユリシーズにああなるのも不思議じゃない」

「あ……えっとぉ……」

どうしよう、アルたん！　という心の声が聞こえてきそうなエルバートの表情。ライオネル殿下やリンプトン子爵令息へはあれほど強気で立ち向かうのに、こういう場面には弱いなんて。あの二人に立ち向かっていた時は、僕を守るためだと思って自分を奮《ふる》い立たせていたのだったらこれほど嬉しいことはない。

「エルバート、素直に受け取ればいいと思う。殿下も君のことを理解してくださっているみたいだよ」

「でも俺はっ、ヘイクラフト家の人間でそう言われて当然だしっ……」

「ヘイクラフト家の人間でも君は違うだろう？　私はそれを知っているし、きっと殿下もわかってくださるよ。それよりも、先ほどからここにソースを付けっぱなしなの、気が付いていないの？」

すっとエルバートの口横に付いたソースを指で拭い取る。そのまま自分でぺろりと舐めると、少し塩味のきいた味が広がった。

「ふあっ⁉　アルたんの白魚のようなおててがっ！　な、なんてことをっ！　しかもペロって舐めるなんて何やってんの！　俺の顔に付いたものを舐めたらお腹壊しちゃうよ！　ぺっしなさい、ぺっ！　ああああ、もう間に合わないかもしれない！　大変だ！　今すぐ薬を用意しなきゃっ！でもなんの薬を用意すればいいの⁉　胃薬？　鎮痛剤？　それとも消毒液⁉」

「ぷっ……あはははは！　あはっ、あはっ……くっ、エ、エルバートッ……大丈夫だよっ、そんなことでお腹を壊したり、しないからっ……あー駄目だ、おかしすぎるっ……！」

僕が体調を崩すと思ってこんなにも焦るなんて。エルバートが汚いなんてあるわけないのに、ここまで僕のことを心配してくれるなんて。なんて可愛くて愛しいんだろう。彼の側にいると、笑おうと思わなくても自然とこうして笑っていられる。今まで無表情でいたとは、自分でも信じられない。

「ぶふっ……！　エルバート、君って本当はこういう奴だったんだな。なんだ、私も全然君のことを知らずに勝手な思い込みであんなことを言ってたのか。よし、決めた！　エルバート、私とも友人になろう！」

おや。アンセルム殿下がエルバートを気に入ったようだ。エルバート自身のことをちゃんと知ってくれて嬉しいと思う。だけど殿下がどれほどエルバートを気に入ったとしても、彼の隣は渡さないけど。

「はぁぁぁぁぁ!?　無理ですけど!?」

「なんで!?　今までのことは謝るから友人になってよ！　王子と友人になれるんだぞ!?」

だがエルバートはそんな殿下のお誘いを無下《むげ》にしている。殿下もまさか断られるとは思っていなかったらしく、取り乱した様子だ。王子殿下と友人になれる機会に飛びつく者は多くても、断る者など今までいなかったのだろう。

相手がどんな高貴な人物であっても、自分のためにそれを利用しようとしないエルバートこそ高潔な人物だろう。それにしてもこの二人のかけ合いもなかなかに面白い。笑い声を抑えることが出来なくて困る。

「王子様と友達なんて恐れ多くて無理ですって！　っていうか俺に近付いちゃ駄目だって言ってる

のに！　なんでアルたんも王子様も俺と友達になろうとするの⁉」

「あはははは！」

「あああああ！　アルたんがずっと笑ってるぅぅぅぅぅ！　最高です！　美しいです！　天使です！　ってそうじゃなくて！　俺と一緒にいちゃ駄目だって言ってるでしょ⁉」

それからずっと僕は笑い続けていて頬が痛くなった。こんなのは初めてだ。アンセルム殿下も同じようで、殿下がこんなにも口を開けて大笑いしているところを初めて見た。エルバートの側はいつも楽しいが溢《あふ》れている。笑いすぎて昼食を食べ損ねてしまい空腹を感じるけど、その分心が幸せで満たされた。

その後はアンセルム殿下も僕達のところへ交ざるようになり賑やかになった。すると不思議なもので、殿下のように他の高位貴族の令息達も僕達と関わることが増えていった。皆エルバートを誤解していたと謝ってくれたし、僕と話す時も顔を強張らせることはなくなった。

どれもこれも全部、エルバートが僕の背中を押してくれたから。皆とこうして楽しく学園を過ごせる今がとても楽しい。


「え⁉　誕生日パーティーの招待状⁉」

「そう。エルバートに来てほしいんだ」

来月、僕の誕生日パーティーが公爵邸で催《もよお》される。ライオネル殿下やアンセルム殿下、それに最近仲良くなった令息達も招待している。でも一番来てほしい人はエルバートだ。その招待状を渡すも、エルバートは浮かない顔をしている。

「あのっ……本当はとってもとーっても行きたいんですが、俺が行くとブレイズフォード公爵家にご迷惑がかかりますので、お断りさせていただきます……ごめんなさい」

「……そうか。残念だよ」

本当は無理やりにでも連れていきたいが、父上や母上はまだエルバートのことを知らない。彼を連れていったら確かに面倒なことになりそうだ。それをわかっていて断るエルバートは本当に優しい。僕や公爵家に迷惑をかけないようにしたいというその気持ちはありがたいと思う。

来年は堂々と彼を招待出来るようにしよう。それまでにちゃんといろいろと整えておかないと。彼が不参加だとわかって悲しい気持ちでいっぱいだ。来年もまたこんな気持ちにはなりたくない。今年はもう仕方ないが、来年こそは。それまでにやらなければいけないことを確実に潰さなければ。


そして当日。

「アルノルト様、少々よろしいでしょうか」

もうそろそろパーティーが始まるという時間に、ナイジーンが二人がかりで大きな箱を持って部屋へとやってきた。箱には大きなピンクのリボンがかけられており、どうやら僕への贈り物らしい。

「かなり大きいな。誰からだ？」

「それが『あなたを見守る者』とだけ書かれておりまして……」

箱の上には確かに僕の名前と一緒にそのように書かれたカードが置かれている。誰からかもわからないが、とりあえず中を見てみることにした。するりとリボンを外し蓋を開ける。すると面白いことに箱が自然とパタパタと開き、中からとっても可愛い大きな猫のぬいぐるみが姿を現した。

全身真っ白なふかふかの毛並みで、瞳の部分には綺麗なアクアマリンが輝いている。首元には薄いピンクのレースリボンが巻かれ、その中心には瞳と同じアクアマリンのブローチが付けられていた。ふとぬいぐるみの足元にメッセージカードが落ちていることに気が付き手に取ると、そこには『アルたん！　お誕生日おめでとう！』という文字が。

「エルバート……」

これはエルバートが贈ってくれたものだとわかった。大きな猫のぬいぐるみにぎゅっと抱き付くと、柔らかい毛が優しく僕を受け止めてくれた。僕がアレルギーで猫に触れないことと、可愛いものが好きだということを覚えていてくれたんだ。パーティーには参加してもらえなかったが、こんなに素敵な贈り物を僕にくれた。それだけで、エルバートがいない寂しさが薄れていく。

「これは今、王都で大変な人気のあるぬいぐるみですね。予約でいっぱいらしく、購入するのも一年待ちだと聞いたことがあります。それなのにアルノルト様の誕生日に合わせて用意出来るなんて……」

「それなら私も聞いたことがある。セラフィーナが欲しいと駄々をこねていたぬいぐるみじゃないか？」

妹が以前、そのぬいぐるみの存在を知って母上に強請《ねだ》っていた気がする。母上は妹を溺愛しており、なんとかしてぬいぐるみを手に入れようとしたらしいが購入出来なかったはずだ。それなのに僕にこのぬいぐるみが贈られるなんて……彼はどうやって手に入れたんだろうか。わからないけど、彼の気持ちがとても嬉しい。このぬいぐるみは一生大切にしよう。僕の大事な宝物だ。

パーティーには招待した学友達は来てくれたが、予想通りライオネル殿下はお見えにはならなかった。母上がなぜお越しにならないのかと僕に聞いてきたので、忙しいのでしょうと適当に答えておいた。ライオネル殿下が不在ということで、招待客からも「残念ですね」などと言われたものの、大きな混乱などもなく終了した。

そして学園でエルバートに直接お礼を言いたくて、翌日の昼食は人気《ひとけ》のないところで食べることにした。食堂で持ち運びの出来るサンドイッチを注文し、それを持って以前訪れた東屋《あずまや》へとやってくる。

「エルバート、可愛い猫のぬいぐるみを送ってくれてありがとう」

「無事に届いたんですね。よかった」

あまりにも可愛くて、夜はその子と一緒に眠っていると話したところ、エルバートは嬉しそうに微笑んでくれた。あの人気のぬいぐるみをどうして用意出来たのか質問してみたが、いたずらっぽく笑い「内緒です」と言われてしまった。

パーティーはどうだったのかを聞かれ、学友達も来てくれて楽しい時間だったと伝えた。するとエルバートは自分のことのように喜んでくれたのだが、聞き捨てならないことを言われてしまう。

「よかったぁ！　アルたんが笑うようになって友達も増えて凄く嬉しいです！　これでアルたんは俺とじゃなくて皆と一緒にいられるし、これから先ももっともっと友達が増えていきますよ！　これで学園一の人気者の座はアルたんに決まりですね！」

なぜ僕に友人が増えたらエルバートと一緒にいられないんだ？　僕はどれだけ友人が増えようともエルバートの側を離れるつもりはないし、彼を一人にするつもりもない。なのにどうして。

「エルバートは僕と一緒にいるのは、嫌？」

「まさか！　そんなわけないじゃないですか！　でも俺が一緒だとアルたんの名誉に傷が付くんです！　それだけは絶対にぜぇったいに許せません！」

エルバートが彼の家のことで、僕に対して気を遣っているのはわかっている。でもエルバート自身に問題があるわけじゃないのに、どうして僕から離れていこうとするのか。……邪魔だな。彼の家の件もどうにかしなければ。この問題が片付かない限り、優しいエルバートはずっと気にしてしまうだろう。

それとエルバートは間違いなく僕に好意を抱いているはずだ。そうじゃなければ危険を冒してまで僕を守ろうとするはずがない。だけど彼から感じられる好意は僕とは違うもののように感じる。

「……エルバートは僕に友人が増えて、その友人達と一緒に過ごすことを望んでいるんだよね？　そこに君はいなくても平気なの？　その、例えば嫉妬《しっと》、とか……」

「え!?　嫉妬《しっと》!?　ないですないです！　あるわけないです！　俺の望みはアルたんが幸せになって、その幸せそうなアルたんをそっと見守ることなんです！　俺みたいなモブがアルたんに近付くのは烏滸《おこ》がましいとわかっています！　だから嫉妬《しっと》なんてするわけがないです安心してください！」

そんなっ……やっぱり君が抱く好意は僕とは違うものだったんだ。エルバートが僕に近付くことを烏滸《おこ》がましいなんて思っていない。むしろもっと側にいてほしい。

それに嫉妬《しっと》するどころか、僕から離れて見守ることが望み……？　もしかしてエルバートには誰か気になる人がいる……？　冗談じゃない。僕はエルバートが僕以外の誰かと親密になることを想像するだけで嫉妬《しっと》で苦しくなるのに、君はまったく平気だと言うのか。

「……エルバート、僕は秘密にしていたことも全部君には明かした。それは君を心から信頼しているからだ」

「わかってます。アルたんが可愛いものが好きなことも、俺の前でだけ『僕』って言うことも。そうやって気兼ねなく話が出来る相手が俺で、それは凄く光栄だと思っています。でもそういう人をもっと増やしてほしいんです。本当のアルたんを知ってもらって、アルたんの優しさを知ってほしいって」

我慢することをやめて、感情を抑えることをやめて、ただそれだけでも僕の周りは凄く変わった。友人も出来て皆と過ごせる学園がとても楽しいと思っている。だけど本当の僕を知るのは君だけでいいんだ。君だから本当の僕を曝《さら》け出せるんだ。

「本当の僕を知っても、君は変わらずにいてくれた。むしろ背中を押してくれた。それが心から嬉しいんだ。ありがとうエルバート。君のお陰なんだよ。だから――」

エルバートの右手をそっと手に取る。まだ子供っぽさの残る手だけど、いずれもっと男らしくなるんだろうね。これから先も、こうやって触れることが出来るのは僕だけでありたい。

「ずっと僕の側にいてほしい」

エルバートの手を持ち上げて、その指先にそっと軽く口づけた。今はまだ出来ないけれど、いつかは君の唇に。君を堂々と迎えに行ける時にはそうしたい。こんな風に欲を抱いたのも君が初めてなんだ。

「ごっふっ……！　ア、アルたんの柔らかい唇がッ！　俺の手にッ！　な、な、な、な、なッ……！んなぁぁぁぁぁ⁉」

「エルバート⁉」

僕が手に口づけを贈ったら、エルバートの顔は見る見るうちに真っ赤になって、そのまま後ろへぱたりと倒れてしまった。慌てて彼を支えるも、ぐったりとしていて意識がない。そしてその鼻からはつーっと血が垂れている。

「大変だ！」

すぐに彼を横抱きにして医務室へ向かって駆け出した。剣術を学んでいたお陰でそれなりに筋力もある。彼をしっかりと抱いて走れるのなら、あの辛い日々も無駄ではなかった。

医務室へ向かう途中、クラスメートの一人が僕達の異変に気が付き医務室まで同行してくれた。扉を開けてもらい、学園の専任医師の案内でエルバートをベッドに寝かせる。同行してくれたクラスメートに、エルバートの従者であるペレスに連絡を入れてほしいとお願いすると「任せてください！」と急ぎ医務室を飛び出していった。彼には後で何かお礼をしよう。

専任医師がエルバートの状態を確認したところ、じきに目を覚ますだろうから心配はいらないとのことだった。もうすぐ午後の授業が始まるが、彼をこんな風にしてしまったのは僕の責任のため、ペレスが来るまではここに残ることにした。授業をサボることになるが、そんなことよりエルバートの方が心配だ。

しばらくエルバートの寝顔を眺めていると、バタバタと忙《せわ》しない足音が近付いてきた。

「エルバート様ッ！」

扉を勢いよく開けて、息を切らせて入ってきたのはペレスだった。僕の姿を目に留めて「失礼しました」と頭を下げるも、慌てた様子でエルバートの側へと駆け込んできた。もうそれだけでペレスがどれほどエルバートを心配していたのかよくわかる。そのまま専任医師に詰め寄っていた。

「エルバート様が血を流して倒れたと聞いたのですがっ、容体は⁉　エルバート様は大丈夫なんですか⁉」

「はは、そんなに心配しなくても大丈夫だよ。ちょっと鼻血が出たくらいだしね。しばらくすれば目を覚ますだろうから。君はエルバート君の従者だね。このまま早退でいい？」

「はい。俺がエルバート様を連れて帰りますので、そのように手続きをお願いいたします」

専任医師は一つ頷くと、そのことを担任教師に伝えるため医務室を出ていった。エルバートが無事だと知ってほっとした様子のペレスは、僕に「主人がお手を煩《わずら》わせ申し訳ございません」と頭を下げる。

「頭を上げてくれ。エルバートが倒れたのは私のせいなんだ。申し訳なかった」

どういうことかと聞かれ、彼の手に口づけをしたらこうなってしまったと正直に話した。するとペレスは「ははは」と笑い出した。

「それはエルバート様からすれば『ご褒美《ほうび》が過ぎる』というやつですね。感動して興奮しすぎて倒れたんでしょう。まったく……我が主ながら情けないことです」

口ではそう言うも、ペレスの顔はエルバートを優しく見つめていた。エルバートに対する態度は従者としては失格なことも多いが、エルバートはそれを許しているし二人はとても仲がいい。もしや二人はそういう関係なのかと聞いてみたら、ペレスは真顔で「それはないです」ときっぱり言い切った。その言葉にほっとしてしまった。

「俺はエルバート様を大切に思っていますが、それは妹の命の恩人だからなんです」

エルバートがまだずっと幼かったころ、命が危ぶまれたペレスの妹のために薬代を出してくれたことを話してくれた。昔は我儘《わがまま》でぐうたらで一切努力をせず、ヘイクラフト家の人間らしいエルバートだったのに、と。

「エルバート様がどんな人であれ、妹の恩人であることに変わりはありません。だから俺は精一杯お仕えすることにしたんです。でもアルノルト様の婚約をきっかけにエルバート様は変わられました」

絶対に優秀クラスに入るんだと、あんなに嫌がっていた勉強を必死にやり込み、体も相当大きかったそうだが痩せるために努力した。その原動力が、学園で僕を守るためだというのだ。まだ会ってもいない僕のために、エルバートは必死に努力してこの学園へとやってきたそうだ。

「どうしてなのか、君は理由を知っているのか？」

「……申し訳ございませんが、俺の口からは言えません。ですが、エルバート様は本当にアルノルト様のために恐ろしいほどの努力をされたんです。アルノルト様に向けられる不評、不満、暴言や悪行全てをエルバート様が受けるために。こんな風に鼻血を出して倒れたり意味のわからないことを叫んだりするような情けない主人ですが、俺にとってはかけがえのない大切な主人です。ですからどうか、エルバート様のご友人であり続けてください」

ペレスはそう言って深く頭を下げた。エルバートが僕に言えなかったことについては、従者である彼もエルバートを尊重して口を閉ざした。二人は少し歪《いびつ》ながらも、僕とナイジーンのように強い信頼関係で結ばれているのだとわかる。

エルバートの不評は未だ残っているが、一番側にいるペレスがエルバートをそこまで理解し支えてくれていたことに感謝した。

「もちろんだよ。私はエルバートのお陰で変われたんだ。彼のことをとても大切に想っているし、彼の一番でありたいと思っている。この気持ちは一生変わることはないだろう」

「ありがとうございます、アルノルト様。……でしたらアルノルト様を信用して、一つお伝えしたいことがございます。これはエルバート様にとってもアルノルト様にとってもかなり重要で、そして大変危険な話です。ただそれをどこで知ったのかなど、深く追及はなさらないでください」

真剣な表情で僕に訴えたペレス。僕だけじゃなくエルバートにも関わることなら、たとえ危険であっても知りたいと思う。いや、危険なことだったらなおのこと、僕がエルバートを守らなければ。

「約束しよう。私はエルバートを守りたい。だから話してくれ」

そう答えると、ペレスはふぅ、と深く息を吐き出し僕を真剣な顔で見つめた。

「……アルノルト様は『バーベナのネックレス』をご存知でしょうか」

「……『バーベナのネックレス』？　いや、聞いたことがない。バーベナの花は知っているが……それがどうしたんだ？」

「実は、その『バーベナのネックレス』は闇市で取り扱われている危険な魔道具なんです。それをユリシーズ・リンプトンが所持していることをエルバート様はご存知です」

ペレスの話では、その『バーベナのネックレス』には禁忌《きんき》魔法である魅了がかけられていて、出所や製作者など一切が謎のネックレスだそうだ。ユリシーズはそれを持っており、エルバートに渡そうとした。エルバートはそのネックレスの危うさを知っており、受け取りを拒否した。その後、僕にネックレスを受け取らないよう注意を促すために手紙を書いたそうだ。

あの手紙の本当の意味はそういうことだったのか。そしてあの時リンプトン子爵令息が手にしていたものが、『バーベナのネックレス』。

「では、リンプトン子爵令息はライオネル殿下達に……？」

「エルバート様はそれを確認しておりませんが、恐らく受け取っているだろうと話していました」

「そうか……」

一度ちゃんと確認しなければはっきりとしたことは言えないが、リンプトン子爵令息があれほどライオネル殿下達や高位貴族の令息達と仲良くなった理由はこれだったのかもしれない。それが本当ならかなり危ない状況だろう。早急に動かなければ。ルーファス殿下にもお知らせする必要がありそうだ。

「エルバート様がこれを言えずにいたのは、そのネックレスの存在を知っていることでエルバート様が犯罪者として捕らえられる可能性があったからです。俺はなぜエルバート様がそれをご存知だったのかまでは知りません。教えていただけなかったのです。ですが、今までのエルバート様を見てきたからこそ、エルバート様が嘘をついているとは思えないんです」

エルバートがこれだけ信頼しているペレスにも言えないこと。彼には何かとてつもない秘密があるんだろう。それを知りたいと思うが、無理やり聞き出すことはしたくない。いずれ、話してもいいと思ってもらえるようにならなければ。

「……わかった。話してくれてありがとう。私も早急に事に当たろう。エルバートを悪いようには絶対しないから安心してほしい」

「ありがとうございます」

ペレスはほっとした様子で僕に頭を下げると、意識のないエルバートを抱き上げ寮へ戻っていった。それを見送った後、僕も残った授業を受け終え帰宅する。自室に入るなり、ルーファス殿下宛《あて》にペレスが教えてくれた内容をしたためた。

その手紙を封筒に入れて封蝋《ふうろう》を施す。それをルーファス殿下に渡すようナイジーンに頼んだ。ルーファス殿下であれば、きっと動いてくれるだろう。本当に例のネックレスがライオネル殿下に使われていたら一大事だ。

僕もまだそのネックレスを着けている人物を見てもいないし、ライオネル殿下がお持ちかどうかもわからない。だが間違いないだろうと思っている。元々僕への態度もいいものではなかったとはいえ、あれほどリンプトン子爵令息に執着《しゅうちゃく》しているあの様子は、どうしても異常に感じる。

リンプトン子爵令息は一体何者なのだろうか。ライオネル殿下を恋い慕い、婚約者である僕を妬《ねた》んでいるという理由だけではない気がする。何かとんでもないことが起こりそうな予感がして、少し寒気がした。


翌日からはエルバートの体調もよくなったようで、また一緒に毎日を過ごしていた。相変わらずエルバートは僕と一緒に過ごすことを気に病んでいて「俺は一人でいいですから。他の友人達といてください」と言う。だが僕はそれを許せないし「やりたいことをやればいいと言ったのは君だよ。僕が君と一緒にいたいんだ」と言ったら、渋々ながらもわかってくれた。

それと指先に口づけをされたことで倒れてしまった彼は、たいへん奥ゆかしいのだと思う。それくらいで倒れていては、この先それ以上の行為をした時に耐えられなくなってしまう。僕に慣れてもらうためにも、彼と手を繋いだり頬を撫でたりと積極的に体に触れた。もちろん、誰にも見られていない時にだ。まだ僕はライオネル殿下の婚約者で、誤解を生むようなことは出来ないから。

だがエルバートはその度《たび》に「ふあっ！」とか「ぐふっ！」とか言って顔を真っ赤にさせている。そしてまたよくわからないことを口走るのだけど、それは嬉しさと恥ずかしさが暴走しているのだとわかっている。そんな彼が可愛いし面白いしで、僕は毎日のように笑っている。

エルバートは僕が笑うと嬉しいようで、僕が笑う度《たび》にエルバートも幸せそうに笑ってくれる。そして僕がよく笑い、クラスメートと積極的に会話を行うことで、僕の周りも笑い声が溢《あふ》れるようになった。友人も増えていき、昼食時はすっかり大所帯となっている。

最近はリンプトン子爵令息とよく行動を共にしていたライオネル殿下の幼馴染達、ローガンにフェリックス、トレイシーまでもが僕達のところへ交ざるようになった。最初はアンセルム殿下のようにエルバートが僕を騙していると思っていた様子だったが、その誤解も解けエルバートに謝罪をした。

エルバートも「以前は言いすぎました」と謝罪し、お互いちゃんと和解した。そして名前呼びを許し合い、皆で友人となったのだ。この頃にはエルバートは「俺は一人でいいですから」と僕から離れるようなことはなくなった。皆エルバート自身を認めて友人となったお陰で、気負う必要がなくなったようだ。

ただ友人が増えたことで、彼らと過ごすエルバートはとても楽しそうだった。僕の時とは違い、年相応に笑ってはしゃいでいる。それが面白くないと嫉妬《しっと》する機会も増えてしまった。

恋とは楽しくて幸せな気持ちになる一方、醜《みにく》い感情もふつふつと湧き上がってくる厄介なものでもあった。きっと僕がライオネル殿下の婚約者であり続ける限り、この負の感情は付き纏《まと》うのだろう。もたもたしていたら、エルバートの魅力を知った誰かに取られるかもしれない。最近はその恐怖に怯えるようにもなった。

エルバートの僕への好意は、僕がエルバートに抱く気持ちとは別のもの。それがわかっているから余計に焦る。彼に僕をそういった意味で好きになってもらえるよう、奮闘している毎日だ。

今の僕は、自分に自信を持てるようになった。やりたかったことをやって全てが好転している。

母上や礼儀作法の教師の教えとは真逆だが、それで舐められることはなかったし、むしろ皆僕を慕ってくれているとわかっている。だからそろそろだろう。

忙しく普段は家にいないことの多い父上も共にとる夕食時。僕は思い切って両親と話をすることにした。

「父上、母上。お話があります」

「どうした？　改まって。とりあえず聞こう」

食後のお茶が出された時点で切り出したのだが、情けないことに僕の手は少し震えていた。今まで両親に、特に母上に逆らったことなどなかったのだから緊張が凄い。でもここで引くことは出来ない。僕はやると決めたのだから。

「父上と母上は、今のライオネル殿下について噂を耳にしたことはございませんか？」

「……ライオネル殿下とリンプトン子爵の養子だったか。二人が大変仲睦《なかむつ》まじいという話なら、私も知っている」

普段は王都にいない父上ですら知っているくらい、この話は有名になっていたようだ。ということは、貴族家の大半はこの話を知っているのだろう。

「……どういうこと？　なんの話なのそれは……⁉」

「その話ですが本当です。リンプトン子爵令息が学園に来てからすぐに、二人は親密な関係となりました」

「なんですって⁉　アルノルトッ！　どういうことなの！　説明しなさいッ！」

不思議なことに母上はこの噂について知らなかったようだ。僕に何も言わないなんて不思議だと思っていたが、そういうことだったのか。きっと皆が母上に聞かせないよう、その噂について口を閉ざしていたのだろう。この話を知れば豹変《ひょうへん》し、手が付けられなくなると判断したのかもしれない。

母上がいきなり激昂したことで、妹のセラフィーナは驚き泣き出してしまった。母上のこんな姿など見たことのない妹には毒だろう。これ以上は酷《こく》かと、セラフィーナの侍女に頼み自室へと下がらせた。

「アルノルトッ……！　あなたは王太子妃になるのよ！　そんな子爵家の子供にいいようにされて悔しくないのッ⁉　あなたの幸せのために私がどれだけ苦労したと思ってるのっ……！」

母上は両手でテーブルを叩きながら勢いよく席を立った。そのせいで椅子も後ろへ倒れる。公爵夫人としての品位も品格も何もない。

「私は母上の言いつけ通り、王太子妃らしく振舞おうと努力してきました。もちろん王宮で学んだことも実践しておりました。ですがその結果がこれです」

「言い訳しないでッ！　あなたの努力が足りなかったからでしょうッ！　どうしてっ……どうしてこんなことになったのよッ！」

母上は怒りのあまり、目の前にあったティーカップをガシャン！　となぎ倒した。ふぅふぅと肩で息をし、僕を憤怒の形相で睨みつけている。そんな母上を、父上は信じられないものを見るような目で見ていた。

父上は領地運営が忙しく、家にいないことが多い。それ以外にもいろいろな仕事を抱えており、王都にいても頻繁に家を空《あ》けている。そのため僕への教育は母上に任せっきりにしていた。母上や教育関係者からは、僕へどういった教育を施しているのか正しい報告が上がっていなかったのだろう。もしくは、捻《ね》じ曲げられた報告を受けていたか。

どちらにせよ、父上も僕のことなどそこまで気にかけていなかった。だから母上が、僕に何をどういう風にしていたのか知らなかったのだと思う。

「随分前から、殿下の私への態度は冷たいものでした。そうなったのは、母上や礼儀作法の先生の言う通りに笑わなくなったことが発端です」

「私のせいにするつもり⁉」

母上はテーブルを両手でバンバンと叩きながら叫んでいる。以前は母上の癇癪《かんしゃく》が怖かったが、今はただ哀れだと思う。そう思えるようになったのも、僕が自信と誇りを持てたからだ。これも全てエルバートのお陰だ。

「王宮内や学園では、私は笑わないことで『怖い、恐ろしい』と言われていました。それでも私は母上と礼儀作法の先生の言いつけを守ってきました。しかし、やっぱりそれは間違いだったんです」

エルバートとの出会いをきっかけに、僕のやりたいように振舞ったことでクラスメートの僕を見る目が変わり、友人がどんどん増え、誤解が解けていった。今では彼らは『ユリシーズに負けるな』とか『アルノルト様を応援しています』などと言ってくれるようになった。

母上達の言いつけを守り続けていたら、絶対こうはならなかった。僕がこんな風に変わったから得られたこと。僕は包み隠さず、学園でのことを語った。もちろんライオネル殿下とリンプトン子爵令息についてもだ。

「あなたは騙されてるのよッ！　あなたが笑っていたら、あなたを引きずり降ろすことなど簡単だと思われるのッ！　誰よりも強く！　凛《りん》としていなければ！　王太子妃として認められないのッ！　どうしてわかってくれないのよッ！」

母上は感情的に怒鳴り恐ろしい形相で睨みつつも、その目から大粒の涙を零《こぼ》していた。テーブルクロスを強く握りしめ振り回したことで、飾られている花瓶やテーブルの上に置かれたものが次々と倒れていく。もう先ほどまでののんびりとした穏やかな食事風景の空気は微塵《みじん》も残っていない。

「ライオネル殿下の心を繋ぎ留めなさいッ！　そして子爵家の子供を排除するのよッ！　あなたの幸せには絶対に必要なことなのッ！」

「……それは本当に私の幸せなのでしょうか」

物心つく前からずっと聞かされていた『僕の幸せ』。僕の意志や希望など一切無視した、僕の幸せには程遠い、押し付けられた『僕の幸せ』。

「なんですって……？」

「私にはどうしてもそうは思えないのです。私が王太子妃になって幸せになるのは母上、あなたなのではないですか？」

ナイジーンに教えてもらったことだが、母上は現国王陛下が王太子の時、その婚約者候補だったそうだ。母上はなんとしても王太子妃になろうと努力したが、現王妃に敗北した。そして成人後に公爵である父と婚姻し僕を出産した。

母上は僕に豊富な魔力があったことで、王太子妃にさせようと決めた。母上が王太子妃になれなかったのは、魔力量が少なかったからだそうだ。だが僕には豊富すぎる魔力がある。ならば赤子の時から高度な教育を施せば右に出る者はいない。そう考えたらしい。

自分の息子が王太子妃になる。それはつまり、自分の子供が王族になるということ。僕がこのままライオネル殿下と婚姻し、男児を産み落とせばその子は後の国王となるだろう。母上は王族の一員にはなれなくとも、外戚となることで王族との繋がりが出来る。その地位を欲したのだ。

母上は侯爵家の出だが、野心が強く王妃になりたかった。しかしその夢は破れ、ならせめてもと僕へその夢を託したのだ。

ありがた迷惑な話だ。僕自身はそれを望んでもいないし、僕の幸せでもない。王太子妃、そして王妃になれなかった母上自身の幸せのために僕を利用したに過ぎない。

「そうよ！　私はなんとしても王妃になりたかったのよ！　公爵夫人じゃなくて王妃に！　でもなれなかったっ……！　だったら私の子供が叶えてくれたっていいじゃないッ！」

「私はその夢を叶えたいとは思いません。私はもう、あなたの傀儡《かいらい》じゃない」

この話を切り出す時、僕の手は震えていた。でも今はどうだ。震えも治まり、激昂して取り乱す母上の姿をしっかりと見据えている。もう母上への恐怖を感じない。

僕は変わった。母上の傀儡《かいらい》だった僕じゃない。僕は僕という一人の人間として、伝えるべきことを伝え、やるべきことをやる。

「アルノルト……どうして？　どうしてよッ！　どうしてそんなことを言うのッ！」

「私はライオネル殿下との婚約を解消したいと思っています」

はっきりと僕の要望を告げると、母上はひゅっと息を呑んだ。顔色がますます悪くなる。

「何を言っているのッ！　許さないッ！　そんなこと許せるわけがないでしょうッ！　ふざけないでッ！　ふざけなっ――」

僕と同じ白い髪を振り乱し、泣き叫ぶ母上がいきなりぐらりと倒れた。それを父上がしっかりと支える。どうやら母上のあまりの荒々しい行動に、父上が魔法で眠らせたようだ。強制的に魔法で眠らせることは推奨されていない。下手をすると眠ったまま二度と起きてこられない危険があるのだ。

だがその危険を冒してでも母上の蛮行を止めたかったのだろう。父上の表情は驚きと困惑と悲しみが入り混じったような表情だった。父上は眠ってしまった母上を執事に預け、部屋へ送り届けるよう指示を出す。

一度、ぐしゃりと頭を掻き深く息を吐き出すと、僕を申し訳なさそうに見つめた。

「アルノルト、私の執務室へ来なさい。そこで続きを聞こう」

食堂のテーブルは悲惨なことになっていた。使用人に片付けを任せ、僕と父上は場所を変えることにした。

執務室には父上と僕、そしてナイジーンが入室した。父上はドカッと勢いよくソファーに腰かけた。あまりこういった姿を見たことはないが、顔色も悪く、よほど母上の様子に驚かれたのだろう。

僕はそんな父上の正面のソファーに腰を下ろした。ナイジーンがお茶の用意を終えると、僕の後ろへと立つ。

「……グロリアがあんなに取り乱すとは思わなかった。もしや、今までもああだったのか？」

「はい。母上の言う通りにしなければ、折檻《せっかん》を受けていました」

その事実を知って驚愕の表情を浮かべた父上。がくりと肩が下がる。

「はぁ……なんということだ。ならなぜ私に知らせなかった？」

「……ナイジーンが知らせたはずですが。領地へいる父上に何度か手紙を送ったそうです。それが届いていないということは、母上の指示で握り潰された可能性がありますね」

父上が何度か王都へ戻ってきた時も、ナイジーンは幾度となく父上に面会を求めていた。だが仕事で忙しい父上はナイジーンと会うことはなかった。もしかしたら、ナイジーンと父上を会わせないよう邪魔が入っていたのかもしれない。

「ナイジーンから私へ面会要請など届いておらん。妨害されていたと見て間違いないだろう。はぁ……本当になんということだ」

頭を抱え項垂《うなだ》れた父上。その様子から本当に知らなかったのだとわかった。父上は僕を気にかけていないと思っていたけど、そうじゃなかったのかもしれない。けれど自ら確認することもしなかったのだから、僕にしてみれば放置されていたのと同じだ。

「グロリアはすぐに領地へと送る。お前に会わせないようにしよう。それとこの公爵邸の使用人達についても、一度確認をしなければならなそうだ。……アルノルト、今まですまなかったな」

恐らく、近いうちに使用人の何人かはこの屋敷から消えるだろう。その後、彼らがどうなるかはわからないが、僕にはどうでもいい。

父上に改めて状況を聞かせてほしいと言われ、母上からされていたこと、王宮や学園でのこと。そしてライオネル殿下とリンプトン子爵令息のことを始めから話した。長い話になり、用意されたお茶もすっかり冷めてしまった。だが父上は最後まで僕の話にしっかりと耳を傾けて、見極めようとしてくれていた。母上と違い、父上がまともな人でよかったと思う。

「そうか。お前は笑わない子供ではなかったのだな。笑わないのではなく、笑えなかったのか。それにそこまで教育を詰め込まれ、まともに息も吸えなかっただろう。王太子妃教育が大変だということは重々承知しているが、安らげるはずの家の中ですらこうではさぞ辛かったな。お前をここまで追い詰めていたのはグロリアだけじゃない。私も同罪だ。仕事で忙しいと言い訳ばかりしていた」

父上は膝の上に肘を突き、拳を額に当て深い深いため息を吐いた。父上の領地運営の手腕は鮮やかだとナイジーンが言っていた。領地は豊かで、皆領主である父上を尊敬していると。それだけ父上が領民のことを一心に考え運営してきた証拠だ。だが家族のことを放っておいていい理由にはならない。父上はそう反省しているのだと思う。

父上は徐《おもむろ》に立ち上がり、僕の目の前へやってくるとそのまま床に膝を突いた。そして僕の手を握りしっかりと目を合わせる。

「アルノルト、今まで本当にすまなかった。今の私がこう言っても信じてもらえないかもしれないが、私はお前を息子として愛している。なのに今の今までお前のことを気にかけてやれず不甲斐《ふがい》ない父親だった。これからはお前がやりたいようにやりなさい。私はそれを応援しよう」

「ありがとうございます、父上。ではライオネル殿下との婚約を解消させてください」

父上は僕のその言葉に何か言おうとするも、口を閉じ軽く頭を振った。

「……致し方あるまい。だがそう簡単な話ではないぞ」

「わかっています。そして、実はもう一つお話ししたいことがあるのです」

つい先日、ルーファス殿下から手紙が届いた。例のネックレスの件だ。

殿下が調べたところ、アンセルム殿下やローガン達はリンプトン子爵令息からあのネックレスを受け取っていたことがわかった。それを回収したそうだ。

よく調べてみると、やはり禁忌《きんき》魔法である魅了が組み込まれた魔道具で間違いなかったそうだ。

しかもリンプトン子爵令息と会っていた時に、彼がネックレスを身に着けた人間に触れて魔力を流し魔道具を起動させていたらしい。その度《たび》に彼らは魅了にかけられ、リンプトン子爵令息への好意を高めていったと判明したそうだ。

だが最近のリンプトン子爵令息はライオネル殿下と共に過ごすことが多く、ネックレスを持つ彼らはリンプトン子爵令息と触れ合う機会が減っていた。そのため魔道具に流し込む魔力が切れ、魅了がかかっていない時間が増えた。

そんな時に僕が変わり、皆と積極的に話したり笑ったりしたことで少しずつ意識が僕の方へ向いたのだろうとルーファス殿下はお考えだ。そして僕からネックレスの話を聞き、彼らが持つネックレスを回収したため、彼らは今後魅了にかかる恐れはないだろうとのこと。

ルーファス殿下は情報が漏《も》れることを危惧し、アンセルム殿下達にはネックレスの本当の機能を教えるつもりはないそうだ。ルーファス殿下はその魔道具がどこから来たものか、またリンプトン子爵令息がなぜそのネックレスを大量に所持していたのか、王家の力を使って更に調べている。

そしてライオネル殿下ももちろんそのネックレスを所持していた。ルーファス殿下がそれを渡してほしいと言ったものの、全力で拒否されたらしく一時も外していないそうだ。

だがこれでライオネル殿下に魅了がかけられていると確定した。リンプトン子爵令息の思惑はわからないが、王族に禁忌《きんき》魔法をかけたことは重罪だ。ルーファス殿下は今、確たる証拠を集めるために動いてくださっている。

ライオネル殿下は被害者だ。しかしリンプトン子爵令息の甘言に惑わされ、その罠に嵌《はま》ったことは紛れもない事実。王太子であるからこそ、誰よりもそれを許してはいけなかったのだ。それは僕にとってはいい材料となる。そのことを利用し、僕との婚約を解消させるつもりでいる。

「なんと……それは本当なのか、アルノルト」

「はい。ルーファス殿下より送られた手紙も保管しているので、後で父上にお見せいたします。それから父上にお願いがあります」

「なんだ？　言ってみなさい。お前の頼みならなんでもしよう」

『なんでもする』と父上自ら言ってくれた。こんなに簡単に言質《げんち》をとれるとは思わなかった。僕に対する罪悪感からの言葉なのだろうが、今の僕にとってはありがたいことこの上ない。

「ライオネル殿下との婚約が解消されたら、私はヘイクラフト伯爵家次男のエルバートと婚約したいと思っています」

「は……？　ヘイクラフト伯爵家の次男……？　なっ……！　ヘイクラフト伯爵家だと!?」

悪名高いヘイクラフト家の名前を聞き、父上は大口を開けて固まってしまった。まさかの名前が出てきて、父上の顔色はどんどんと悪くなっていく。

「な、なぜヘイクラフト家の次男と……？」

「私を今まで守ってくれ、本当の私を解放してくれたのがエルバートなんです。今私がこうして父上と話をすることも、エルバートがいなければ叶わなかったでしょう。僕が僕でいられるのは全て彼のお陰なのです」

「っ!?　……アルノルトッ……」

僕が今みたいに父上の前で笑ったのは、もう記憶にも残らないほど随分と昔の話だ。『笑えなかった』僕がこうして『笑える』ようになったのはエルバートのお陰。本当の僕を曝《さら》け出せたのもエルバートのお陰。エルバートと出会えたから今の僕はあるのだ。

「……お前はこうやって笑うのだな。この笑顔のどこが『舐められる』と思ったのか、お前にそれを教えたグロリアも教師も何を考えていたのかわからない。お前の笑顔は正直恐ろしい。人を魅了する笑顔だ。誰もがお前に仕えたくなるだろう、そんな力を持っている。それをあの家の次男が引き出したとは……」

父上は未だ握っていた僕の手を放し、ぽんぽんと撫でるとソファーへと戻っていった。少し足元がふらついているように見えたが、精神的に参っているんだろう。母上のこととライオネル殿下のことだけでも相当なのに、更にエルバートの話まで言われたのだから。

「あの家は当然私も知っている。ブレイズフォードの当主として、あの家との繋がりを持つことは正直反対だ。あの家は強欲が過ぎる。当然うちから搾取《さくしゅ》しようとするだろう」

「ええ、僕もそうだと思います。ですが、ヘイクラフト家がここまで悪名高いのに国が動かない理由は、義務はしっかりと果たしているからです」

領地に出没する魔物の討伐、納税は絶対に怠《おこた》ることは出来ない。そしてヘイクラフト家はそれをきっちりやっている。だから国が罰することも簡単ではないのだ。領地運営に関してはそれぞれの領主に一任されている。その領地の収入を考え、各領地の税額は決められている。

「ヘイクラフト家は恐らく何かの抜け道を使っているのだと思います。それにあの領地はかなり土壌が豊かで天候にも恵まれた地域であるため、農作物も毎年豊作です。ヘイクラフト伯爵家は代々、そのギリギリを見極めて領民の税を決めているんでしょう。だから領民の暮らしは苦しいものの、餓死者までは出ていない」

ある意味上手い領地運営だと思う。よほど優秀な人物が付いているのだろう。だが必ず何か裏があるはずだ。あの家は叩けば埃が掃いて捨てるほど出てくると踏んでいる。

「上手く謀《たばか》り証拠を手に入れ、圧力をかけてしまえばいいんです。あの家を掌握してこちらが実権を握る。そうすればブレイズフォード家にとっても、いい領地が手に入ると思いませんか？」

「……お、お前、仮にも婚約者にと望んだ者の家に対して、恐ろしいことをあっさりと言うんだな……」

父上の顔が引きつった。僕もなかなかに毒々しいことを言った自覚はある。だがエルバートの家の問題を解決しなければ、彼に着けられた枷《かせ》は外れない。

「僕とエルバートが婚姻すれば、あの領地との繋がりが生まれます。ただあの家から搾取《さくしゅ》されることを防ぐのではなく、こちらが上手く動かせばいいんです。それにエルバートも自分の家を『潰れてしまえばいい』と言っていました。僕はその願いを叶えたいと思っています」

僕とエルバートの未来のために、これは絶対にやらなければならないこと。そうじゃなければ、エルバートは心から安心して僕との婚約を認めてはくれないだろう。むしろ優しい彼のことだ。僕と婚約しないよう逃げる可能性だってある。彼の憂《うれ》いは全て排除する。

追い打ちをかけるように、ナイジーンにもエルバートを客観的に見て感じたことを話してもらった。僕の言葉だけよりも信憑性《しんぴょうせい》は高くなるだろう。父上もナイジーンの話を聞いて、「信じられない」と呟きながらも、なんとか理解はしてくれたようだ。

「父上でしたら、あの家を掌握することくらい簡単なのではないですか？　僕のために『なんでもする』と仰《おっしゃ》ったのですから、ぜひご協力をお願いいたします」

「……お前が吹っ切れると、ここまで黒くなるのか。一体誰に似たんだか……」

「目の前の人ですよ、父上」

「……はぁ。まさか息子にしてやられるとは……わかった。お前が初めて言った我儘《わがまま》だ。私も協力しよう」

「ふふ。ありがとうございます、父上」

だが父上にもエルバートのことを調べさせてもらうと言われた。どの道ヘイクラフト家を調査することになるのだから、エルバートについても調べられるだろう。正直面白くはないが、彼自身をしっかりと理解してもらうには一番早い方法か。

全てが落ち着いたら父上にエルバートを会わせよう。きっと直接会えば彼の素晴らしさをもっと知ってもらえるはずだ。

これでエルバートの家のことは大丈夫だ。後は父上に任せてしまえばいい。父上はかなり大変だろうが、『なんでもする』と言ったのは父上なのだから存分に力を振るってもらおう。

エルバート、もうすぐだよ。君の憂《うれ》いは全部取り除くから。僕の婚約が解消されたら迎えに行くよ。その時、僕の気持ちも伝えるから。それまで絶対に逃がさない。待っててね、エルバート。

エルバートとの未来を考えただけで自然と笑みが零《こぼ》れてしまう。そんな僕の後ろからナイジーンの「よかったですね」という声が耳に届いた。

◇エルバート side

アルたんがカッコよすぎる件について。

アルノルト様が俺に今までのことを話してくれてから、美しいだけじゃなくとんでもなくカッコよくなってしまった。

ユリシーズに言い返した時は驚いたし、アルノルト様が悪役令息になってしまう！　と焦ったけど、美の化身たる神々しい微笑みがそれを打ち消してしまった。そのお陰でユリシーズもライオネルも何も言えなくなってすごすごと戻っていった時は、心の中で拍手喝采《はくしゅかっさい》だった。

しかもアンセルムがこちら側についてから、ローガン達もこちら側についた。ユリシーズにほの字だった他の令息達もだ。皆アルノルト様の笑顔を見て『ぽっ♡』となっていたし、その威力でライオネル以外の皆はネックレスの魅了が解けたみたいだ。

禁忌《きんき》魔法の魅了ですら解いてしまうアルノルト様の笑顔、最強すぎて最高。やはりアルノルト様は神だった。それにユリシーズが今までのように攻略対象者達に声をかけても、彼らは「用事があるからこれで」と言ってユリシーズを避けるようになっている。けけけ、ヒロインざまぁ！

そしてアルノルト様に誕生日パーティーへ招待されたのだけど、残念ながらお断りをした。俺が行ったら公爵家に迷惑がかかってしまう。だけど行けない代わりに、アルノルト様がアレルギーで触れない猫のぬいぐるみを贈ることにした。

大きさも特注にしてもらい、色や付ける宝石、リボンなど全部俺が選んだ。針子の皆には無理を言ったけど、快《こころよ》く引き受けてくれた。お陰で史上最高に可愛いぬいぐるみが爆誕したのである。

そしてアルノルト様はそのぬいぐるみを凄く気に入ってくれ、毎日一緒に寝ているそうだ。ぬいぐるみを抱いて寝るアルノルト様を想像しただけで、あまりの可愛さ尊さに鼻血を噴いたことはご本人には内緒だ。

因《ちな》みにぬいぐるみ事業は実に好調で、今では一年待ちになっているほど。俺の逃亡資金も予想以上に貯まっていていてにんまりと笑いが止まらない。魔女も同じくニマニマしており、俺が店に行くと

ＶＩＰ待遇を受けている。

針子の人数もかなり増えた。そして彼らは練習用に小さなぬいぐるみを作るのだけど、その時に出来たぬいぐるみをペレスの妹がいる孤児院に配ることにした。ぬいぐるみを発売する前、チラシ配りを手伝ってくれた子供達だ。

新人針子の作ったぬいぐるみは、作りもまだ荒くて商品として売ることは出来ないが捨てるのももったいない。そう思って俺が提案したのだが、孤児院の子供達はそんなぬいぐるみでも想像以上に喜んでくれた。

孤児院の先生達にも大袈裟なくらい感謝されたのだけど、捨てるのがもったいないっていう理由で始めたことだから逆に恐縮してしまった。

学園での生活は本当に賑やかになった。クラスメートのほとんどが俺を好意的に見てくれるようになったお陰で、しょうもない嫌がらせもなくなった。全校生徒に嫌われていたこの俺が、だ。それもこれも、アルノルト様と一緒にいるようになってからだ。

俺はもちろんアルノルト様と一緒にいたいなんて望んでいなかったし、俺の家のことを考えれば当然避けるべきだった。だけどアルノルト様がなぜかそれを許してくれなくて、二人でいることも多くなってしまった。

アルノルト様はよく笑うようになったし、これからアルノルト様にも友人は増えるだろうからそれまでの辛抱だ、と思っていたのに結局はズルズルと一緒にいる。困ったなぁと思っていたけど、アルノルト様に友達が増えるとおのずと俺の友達も増えていった。

これだけたくさん友達が出来た今なら、俺と二人きりというわけじゃないし大丈夫か、と今はそう思うようにしている。

なのに。アルノルト様はなぜか俺と二人でいることを望み、学園が休みの日は高級菓子店の個室で茶会をしたり、周りに人の目がないところでは手を繋いだり、俺の頬をするっと撫でたり。その時の俺はまともではいられず「ぎゃぁぁぁぁぁ！」と叫んでいるんだけど、アルノルト様はそんな俺を嬉しそうに笑って見ている。

アルノルト様が楽しいならいいんだけど……っていや、よくないわ。全然よくない。だってその時のアルノルト様の目。もうね、なんていうかね、とろんって蕩《とろ》けた感じなんだ。ちょっと熱っぽいというか潤んでいるというか、上手く言えないんだけど普通じゃない。それを見た時の俺の心はもうショート寸前、浄化されて消滅しそうになっている。

あんな目と顔をされたら俺だっておかしくなってしまう。アルノルト様は紛れもない俺の推し様だから、ドキドキしたり心臓がきゅん♡　ってなったりするのは当たり前だ。でも前世からのその気持ちとは違って、なんていうかそれ以上の気持ちが湧き上がってくる。なんなんだこれは。

アルノルト様に友達がいっぱい増えて嬉しい、たくさん笑ってくれて嬉しい、学園が楽しそうで嬉しい。そう思っているのは間違いないはずなのに、俺だけに見せる表情を堪《たま》らなく嬉しく感じているんだ。俺だけが知っている、その特別感ある顔を他の誰にも見せないでほしいなんて思うくらいに。

俺は馬鹿か。アルノルト様は俺のものじゃないし、アルノルト様はもっともっと人気者になるべきなんだ。それに俺はアルノルト様を推しと崇《あが》める一モブだ。アルノルト様を独り占めしたいとか独占したいとか、そんなことは罷《まか》り間違っても願ってはいけない。

俺の望みはアルノルト様が幸せでいてくれること。これから来るであろう断罪から守ること。それだけのはずだ。それ以外は考えるな。自分の目的を忘れるな。俺は断罪される『悪役令息』なんだから。

急にアルノルト様との距離が近くなって戸惑ってはいるものの、未だアルノルト様が『本当の自分』を見せられるのは俺だけだ。俺以外にもそうやって『本当の自分』を見せられる友達が増えるよう、俺がサポートすればいい。

それにしてもアルノルト様からいろいろ話を聞いて思ったのが、やっぱりここは『ファシラブ』の世界で間違いないが、ゲームとまったく同じではないということ。登場人物の名前や外見は一致しているのに、考え方や行動にズレがある。

この世界がゲームじゃなくて現実だからなんだろう。アルノルト様や攻略対象者達も前世で見ていたキャラクターなんかじゃない。生きた人間だ。だからいろんな状況でいろいろな考えを持つし、それによってまた状況が変わる。

ゲームと同じイベントが発生したり、ユリシーズの取っていた行動がハーレムルートとよく似ていたりするとしても、今現在起こっている状況はゲームとはまったくもって違うものだ。

ま、何にせよ俺が目指しているのはアルノルト様が断罪されない未来。それさえ実現出来れば後は割とどうでもいい。

「なぁエルバート様。アルノルト様とは最近どうなんだ？」

「ん？　アルノルト様？　アルノルト様は毎日楽しそうに学園に来てるぞ。今日もよく笑ってたし、友達とよく話してたし。それがどうかしたのか？」

ある日、学園が終わり寮へ戻るなりペレスが茶を淹《い》れながらそんなことを問うてきた。なんでこいつがアルノルト様を気にするんだろうか？　まぁアルノルト様のあの話を一緒に聞いていたし、気になるっちゃ気になるだろうが……

でも正直言ってお前関係なくね？　アルノルト様と直接関わることなんてほとんどないんだし。

「いやほら、アルノルト様ってよく笑うようになったんだろ？　きっと今までと違ってたくさんの人に慕われてると思うんだが……」

「ああ、それはもちろん。アルノルト様のあの微笑みを見れば、どんな奴だってイチコロだ！　流石は俺の推し様アルたん！」

アルノルト様の微笑みを見て皆『ぽ♡』と頬を赤く染めているし、明るくなったアルノルト様のことを誰も怖がったりしなくなった。むしろ凄く人気も出てアルノルト様と仲良くなろうと人が集まってくるくらいだ。

「……で、エルバート様は何か思うことはないのか？」

「んん？」

なんだ？　何が言いたいんだコイツは。さっぱりわからん。わからなすぎて首を傾げる。

「なんていうか、ほら、アルノルト様からよくお茶会に誘われたりするだろ。それも二人っきりで。

そういうことしてるの、エルバート様以外にはいないんだろ？」

「らしいな。今は友達もいっぱい出来たんだし、皆でやればいいと思うんだけど、なんでかアルノルト様は俺とお茶会するんだよな」

恐らくだけど、『本当の自分』を見せられるのは俺だけだから、休日くらい素になりたいって思って俺を招待しているんじゃないだろうか。それに公爵家のアルノルト様といえども、今まで友達とのお茶会をしたことはあまりなかっただろうし、俺を練習台にしている可能性も十分ある。

「もしかしたらアルノルト様は、エルバート様を特別に想ってるから、とかそんな風に考えたりしないか？」

「は？　俺を特別に？　あるわけないだろ。そりゃまぁ『本当の自分』を見せられるという点だけはそうかもしれないが……」

俺がそう答えるとペレスは眉間に皺を寄せ、不服だという表情を思いっ切り出していた。なんでだ。

「アルノルト様から合図が送られているとか、特別に感じることとか何かないのか？」

「うーん……ないこともないけど……それは『本当の自分』を見せられるからだろ？」

それ以外の理由が見つからない。アルノルト様は皆と仲良くなっても、まだ本当の自分を出すのが怖いんだろう。だから俺と一緒にいることを選んでるだけだと思う。

「はぁ……うん、よくわかった。お前が相当鈍い奴だってことがな」

「はぁ!?　なんだと!?　俺のどこが鈍いんだよ！」

「そういうところがだよ」

ペレスは頭をガシガシと掻くと、大きなため息を吐いた。一体全体なんだって言うんだ。まったく。呆れた顔のペレスにお茶を差し出される。困惑しながらもそれを飲むが、とてつもなく渋くて噴き出した。

「では本日より三日間、魔物討伐の実習訓練に入ります」

学園の魔法の授業でとうとうこの日がやってきた。王都近くの森へと移動し行われる特別授業だ。そしてこの魔物の討伐実習訓練は『ファシラブ』のメインストーリーにもあったイベントだ。

まずゲームスタート時に攻略する相手に選んだキャラとペアになる。ライオネルルートの場合、アルノルト様は当然ライオネルとペアを組もうとする。だがアルノルト様は魔力量も多く、魔法の腕もかなりのもの。一方でユリシーズは魔力量も魔法技術もアルノルト様にはかなり劣る。ライオネルはそれを理由にアルノルト様ではなく、ユリシーズをペアに選ぶ。

ペアに選ばれなかったアルノルト様は嫉妬《しっと》のあまり、三日目にユリシーズに怪我をさせようと攻撃魔法を放ってしまう。それに気が付いたライオネルがユリシーズを庇い怪我を負う。そこでユリシーズが治癒魔法を使いライオネルを助けるのだ。

怪我自体大したことがないのと、アルノルト様がユリシーズを攻撃したわけじゃないと言い訳をしたことで、アルノルト様は数日の謹慎処分で済む。が、その間にライオネルとユリシーズはますます愛を育《はぐく》んでいくという内容だった。

だけどなぁ……もう既にゲームのストーリーから大きく外れてしまっているんだよな。

まず『悪役令息』はアルノルト様ではなく俺だ。そして今のアルノルト様には友達がたくさんいる。そもそもアルノルト様ははじめからライオネルのことを好きじゃなかった。だから嫉妬《しっと》なんてするわけがない。それにアルノルト様は今じゃライオネルの側に近寄ることもないし、むしろほとんど俺と一緒にいる。

因《ちな》みに俺は『悪役令息』として振舞っているが、わざわざユリシーズに向かって攻撃魔法を放つ気はない。そもそも俺の魔力量はモブらしくクッソしょぼいので、攻撃魔法を放ったら俺がふらふらになってしまう。たとえ魔力量が多くても、暴力は嫌いだから絶対やらないけど。

以上の理由からこのイベント自体発生しないことが確定している。というわけで、ユリシーズが非常識な振舞いをしない限り俺はのんびりと授業を受けるつもりだ。

「それでは今から二人一組になってください。どんな組み合わせであっても、皆さんには必ず騎士様が同行してくださいますので安全面は保証されています。安心してください」

魔法担当の先生がそう言うと、周りはぞろぞろと動きペアになり出した。さて、俺はどうしようかな。ちょっと前だったら誰も俺とは組んでくれなかっただろうけど、今じゃ友達も出来たし誰か一人くらい捕まるだろ。そう思ってきょろきょろと辺りを見回し、声をかけられそうな人を探していると俺の肩に誰かの手が置かれた。

「エルバート、僕と一緒に組もう」

「……え？　アルたんと!?　だ、駄目です！　ご存知でしょうが俺は魔力量が本当に少なくて、アルたんの足手まといになってしまいます！　ローガンとかアンセルム殿下とか、魔法の得意な人と組んでください！」

この授業は森にいる魔物を討伐する経験をさせるためのものだ。もちろん初心者でも討伐出来るような弱い魔物限定だが。

魔力量には個人差があるため、討伐出来なければ失格というわけじゃない。だが討伐に成功すると成績に加点されるため、成績上位を狙っている人は討伐を成功させる必要がある。だからこそペアになる相手は誰でもいいというわけじゃない。ましてやアルノルト様みたいな成績上位者は、同じようなレベルの人と組んでバンバン討伐して加点を狙っていくべきだ。因《ちな》みに俺の成績はクラスの中で下位である。

「僕は君と組みたいんだよ。それにこの辺りの魔物であれば僕一人でも十分対応出来る。エルバートを危険な目には絶対遭わせないから安心して。僕が君を守るよ」

「ぐっふっ……！」

やだなにアルたん男前すぎて鼻血出そうっ……！　そんな王子様みたいなセリフをにこって笑いながら俺に言うなんてっ……！　絶対相手を間違ってる！　アルたん！　こんなモブにそんなキラキラなセリフを言っちゃいけません！

俺は断ったものの、アルノルト様は俺とペアを組むと先生に報告してしまい、結局このままペアを組むことになった。因《ちな》みにだが、ライオネルとユリシーズはもちろんペアになっている。

護衛兼監督である一人の騎士の案内で森の中へと入っていく。広大な森で、皆とバラバラに行動しているから俺の見える範囲には他の生徒の姿はない。なんだか三人だけがぽつんと取り残されたような感覚になる。

「エルバートは緊張してる？」

「……はい。魔物なんて見たことがないのと、全然戦力にならないので申し訳なくて……」

「ふふ。そんなこと気にしなくていいのに。現役の騎士もいるし私もいるから安心して」

はぁ～かっこよ♡　アルノルト様の魔法の腕は心配してないし、もちろん騎士だって強いことはわかってる。でもこんなモブとペアにならなくてもいいと思うのになぁ。アルノルト様はもっと強い人とペアになってガンガン討伐してくれればいいのに。そんなアルノルト様も絶対美しカッコいいに決まってる。

「エルバート、動かないで。近くに魔物がいる」

「え」

早速魔物のお出ましみたいだ。俺はなんにも感じないけど、アルノルト様には魔物がいることがわかったらしい。しばらくじっとしていると、前方からがさっと音がして、次の瞬間角が三本生えた狐のような魔物が飛び出してきた。

と思った途端、アルノルト様はパン！　と魔物の眉間を魔法で撃ち抜き魔物は地面にパタッと倒れてしまった。

「は？」

「これで討伐完了だね」

何、今の早業《はやわざ》。どこのガンナーですか。早撃ち選手権でもあったら間違いなく優勝でしょ、これ。

「アルノルト君、お見事。綺麗に眉間を撃ち抜いている」

同行している騎士が、倒れている魔物を確認すると称賛の声を上げた。

「これで大丈夫だってわかってくれた？」

「あ、はい」

もう何も言えない。俺は大人しく付いていくことに決めた。

魔物はあれからもちょこちょこ出てきたが、ぜーんぶアルノルト様があっという間に討伐してしまう。俺はただ後ろに付いていってるだけ。申し訳なさすぎて持ってきている水を渡したり、額にハンカチを当ててかいてもいない汗を拭いてみたり、とりあえずアルノルト様のサポートに回ることにした。

その度《たび》に「ありがとう」と言ってふわりと神々しい微笑みを向けられるものだから、俺は今にも消滅しそうになっている。同行している騎士も『ぽっ♡』となっていたし非常に危険だ。

アルノルト様が強すぎるお陰で怪我をすることもなく、順調に討伐実習訓練は過ぎていった。だが最終日に問題が発生する。

今までの二日間同様、ペアになった者同士で森へ入り討伐を行う。午前中は何事もなかったのだが、午後になって『グアァァァァ！』という大きな魔物の鳴き声が響き渡った。今までに聞いたことのない咆哮《ほうこう》で、俺は一気に身が竦《すく》み体が震えてしまった。

「なになに⁉　何が起こったの⁉」

「エルバート落ち着いて。大丈夫。何があっても私が守るから」

みっともなくガタガタと震える俺の背中を撫でて、アルノルト様は優しく微笑んでくれた。アルノルト様が大丈夫って言うんだから大丈夫。ここには強い騎士もいるし、皆無事に森から出られるはずだ。

そう思うものの、割と近いところでバン！　とかガン！　とかもの凄い音が鳴っていて非常に怖い。早く逃げなきゃヤバそうだ。騎士の「撤退する！　走れ！」という声になんとか足を動かした。

バタバタと森の出口へと向かって走り出したが、突然目の前に巨大な木が吹っ飛んできた。慌てて足を止めると、前方に大木が横たわり道が塞がれてしまっていた。

「うわぁぁぁぁぁ！」

「ひっ！」

今度は騎士の一人が吹き飛んできて、俺達のすぐ近くの木に体を打ち付ける。そのまま地面に倒れ込みピクリとも動かない。

「大丈夫か⁉」

同行していた騎士が駆け付け、倒れた騎士に治癒魔法を流す。するとすぐに気が付いたものの、とんでもない一言が飛び出した。

「で、殿下がっ……魔物にっ……！」

「何⁉　どういうことだ⁉」

「ライオネル殿下の、すぐ近くにっ……マンティコアがっ……！」

「マンティコア⁉」

マンティコアって、ライオンの体にサソリの尻尾が付いてる魔物のはずだ。しかも人面で汚いおっさんの顔をしていた。ゲームにも出てきたボスの一つで、体力オバケで倒すのに苦労した覚えがある。それが今現実にその辺にいるってことだろ⁉　相当ヤバいじゃん！　ってかなんでここにそんな危険な魔物が出てきてんだよ⁉

「アルノルト君、エルバート君、すまないがこいつを連れて森を脱出してくれ。それからすぐに救援要請を頼む！」

「わかりまし――っ！　危ない！」

アルノルト様が騎士の言葉に頷こうとしたその時、また俺達のところへ大木が吹っ飛んできた。それに気が付いたアルノルト様が魔法で一瞬にして凍らせると、あっという間に砕け散った。

そして多くの木がなぎ倒されぽっかりと空《あ》いたところに、ライオネルとユリシーズ、同行の騎士が数人固まっている姿が見えた。ライオネルは王太子だから同行している騎士も五人付いていた。そのうちの一人が今ここで倒れている騎士だ。

残った四人でマンティコアと対峙するも、ライオネル達を庇いながらのため上手く動けないらしい。しかもなぜかマンティコアはライオネルを狙っているようで、ライオネルが逃げようとしているその動きを常に目で追っていた。

そんな様子をハラハラしながら見ていたら、ずっと遠くにいつかユリシーズと密会していたフードを被った男の姿が一瞬見えた。あ、と思ったその時、マンティコアの攻撃で吹き飛ばされた騎士の叫び声が聞こえ、そっちへ意識が持っていかれた。

吹き飛ばされた騎士は地面に転がるもしっかりと受け身を取っていたのか、すぐさま立ち上がりマンティコアへと向かっていく。それを見て安堵すると、先ほどのフードの男がいた方向へ視線を向けた。だがその姿は既に消えていた。

もしかしたら見間違いだったのだろうか。でも、もし見間違いじゃなく本当にあの男がそこにいたとしたら、どうしてこんなところにいたのか。もの凄く気にはなったが今はそれどころじゃない。

騎士がそれぞれ、マンティコアに魔法を撃ち込み剣で斬りつける。だが流石ゲームでもボスなだけあって、マンティコアは簡単には倒れてくれない。そもそも騎士が四人で倒せる相手なんだろうか。というかリアルなマンティコアは禍々《まがまが》しい気を迸《ほとばし》らせていて、顔も吐きそうなくらいに気持ちが悪い。体も非常に大きくて、なのにすばしっこく縦横無尽に動いている。あいつの攻撃を受けたらひとたまりもないことは簡単に想像がつく。怖い。怖すぎて体の震えが止まらない。

もしここで皆やられたら……そこで俺はハッとした。ここにはアルノルト様もいる。アルノルト様があのマンティコアにやられたら。そう考えたらそれだけは絶対に阻止しなければという使命感が湧き上がった。

「アルたん、もしあいつが攻撃してきたら俺が絶対守りますからね！　魔法はほとんど使えないけど、肉壁にはなれるんで！　俺が吹き飛ばされたその隙にとにかく逃げてください！」

「エルバート……」

俺が出来るのは肉壁になることだけ。きっと俺は死ぬだろう。だけどアルノルト様を守って死ねるのなら本望だ！　絶対アルノルト様に近寄らせない！　不思議なものでそう考えると体の震えが治まった。

「グアァァァァッ！」

「攻撃が来るぞ！」

マンティコアは雄たけびを上げると、騎士の一人に飛びかかった。だが騎士が素早く攻撃を避けると、他の騎士が次々と魔法を撃ち込んでいく。それでもマンティコアに致命傷を与えられず、まだまだ元気に動き回っている。しかしマンティコアの尻尾の先に付いている針が魔法によって切断された。あの尻尾には毒があるから、落とせたのはかなりでかい。

毒針をなくしたものの、尚《なお》も元気なマンティコアはガッと前へ飛び出ると騎士を前脚で叩き飛ばし、更にそのままライオネルに向かって尻尾を振り回した。

「ぐあっ！」

その尻尾に直撃したライオネルは吹っ飛び、木に思いっ切り体を打ち付ける。そのまま地面にドンと倒れ動かなくなってしまった。

「ライ様！」

ユリシーズが慌ててライオネルに駆け寄り、急いで治癒魔法をかけ出した。だがマンティコアはまだライオネルに標的を定めているらしく、今にも飛びかかろうとしている。

そこで俺達に同行していた騎士が駆け寄って魔法を撃ち込み剣で斬りつけた。それに続き他の騎士達も攻撃に出るが、素早い動きのマンティコアはその攻撃を避けている。

「足元を凍らせます！」

そこでアルノルト様がマンティコアの四肢を一気に凍らせて動きを止めた。その隙をついて騎士が総勢五名で一斉攻撃を仕かける。魔法と剣を上手く使って動けないマンティコアを次々と攻撃したことで、マンティコアはやっと地面に巨体を沈めた。

「アルたん凄い！　流石！　美しい！」

俺はもうバチバチと手を叩きアルノルト様を褒め称えた。アルノルト様の魔法のなんて美しいこと！　あんな大きなマンティコアの動きを止めるなんて流石すぎる！

「殿下！」

騎士の一人が倒れたままのライオネルの側へ駆け寄っていく。マンティコアが倒れたことで、俺達も少しだけ近付いた。

「ライ様っ……！　絶対助けるからね！」

頭からも血を流しているライオネルに、ユリシーズは必死に治癒魔法を流し込んでいる。するとライオネルが「うっ……」と呻《うめ》き、うっすらと目を開けた。

「ライ様！」

どうやらライオネルは無事だったようだ。騎士が魔力の回復薬を飲み、ライオネルにまた治癒魔法を流す。これで恐らくライオネルは大丈夫だろう。だがそこでユリシーズがふらりと後ろへ倒れ込んだ。それを騎士がしっかりと受け止めている。

「魔力枯渇か！　早く回復薬を飲め！」

騎士がユリシーズの状態を見て魔力枯渇だと判断したらしい。すぐに回復薬をユリシーズの口元に当てて飲ませていた。しばらくすれば、ユリシーズも意識が戻るはず。

しばらくするとバタバタと足音が聞こえたので振り向くと、魔法の担当教師とたくさんの騎士がこちらに向かってきていた。そのまま状況を確認して、俺達も話を聞かれた。それにいくつか答えると、騎士の同行の下《もと》、森の出口へと向かった。

「はぁ〜……怖かった……」

森を出た瞬間、俺は緊張が一気に解けへなへなとしゃがみ込んでしまった。まさかリアルであのマンティコアを見ることになるとは思ってもいなかった。ゲームでも気持ち悪いなと思っていたけど、本物はそれ以上に気持ち悪かったし強かった。よく生きて帰ってこられたなと思う。

「大丈夫か？」

「大丈夫じゃないです……」

出口まで同行してくれた騎士に、よく頑張ったなって頭を撫でられてちょっとうるっときてしまった。

「それにしても流石はアルノルト君。あのマンティコアの足元を凍らせて動きを止めるとは」

「いえ、お役に立ててよかったです」

この騎士が教えてくれたことだけど、あの巨体の動きを止めるだけの氷を出すのはかなり難しいんだそうだ。相当多くの魔力を使うし、魔法の細かい操作技術も必要だそう。それを簡単にやってのけるんだから、アルノルト様って本当に凄いし強いしカッコよすぎる。

腰が抜けて上手く立てない俺を騎士が負《お》ぶってくれた。ちょっと、いやかなり恥ずかしいが立てないのだから仕方がない。なぜかちょっと不満そうな顔をするアルノルト様と共に、教師と避難した皆が待つ場所へ向かった。

それから怪我や不調がないかなどの身体検査を終えるとようやく学園へ戻ることが出来た。ライオネルもユリシーズも無事で、マンティコアと戦っていた騎士が負傷していたが治療を受けて死者はゼロ。あのマンティコア相手によく皆無事だったなと思う。

後から聞いた話だが、やっぱりあの森は低級の魔物しかおらず、マンティコアなんて上位の魔物が出てくる場所ではなかったらしい。なのになぜあんな危険な魔物が出てきたのか調査しているとのことだ。

そしてその後からライオネルとユリシーズはより親密になった。ライオネルはユリシーズを片時も離さずずっと側に置いている。しかもユリシーズに「愛している」だの「僕には君だけだ」などと愛の言葉を堂々と囁《ささや》き、どこでも抱き合ったり頬にキスをしたりしていた。

それを見ていたクラスメートや仲良くなった友達は、アルノルト様に気まずそうな視線を送る。ご本人は気にしているようには見えなかったが、アルノルト様はライオネルの婚約者だ。その婚約者を差し置いてこんなことを堂々としていることが俺は許せなかった。

我慢が出来ず、俺はライオネル達の元へと向かう。

「ライオネル殿下、最近のあなたの行動は少々度が過ぎると思うのですが」

「……なんだお前か。お前も見ていただろう？　あの実習で致命傷を負った僕をユリシーズが命を懸けて助けてくれたところを」

確かに見ていた。ユリシーズが魔力枯渇で危なくなるまでライオネルに治癒魔法を施していたところを。

「ユリシーズは僕の命の恩人だ。どこかの冷たい婚約者とは違って、ユリシーズは僕のことを第一に考えてくれた。何もしてくれなかったあいつとは違う」

「アルノルト様は何もしていなかったわけじゃありません。マンティコアを倒すことが出来たのは、アルノルト様の魔法があったからです。そうじゃなければ、あの場にいた騎士が全滅していてもおかしくありませんでした」

同行してくれていた騎士は間違いなく強い。だけどマンティコアは少人数で倒せるような魔物ではない。俺が見ていた時も正直ジリ貧の戦いだった。それをアルノルト様の魔法でマンティコアの動きを止められたから、少人数でも倒せたんだ。そうじゃなければ、あの場にいた全員死んだっておかしくなかった。

「あの場にいた騎士が教えてくれたことだが、僕が大怪我を負って気を失った時、真っ先に駆けつけてきたのはユリシーズだ。あいつは僕のことを一切心配なんてしていない。それが婚約者の取る態度だと思うか？」

はぁ⁉　何言ってんだてめぇ！　今まで散々婚約者として最悪な態度を取り続けてきたのはてめぇだろうが！　自分のことを棚に上げてアルノルト様を悪く言うなんて、本当にこいつが心底大嫌いだ！

「アルノルト様は状況を冷静に見ておられました。取り乱さず、今取るべき最善の動きは何かを考えられていました。だからこそあの窮地で死者を誰一人出すことなく切り抜けられたのです」

「そんなもの、騎士がいるのだから問題はなかったはずだ！　きっとあいつは僕のことなんてどうでもいいと思っているんだ。だがユリシーズは違う！　僕のことを命を懸けて助けてくれたんだ！　やっぱりあいつは人の心のない冷たい奴だ！　お前達はあいつに騙されている！」

ユリシーズに魅了をかけられて騙されてるのはお前だ！　そう言えたらどんなによかったか。

それにユリシーズが命を懸けてライオネルを助けたという話はあっという間に広まっていた。あの場にいた騎士がユリシーズを称賛していたんだ。危険なマンティコアがすぐ側にいるにもかかわらず、逃げることもせず王太子を必死になって救っていたと。

健気《けなげ》なユリシーズを称賛する声はどんどん大きくなり、今じゃ学園でもアルノルト様よりユリシーズの方が婚約者に相応《ふさわ》しいとまで言われている。マンティコアの脚を凍らせて動きを止めたアルノルト様のことは、誰も何も言わない。おかしいだろ。

「僕はライ様が心配で心配で……あの時はただ必死だったんです」

「ああ、ユリシーズ。君はなんて心が綺麗なんだ。僕は君のお陰でこうして生きていられる。本当にありがとう。愛している」

「ライ様っ……！」

こいつらぁっ……！　堂々とこんなことしやがってっ！　あああああ、腹が立つッ！

それにしても、これがゲームの強制力というやつなのか。ゲームのストーリーからは大きく外れていたし、アルノルト様だって嫉妬《しっと》していなかった。誰もユリシーズに向かって攻撃魔法を撃たなかったのに、こうしてライオネルが怪我をする事態になった。

ユリシーズがライオネルを治療したのも、その後二人が親密になるのもストーリーと同じ。どうやったって同じ展開が起こるのか。

だけどゲームと違う点は、『俺が悪役令息』だということ。今のところ、これはそのまま活かされている。ただ俺が気を抜くと、ゲームの強制力によってアルノルト様が悪役令息になってしまうかもしれない。俺が断罪されるまでは気を引き締めておかなければ。


それからの毎日は、あの二人は今まで以上にぴったりと寄り添うように一緒にいた。ユリシーズは他の攻略対象者達と関わることをやめて、ライオネル一人に絞ったみたいだった。

アルノルト様は俺と一緒にいることが多いからか、あの二人に近寄ることもないし、悪役令息のように振舞うこともない。それでもユリシーズによってアルノルト様に非難が集中することを心配していたが、その不安も杞憂《きゆう》だったようだ。

そして俺はライオネルとユリシーズが人目も憚《はばか》らずイチャイチャしていると「恥ずかしくないのか」とか「婚約者がいて何をやっているのか」など、悪役令息らしく立ち回っていた。するとユリシーズはかなり強気に「アルノルト様より僕の方がいいんですって」や「ライ様が僕のことを好きだから仕方ないですよ」などと言うようになった。

しかもその時のユリシーズはふふんと勝ち誇ったような笑みを見せる。王太子であるライオネルが付いていれば怖いものはないと言わんばかりだった。それを見る度《たび》、こめかみに血管が浮き出ているのを感じている。

でも俺がそれ以上何かを言う前に、ローガン達が俺を連れ去るようになってしまった。彼らの言い分は「これ以上王太子を刺激するな」だった。前に俺がライオネルに攻撃魔法を放たれたことを気にしているようで、また何かあったらまずいと思っているらしい。

確かにそんなことされれば俺は攻撃を止められずに喰らってしまうだろうが、それでもアルノルト様のことを思うとどうしても言わずにはいられない。たとえアルノルト様がライオネルを好きじゃないとしても、婚約者の立場であることは変わらない。ライオネル達がやっているのはアルノルト様に恥をかかせることと同じだ。それがどうしても許せないのだ。

俺が悪役令息として振舞おうとしてもローガン達に止められるようになってしまい、上手くいかない日々が続く。そしてそうこうしているうちに、二学年が終わろうとしていた。


今日は二学年が修了する日だ。講堂に集まり最後の集会が開かれる。これが終われば翌日からは長期休暇へ突入だ。

講堂に全校生徒が集まる。これから学園長先生の眠くなるありがたいお話が始まるのだが、ライオネルがユリシーズを伴い前へ出た。

「エルバート・ヘイクラフト！　前へ出ろ！」

ユリシーズの肩を抱き寄せ、堂々と声を張り上げるライオネル。俺は名指しで呼ばれ驚いたものの、とてつもない既視感に襲われた。

そうだ。これは確かゲームであった悪役令息の断罪が始まるシーン。本来なら名前を呼ばれたアルノルト様がユリシーズを睨みながら悠々《ゆうゆう》と前へ出る。そこでライオネルが、アルノルト様の今までの悪行をつらつらと並べ立て婚約破棄を突き付ける。そしてアルノルト様は王都追放処分を下され、学園を追い出されるのだ。

その後のブレイズフォード公爵家はアルノルト様の悪事を止めることがなかったとして、伯爵へ爵位が下がり罰金が科せられた。

だがこれは中等部の卒業式で行われるはずだ。今はまだ二年次で一年も早い。恐らく俺が悪役令息に成り代わったことで、いろいろとストーリーに変更が生じたんだろう。まさか今日が断罪の日だとは思っていなかったから心の準備が何も出来ていない。

でもライオネルが呼んだ名前はアルノルト様ではなく俺のもの。ということは断罪されるのは間違いなく俺だ。アルノルト様は悪役令息にならずに済んだんだ。それに今のアルノルト様には友達がいっぱいいるし、笑って過ごせている。これなら今後もアルノルト様が悪役令息になることはないはずだ。

今日、俺が断罪されればかねてからの悲願が達成されるということだ。なら俺はそれを喜んで受けてやる。

俺は一人、ライオネルの前へと足を進めた。胸を張って堂々と。俺は何も悪くないという格好で。全校生徒は一体何が始まるのかと騒《ざわ》めいている。俺が一歩一歩進むと、面白いくらいに生徒は道を開け、ライオネル達と俺をぐるりと囲い込むような形に変わった。

「エルバート・ヘイクラフト。逃げずに前へ出てきたことは褒めてやろう」

「お褒めに与《あずか》り光栄です、殿下」

俺は芝居がかった動きで、恭《うやうや》しく礼をする。それを見たライオネルはふんっと鼻を鳴らした。

「なぜここに呼ばれたのかわかるか？」

「いいえ。私は至極真面目に学園生活を送ってきましたので、見当も付きません。ああ、もしかして、今までの私の勤勉な態度に何かご褒美《ほうび》でもいただけるのでしょうか？」

ここ最近使っていなかった悪役フェイスを張り付けて、にたりと笑ってやった。それを見たユリシーズが顔を顰《しか》めて「気持ち悪い……」と最大の褒め言葉を贈ってくれた。

「お前がそのように強気でいられるのも今のうちだぞ。今ここで、お前のこれまでの行いを反省し、謝罪するならこの先のことを考えてやらんでもない」

この先のこと、ということはやっぱり今から俺の断罪が始まるということで間違いないらしい。

お前のお望み通り、断罪されてやるさ。

「はて、なんのことでしょう？　私のこれまでの行いといえば、お隣にいるユリシーズ・リンプトンに常識を説いたくらいでしょうか。それにしても、殿下も相変わらず恥知らずなことをなさいますね。ユリシーズ・リンプトンの非常識さが伝染してしまわれたようで嘆かわしいことです」

「貴様ッ……！」

悪役フェイスでそう言い放ってやると、ライオネルは瞬時に顔を赤くし怒りを込めた視線を向けてきた。俺を公衆の面前で吊るし上げれば、恐れをなして謝るとでも思ったのだろうか。そんな殊勝な態度を取るなら最初から悪役令息になんてなるはずがない。

「そうか。お前に最後の機会を与えてやったというのに……愚かな。エルバート・ヘイクラフト！　よく聞くがいい！」

ライオネルは殊更《ことさら》大きく声を張り上げた。広い講堂にいる人間全てに聞こえるように。

さぁ今から断罪の始まりだ。これが終われば俺の目的は達成される。前世の時からずっと望んでいたアルたん救済ルート。それが完成する。

王都追放処分を受け、俺はすぐさまここを出ていかなければならない。いきなりのことでペレスも驚くだろうが、あいつならきっと大丈夫だろう。あっという間に荷物を纏《まと》めてくれるはずだ。

それに俺にはぬいぐるみのお陰で逃亡資金が山のようにある。ペレスの妹を迎えに行く時に、魔女の店に寄って事情を説明すればきっとわかってくれる。そしてすぐに王都を発《た》つ。行先は決めていないが、適当にどこかへ行ってゆっくり考えればいいだろう。ペレスやペレスの妹の希望も聞いて、楽しい逃亡生活にしようじゃないか。

「我が愛するユリシーズに対する数々の暴言！　侮辱！　誠に許しがたい！　そして僕に対する侮辱もだ！　それから魔物討伐実習訓練での魔物の誘導！　これもお前が仕組んだことだとわかっている！」

は？　ちょっと待て。ユリシーズとライオネルへの暴言と侮辱はわかるが、あのマンティコアを誘導した犯人が俺？　何言ってんだコイツ。ってかそもそもあれって誰かが誘導したのか？

「それにより王太子である僕が瀕死の重傷を負わされた！　よって、王族侮辱罪に加え傷害罪も加えることとする！　そしてアルノルトと共謀し謀反《むほん》を企《くわだ》てていることもわかっている！　反逆罪も加え、共犯者アルノルトとの婚約を破棄！　そして元凶のお前は処刑とするッ！」

な、なんだって……!?　アルノルト様は悪役令息じゃなかったのに、婚約破棄を宣言しやがった！　アルノルト様自身、ライオネルのことが好きじゃないから別に傷つきはしないだろうが、アルノルト様にまで断罪の余波がいくなんて予想外だ。

しかも俺は王族への傷害と謀反《むほん》を企《くわだ》てた疑いで反逆罪だと!?　一体全体なんの話だ!?　全然まったく身に覚えがない！　しかもそれによって処刑!?　俺、死ぬってこと!?

「エルバート・ヘイクラフト。僕はお前に謝罪をする機会を与えてやった。だがそれを棒に振り、自らの命を縮めることになったのはお前自身の責任だ。今までの罪を死をもって償うがいいッ！」

王都追放どころか処刑……マジか。それはまったく考えてなかった。大体俺がマンティコアを誘導したとか謀反《むほん》を企《くわだ》てていたとか、その証拠もないくせに堂々とよくもそんなことを言えたな。だけどそれを言えるってことは、何かを掴んだのかもしれない。俺は知らないが、もしかしたら父上達が本当にそんなことを考えていた可能性はある。

そんな大それた真似が出来るような人じゃないと思うが、強欲な人間の考えなんて俺にはわからない。ヘイクラフト家なら絶対やらないと言い切れないところもあるからな。

ここで俺がそんなことはやっていないと主張することは簡単だろう。だけど俺の家であるヘイクラフト家のことと、今まで俺がやってきた悪役令息としての行動があることで、俺の言い分よりもライオネルの言い分の方が通る可能性が高い。それにライオネルは腐っても王族だ。俺みたいなクソモブよりも、王太子の言葉の方が力が強いのは明白。

なら俺はこの断罪を受け入れるしかないだろう。俺はこれで処刑され死ぬ。だけどアルノルト様の命を救えるならそれでもいい。前世から強く強く願ってきたアルノルト様の救済。それを叶えるために俺が転生したのなら、きっと死ぬことも必要だ。

ペレス、ごめんな。逃亡資金はお前に全部やるから、それで妹と幸せに暮らしてくれ。俺は空から見守っているからな。

アルノルト様、今まで本当にありがとう。生アルたんに会えて、話せて、笑顔を見せてくれて、本当に本当に嬉しかった。俺の今世はこれで十分だ。この思い出を胸に、俺はあの世へ行くよ。

さてこれから仕上げだ。モブだった俺が悪役令息に成り代わってやってきた、最後の仕事。

ライオネルとユリシーズを静かに見つめて、深く深く息を吐き出す。そして大きく息を吸って堂々と声を張り上げるんだ。『その通りです』と。すぅっと肺にたくさんの空気を送り込んで、俺は口を開く。

「その――」

「兄上！　お待ちください！」

あれ？　今いいところで遮《さえぎ》られたんだけど⁉　っていうか誰⁉　俺の邪魔したの、誰⁉

右奥からカツカツと早足でこちらへと向かってくる、眩しいまでの金の髪に緑の瞳の美少年。顔立ちはライオネルとよく似ていることから、初めて顔を見るが彼がライオネルの弟、第二王子のルーファス殿下だとわかる。彼が俺達の近くへ来るのと同時に、なぜかアルノルト様までもが俺の横へ移動した。

え、なにこれ。どういう状況？

「兄上、エルバート・ヘイクラフトへの処分を認めるわけにはいきません」

「ルーファスッ！　なぜお前がここにいる！」

うん、どうしてこいつがここにいるのか俺もわからん。確かまだ学園には入っていないし、来年入学するんじゃなかったっけ？　なのになんで学園にいるの？　しかもゲームじゃルーファスは出てこなかったはずだ。だからルーファスの顔を俺は知らなかったんだし。

「兄上、目を覚ましてください。兄上の私情で彼を処刑なんて出来ないことは、兄上ならご存知のはずです」

え、そうなの⁉　王太子だからって勝手にそんなこと決められないとか⁉　知らんかった……じゃあライオネルは俺が憎くてあんな嘘をでっちあげて殺そうとしたってことなのか……？

「何を言う。こいつがマンティコアを誘導したことで僕は瀕死の重傷を負ったんだぞ！　それだけで処刑に値する重罪だ！」

「それには確かな証拠があるのですか？」

アルノルト様が一歩前に出て堂々とライオネルに問いかけた。んはぁ♡　アルたんカッコいい♡

こんな時だけど、俺の心はときめきでいっぱいだ！

ライオネルはそんなアルノルト様を忌々《いまいま》しげに見つめると「当たり前だ！」と声を張り上げる。

「ユリシーズが全て知っていたんだ。エルバート・ヘイクラフトがマンティコアを誘導していたことを。そしてお前と共謀して謀反《むほん》を企《くわだ》てていることもな！」

「……呆れた。それが本当だと仮定して。リンプトン子爵令息は、マンティコアが近くにいると知っていたのならなぜそれを事前に誰かに相談しなかったんでしょうか。あんな危険な魔物があの森にいることを知っていて、敢《あ》えて黙っていたというのでしょうか。それに私がエルバートと共謀し謀《む》反《ほん》を企《くわだ》てていた？　事実無根です。捏造《ねつぞう》も大概にしてください」

やだアルたんカッコいい♡　堂々とでっちあげだって言うその姿がもう神々しくて眩しくて、勝手に涙が溢《あふ》れてくる。胸の高鳴りが止まらない！

「エルバートも卑劣な捏造《ねつぞう》で処刑を宣言され、恐怖と悲しみのあまり涙を堪《こら》えています。殿下は罪のない国民を、勝手な私情で殺そうとしているのです。そのことをどうお考えなのでしょうか」

可哀想に。アルノルト様はそう言って俺の手を握ってくれた。ごめん、アルノルト様。涙が浮かんでいるのは悲しいとかそういう理由じゃなくて、アルノルト様のカッコよさに感動しているだけです。言わないけど。

「捏造《ねつぞう》ではない。ユリシーズが僕のために危険を顧《かえり》みず、必死で調べ上げ報告してくれたのだ。そのユリシーズが言っているのだから、間違っているはずがないだろう！」

本当に一貫してユリシーズだけを信じているんだな。魅了にかけられすぎて、自分がどれほどおかしいことを言っているのかわからないんだ。

「……魅了魔法が禁忌《きんき》とされる理由がよくわかりますね。兄上はおかしなことを理由に、こんなことを言う人ではなかったのに」

え？　魅了魔法、って言った？　え？　あれ？　ルーファスはライオネルが魅了にかかってるって知ってるってこと？　え？

「兄上、よくお聞きください。あなたを魅了にかけ、騙し、唆《そそのか》し、マンティコアを誘導し大怪我を負わせたのは、あなたの隣に張り付いているユリシーズ・リンプトンです！」

「ルーファス様、酷い！　僕はなんにもやってない！　なのにどうしてっ……！」

いきなりわっと泣き出しライオネルに抱き付くユリシーズ。あんなすぐに涙を流せるなんて、前世の世界だったら俳優としてやっていけたんじゃないか。ライオネルはそんなユリシーズをぎゅっと抱きしめ、ルーファスをぎりっと睨む。親の仇と言わんばかりの視線で、弟に向ける目じゃない。

「お前まで戯言《ざれごと》を抜かすのか！　弟といえども容赦はしないぞ！」

「ええ、それで結構ですよ、兄上。私も兄上といえども容赦はしませんので」

ちょっと待って。いきなり兄弟喧嘩《げんか》が勃発《ぼっぱつ》してるんだけど⁉　あれ？　これって俺の断罪だよね？　そうだよね？

いきなり俺の知らない展開になっていて、どうしていいかわからずぽかんとする他ない。ただひたすら事の成り行きを見守るだけだ。

「ユリシーズ・リンプトン。お前の正体は、隣国ルズコート王国の間諜《かんちょう》だ。こちらで既に調べは付いている。無駄な抵抗はやめろ」

は？　今なんて？　ユリシーズがルズコート王国の間諜《かんちょう》……？　え？　間諜《かんちょう》ってスパイってことだよな⁉　はぁ⁉　ユリシーズって隣国のスパイだったの⁉　これもゲームに出てきていない情

報なんだが⁉

「ユリシーズが隣国の間諜《かんちょう》だと⁉　ルーファス、お前までユリシーズを貶《おとし》めるというのか！」

「真実です。こちらをご覧ください」

ルーファスはポケットから一枚の写真を取り出し、それを掲げた。そこにはユリシーズと見たことのある風貌の人間が映っていた。ってこれ、俺が学園と森の中で見たフードを被った男じゃねぇか！　ってことは――

「この写真は我が王家の影が撮ったものです。そしてこのフードを被った男は既に捕獲し、尋問を終えています。この男はルズコート王国の間諜《かんちょう》だと認め、ユリシーズについても話してくれましたよ」

「違う！　僕はそんなんじゃない！」

やっぱり！　あの男もスパイだったんだ！　じゃあ学園でユリシーズと会っていたのも、森の中で見かけたのもスパイとしての仕事だったのか。ならもしかしてマンティコアを誘導していたのはフードを被った男の仕業ってことになるんじゃ……

っていうか何この急展開。ルーファスが出てきてから一気にいろんなことが起こりすぎている。フードを被った男は既に捕まってて、スパイだってこともわかってて、尚且《なおか》つユリシーズも仲間だって認めたんだろ？　しかも王家の影？　って一体なに？　ゲームにない情報は全然わからん、誰か助けて！

「エルバート、影というのは王家にだけ忠誠を誓う特殊部隊のことだよ。諜報や護衛、その他あまり口に出来ないようなことも含めて幅広くなんでもやるんだ。誰が影なのか、何人いるのかなど詳しいことは一切明かされていない謎の集団だね」

「あ、はい」

俺の表情でよくわかっていないことを察したのか、アルノルト様が優しく親切に教えてくれた。

解説ありがとうございます。お陰で理解しました。

「それからリンプトン子爵もつい先ほど捕縛しました。その裏にいる黒幕がルズコート王国の公爵家だということもわかっています。ルズコート王国側へ問い質《ただ》す内容の親書を、陛下が既に提出しています」

わお。陛下も知ってるんだ。それにもうそこまで話が進んでるってことは、かなり前からユリシーズが魅了をかけていたとわかってたってことだよな。

「そんなっ……嘘だ！　お前まで僕を謀《たばか》るつもりか！」

「嘘ではありませんよ、兄上。陛下よりユリシーズを捕縛するよう命令を受けています」

ルーファスがそう言うと、ダダダッと大勢の騎士が一気にライオネルとユリシーズを囲い出す。

だが完全に囲まれる前にユリシーズは小柄な体形を活かし、騎士の間をすり抜け俺へ急接近した。

「全員動くなッ！　こいつがどうなってもいいのかッ！」

「ひぃっ！」

「エルバート！」

ユリシーズは素早い動きで俺の背後に立つと、いつの間にか取り出したナイフを俺の顔へと突き付けていた。そしてそのまま俺を引きずるようにじりじりと後ろへ下がり、アルノルト様達と距離を取っていく。

首を絞められるように回された腕の力が強くて苦しい！　その腕をはがそうと力を入れているのにびくともしない。こいつ、この細い体のどこにそんな力があるんだよ！　くそっ……完全に人質になってしまった。これじゃあただのお荷物じゃないか。俺のバカバカバカバカ！　こんなポンコツヒロインにあっさりやられてんじゃねぇ！

「エルバート・ヘイクラフトッ……お前のことがずっと邪魔だった。お前がしゃしゃり出てきたせいで、アルノルトを失脚させる予定が全部パアだ」

やっぱりこいつはアルノルト様を悪役令息に仕立て上げたかったのか。ゲームとは違うところも多かったけど、やっぱり大筋はゲームの通りだったんだ。だが俺が悪役令息として立ち回ったことで、こいつの計画は上手くいかなかった。けっ！　ざまぁみろ！　人質になって皆に迷惑をかけているというのに、こいつの邪魔が出来たと知れて気分だけはいい。

「へっ、そうかよ。そりゃよかった。俺はお前が大っ嫌いだったからな。散々邪魔してやった甲斐《かい》があったぜ」

「減らず口をっ……！　お前さえいなければ、僕達の計画は順調にいくはずだったんだ！　お前だけは絶対に許さない！」

「ぎゃあぁぁぁぁ！」

いっっったーい！　痛い痛い痛い痛いっ！　こいつっ！　俺の太ももをナイフで刺しやがった！

あまりの熱さと痛さに涙が止まらない。ズキズキじんじんと強い痛みがあるのに、こいつは容赦なく後方に下がっていく。足が痛すぎて踏ん張れないし、こいつの動きを止めることも出来やしない。

俺が人質になってしまったことで騎士も簡単に手が出せないらしく、剣を抜いているもののじりじりとユリシーズに近付こうとしているだけ。どうすればいいのか思案しているようだ。

一方ライオネルはただ茫然《ぼうぜん》と俺達を見ていた。ユリシーズが本当にスパイだったとわかって、でもまだ信じられなくて混乱しているんだろう。ルーファスは眉間に皺を寄せてこちらを睨んでて、年下なのに凄く怖い。俺がヘマして人質になってしまったから怒ってるんだと思う。本当にすみません……

そしてアルノルト様も、今までに見たことがないくらいに怒ってる。だってアルノルト様の体から魔力がメラメラと、まるで怒りのオーラのように出てるんだ。

最近は笑顔で超キュートな美しいアルノルト様しか見てなかったし、無表情だった時でもこんな風に怒った顔は見せたことなかった。とんでもなく怖いのに、それでも美しいなんて反則ううううう！

「こいつを殺されたくなければそのまま動くなよ！」

ユリシーズは誰も近付けさせないようアルノルト様達へ向かって魔法を撃ち出した。ヤバい！と思ったけど、本職の騎士達がしっかりとユリシーズが放った攻撃魔法を相殺《そうさい》している。お陰で皆に怪我はないようだ。

修了式で講堂には全校生徒が集まっている。いきなりの攻撃魔法の発動に、生徒全員が一斉に悲鳴を上げながら逃げ出した。甲高い悲鳴と攻撃魔法による爆音に爆発。もうこの場は荒れに荒れてぐちゃぐちゃだ。

でもユリシーズは後退しながらもどんどこ魔法を撃ち続けている。騎士達によってしっかりと防げているものの、このままだとユリシーズは望み通り逃亡出来てしまうだろう。くそ、なんとかしないと。俺だって何かやれることはないか。

足の痛みに気を取られつつも自分がやれることを考える。とにかくこいつの足と魔法を止めないと。そうだ！　魔物討伐訓練の時にアルノルト様が見せてくれた魔法！　魔物の眉間を撃ち抜いたあの魔法みたいにこいつの足でも狙って撃てば、あまりの痛みに俺から手を放すだろうし足を痛めてそう簡単には逃げられないはずだ！　そこまで上手くいかなくても、一瞬でも隙が作れるはず！

俺の魔力量がクソしょぼいのはクラスメートなら誰でも知っていることだ。だからユリシーズも人質の俺が反撃するなんて思ってもいないだろう。でも一発くらいなら魔法は撃てる。外したら終わりだけど、こいつの体に触れてさえいれば外すことはない。

「はははは！　そのままそうやって防戦一方じゃ何も出来ないだろう！　あはははは！」

この野郎っ……！　こいつの高笑いがほんっとに腹が立つ！　ただのサイコパスじゃねぇか！こうなったらなんとしてでもお前の邪魔をしてやるからな！　俺は右手を伸ばしユリシーズの足を思いっ切り掴んだ。

「いつまでも笑ってんじゃねぇぞ！　サイコ野郎！」

「なっ……！　ぐぁぁぁぁぁ！」

俺はユリシーズの体に直接火の魔法を発動させた。ボン！　と火が付き、いきなりの攻撃に驚いたユリシーズは慌てて俺を突き飛ばした。床にべしゃっと倒れ込むも、これで俺はユリシーズから解放されたことになる。

「あっつッ！　熱い熱い熱いッ！」

ユリシーズと密着状態の俺にも当然火が付き、慌ててのたうち回るように床を転げ回った。魔力量がしょぼい俺が放った火魔法は、所詮《しょせん》は小さく弱いもの。服に燃え移った火も大したことはなかったため簡単に消えた。

ユリシーズもすぐに水魔法を自分にかけたようで、俺が放った火魔法はあっという間に消されていた。攻撃力としては大したことなくても、こいつを驚かせて隙を作ることに成功だ。後は騎士達が上手くやってくれるはず。

と思っていたらユリシーズの足元が一瞬でピキピキと凍り出した。

「ユリシーズ・リンプトン！　これで終わりだ！」

「ぎゃぁぁぁぁぁ！」

騎士がユリシーズを押さえ込む前に、なんとアルノルト様が魔法を放ちユリシーズの四肢を銃のように撃ち抜いていた。しかも足元を凍らせて動きを止めていたため、ユリシーズは逃げることも出来ない。そのまま硬直したユリシーズに、騎士が数人駆け寄りあっという間に拘束した。そしてその首に魔法封じの首輪がかけられ、これでこいつは何も出来なくなった。

ふぉぉぉぉぉ！　アルたんカッコいぃぃぃぃぃぃ！　四発同時に魔法を撃っちゃうなんて天才かな!?　いやアルたんは天才だったわ！　足元を凍らせてからの流れるような早業《はやわざ》！　もう鮮やかす

ぎる魔法で感動！　胸がぎゅんぎゅんして苦しい！　流石は俺の推し様アルたん！

「エルバートッ！」

アルノルト様が悲鳴に近い声を上げて俺へと駆け寄ってくる。みっともなくへたり込む俺の顔を見るとぐっと泣きそうな表情になり、ナイフで刺された太ももに手を当てて治癒魔法をかけてくれた。怪我が治ったことを確認すると、服が燃えた辺りにも治癒魔法を当ててくれ、お陰であちこちの痛みがなくなり楽になった。

アルノルト様に手間をかけさせたことが申し訳ないと思う一方、俺はもう既に魔力が枯渇寸前で回復魔法が使えなかったから正直助かった。

「アルたん、ありがとうござ——っ!?」

ゑ。どういう状況でしょうかこれは。アルたんのおでこが、こてんと俺の肩に乗っかっているんですが!?　しかも俺の手をぎゅうぎゅうに握り締めているんですが!?　すぐ近くにアルたんの綺麗な頭があるんですが!?

「よかったっ……君が、無事でっ……！」

「アルたん……」

アルノルト様の声が震えていて、それを聞いたら俺の変な動揺は一瞬で止まった。どれほど俺のことを案じていたのか、その一言で痛いくらいに伝わった。俺がアルノルト様の頭を撫でたり抱きしめたりするのは流石に不敬すぎるので、その代わりに安心させるようアルノルト様の腕を軽く撫でた。

「大丈夫ですよ、アルたん。俺は雑草のようにしぶといのでそう簡単にやられません！」

俺が声をかけてもアルノルト様はぴくりとも動かない。むしろ握っている俺の手に更に力が込められる。どうしよう……どうしたらアルノルト様は安心してくれるんだろうか。

「エルバート・ヘイクラフトッ！　最後までお前のせいで！　どこまで僕の邪魔をすれば気が済むんだッ！　さっさとお前を殺してしまえばよかったッ！」

様子のおかしいアルノルト様にどうしようかとおろおろしていたら、騎士に捕縛されたユリシーズが俺に向かって喚《わめ》き散らしていた。騎士に「黙れっ！」と怒鳴られているが、それを一切無視して俺を睨みつけながら暴言を吐き続けている。

その声を受けて、アルノルト様はゆっくりとした動作で立ち上がった。その表情は見るもの全てを凍らせるような冷たいもので、流石のユリシーズもアルノルト様の様子にビビったのか俺への暴言が止まった。

アルノルト様はそのままユリシーズに近付くと、思いっ切り奴の頬を平手打ちした。パン！　と乾いた音が響き渡る。

「口を閉じろ。それ以上エルバートを侮辱することは許さない」

初めて聞くアルノルト様の冷たい鋭利な声。どれほどの怒りを抱いているのか嫌でもわかってしまう。ユリシーズもそんなアルノルト様に気圧されたのか、口をぱくぱくとさせるだけで声が出せない様子だった。静かになったユリシーズはそのまま引きずられるように騎士に連れられていき、講堂から姿を消した。

「兄上、これでわかったでしょう。アレの正体が」

ルーファスが未だ茫然《ぼうぜん》としているライオネルに声をかける。精神的な衝撃が大きすぎて魅了も解けたのだろう。その顔色は真っ青で、今の現状がとてもまずいと理解しているようだった。

そんなライオネルの視線がゆっくりとアルノルト様へ移動する。それはまるで助けてほしいと縋《すが》るようなものだった。

「ライオネル殿下。残念です」

アルノルト様はただ一言、静かに言葉を伝えた。「残念です」の言葉の中に、アルノルト様の気持ちや今まであったこと、何もかもが全部含まれた重いもののように聞こえた。ライオネルも同様に感じたのか、ひゅっと息を呑んでいる。

「ちが……ちがうっ……僕はっ、騙されてっ……」

「たとえそうであっても。ユリシーズが現れる前も現れた後も、あなたは変わっていませんでしたよ。とても、残念です」

アルノルト様はライオネルに向かって軽く礼をした。そしてライオネルに背を向けると俺の側へと戻ってくる。その様はまるでアルノルト様が突き付けた決別のようだった。ライオネルはショックを隠し切れず、茫然《ぼうぜん》としたまま騎士に支えられるようにして講堂から去っていった。

「エルバート、立てるかい?」

「あ、はい。ありがとうございます」

アルノルト様に手を差し伸べられて、その手を掴み立ち上がる。たったそれだけなのに、アルノルト様はほっとした表情をしていた。

講堂はユリシーズが放った攻撃魔法であちこち破壊され、生徒は皆逃げ出しもぬけの殻《から》。多くの教師もいなくなっており、恐らく逃げた生徒の誘導なんかに奔走《ほんそう》しているんだと思う。

というかとんでもない断罪劇になってしまった。ゲームの流れとはまったく違ってユリシーズはまさかのスパイだったし、俺には処刑が言い渡されるし人質なんかになってしまうし。でもアルノルト様のお陰で俺の命は助かった。

っていうか、あれ？ そういえば俺の断罪ってどうなったの？ なくなったってことでいいのかな？ それどころじゃない展開で必死にあがいていたから頭が回っていなかったけど、よくよく考えたらそういうことだよな？ そもそもゲームの大筋は大体同じだった割に、設定も結末もあちこち違いすぎて混乱している。

ユリシーズがライオネルを攻略していたのは、ゲームと同じでライオネルを好きになったからだと思ってた。人質になった時にも言われたけど、アルノルト様を失脚させて婚約者の座から引きずり降ろそうとしていたらしいし。

ゲームと違うところが多かったとはいえ、俺が悪役令息になったことでユリシーズのやろうとしていたことを潰すことは出来ていた。これは当初の狙い通りのままだったし、悪役令息にジョブチェンジして本当に大正解だった。

もし俺が前世の記憶を取り戻さずアルノルト様が悪役令息にされていたら、最悪アルノルト様は処刑されていたかもしれないんだ。俺、マジでナイスすぎる。

しかも一番の収穫はアルノルト様が笑えるようになったことだろう。ゲームのアルノルト様はいつも一人だった。好きな人に振り向いてもらえず、どんどん離れていくライオネルの心を必死に繋ぎ止めようと、あがいてもがいて苦しんでいた。

それがどうだ。今のアルノルト様は友達も増えたし皆に慕われているし、何より毎日がとっても楽しそうだ。アルノルト様の断罪を回避出来たことはもちろんだけど、アルノルト様が明るくなって笑っていられるようになったことが最高に嬉しい。

「エルバート、君が無事でよかった」

騎士といろいろと話していたルーファスが、一区切りついたのか俺達の側へとやってきた。その顔にはもう怒りの表情はなく、ほっとする。

「あの……人質になってしまって、ご迷惑をおかけしました」

なんとかなったからよかったものの、俺は皆に大迷惑をかけてしまった。あの時のルーファスの顔は、年下とは思えないほどめっちゃ怖かったし。

「あの時はどうしようかと思ったけど、君の機転のお陰でなんとかなったからね。それにアルノルトの方が何を仕出かすかわからなくて不安だったよ」

確かにあの時のアルノルト様は怒りで魔力が漏《も》れてたからな。でもそんな姿もめちゃくちゃカッコよかったし眼福だったけど♡

「君は無茶をしすぎだ。私がどれほど心配だったか……でもそのお陰で突破口が開けたのも事実だ。ありがとう、エルバート。だが、すぐに助けてあげられなくて申し訳なかった」

辛そうな表情で俺の手をぎゅっと握ったアルノルト様。むしろ俺が迷惑をかけて申し訳ない気持ちでいっぱいだ。アルノルト様が気に病む必要はまったくないのに。

「アルたんは何も悪くありません！　俺がどんくさくて人質になってしまったから……もういっそのこと俺ごとやっちゃってくれてもよかったのに、アルたんは本当に優しいですね！」

気にしなくていいよ、元気出して！　のつもりでそう言ったら、アルノルト様がすん、と無表情になってしまった。しかも何か気温が一気に下がった気がする。

「エルバート……君はなんてことをッ……」

「まぁまぁ、アルノルト落ち着いて。それは後で二人でたっぷりと話し合ってくれればいいから。それよりも、どうして僕達がユリシーズの正体やらを知っていたか気にならないかい？」

確かに。なんかよくわからないままいろいろ起こったから忘れてたけど、ルーファスはユリシーズの正体も魅了をかけていたことも全部知ってたんだよな。どうしてそんなことがわかったんだろうか。

「エルバートは当事者だからね。事の全てを話してあげるよ」

ルーファスにそう言われて、アルノルト様と数人の護衛を引き連れて別室へ移動することになった。その時にアルノルト様に「後で覚えておくように」と言われて冷や汗が止まらなかったが。

学園の部屋を一つ借り、俺達三人が椅子に腰かけるとすぐに種明かしが始まった。

「まず『バーベナのネックレス』のことから話そうか」

まさかアルノルト様の口からそのネックレスの名前が出てくるとは思わず、体がびくっと動いてしまった。これじゃあ俺がそのネックレスを知っていると言っているようなものだ。ヤバい……冷や汗が一気に噴き出てきた……いきなり大ピンチ。

「そう焦る必要はないよ、エルバート。このネックレスのことを教えてくれたのはペレスなんだ」

「は？　はぁぁぁぁ!?　あいつ俺の断りもなしに勝手に言っちゃったんですか!?」

ペレスぅぅぅぅ！　なにアルノルト様に爆弾落としてくれてんだよお前は！　ふざけんじゃねぇ！　下手したら俺もお前も捕まってしまうところだったんだぞ！　そうなったらお前の妹はどうなると思ってやがる！

「ペレスを怒らないであげて。彼のお陰で有力な情報が手に入って、ユリシーズ・リンプトンの正体に辿り着けたんだから」

アルノルト様は困ったように笑って何があったのかを順に話してくれた。

まずネックレスのことを知ったのは、アルノルト様に指先にキスをされて俺が無様に気絶したあの時だった。俺を迎えに来たペレスが独断でアルノルト様にネックレスについて話したそうだ。そしてアルノルト様はその情報をルーファスに伝えた。

それを知ったルーファスは、本当に禁忌《きんき》魔法である魅了が使われているとしたら一大事だとすぐに影を使って調査してくれた。するとユリシーズが怪しい男とちょくちょく会っていることがわかり、さらに調べていくとユリシーズもその怪しい男も隣国ルズコート王国のスパイだと判明。

続けてローガン達がユリシーズから送られたというネックレスも回収。それを調べていくと魅了が施されている魔道具だとわかった。そのネックレスの出所も辿っていくと、ルズコート王国の魔術師が作っているものだったらしい。そしてこの魔道具を作らせていたのが、今回の黒幕であるルズコート王国の公爵家だった。しかもこの公爵家、なんとルズコート王国の王弟殿下が臣籍降下し婿《むこ》入《い》りした家だったのだ。

これはもしやルズコート王国がこの国を乗っ取ろうとしているのではと判断し、陛下に奏上。そしてカプレシア王国の第二王子であるアンセルムにも『バーベナのネックレス』が贈られていることから、この国だけの問題ではないとカプレシア王国の国王陛下にも報告。

今頃ルズコート王国は、ウォールダム王国とカプレシア王国の二国から抗議の親書を送られて、てんやわんやだろうということだ。

「『バーベナのネックレス』の制作者も輸出経路も上手く偽装されていて、普通じゃわからないようにされていたよ。だけどうちの影はそういうことを暴くのが得意だから、しっかりと出所を突き止めることが出来たんだ」

「いや王家の影凄すぎて無敵じゃないですか……」

『影』なんて存在、ゲーム中には一切出てこなかったし知らなかったけど、とんでもなく優秀な特殊部隊だということがわかる。本当に凄い。

「だけど『バーベナのネックレス』の情報がなければ、ここまで早くユリシーズの正体を暴くことは出来なかっただろう。君達のお陰で大事《おおごと》にならずに済んだんだ。だからエルバートと従者の二人に何かお咎めがあるということはないから安心してほしい」

「よかった……ありがとうございます」

ルーファスがそう言ってくれたことで、俺は心から安堵した。これでペレスの妹が悲しまなくて済む。

因《ちな》みになぜ今日ユリシーズを捕まえたのか、その理由は俺が今日断罪されると知っていたからだそう。ユリシーズが『バーベナのネックレス』を持っているとわかってから、影はずっとユリシーズを監視していた。それでユリシーズがライオネルに俺が魔物を誘導したとか、アルノルト様と共謀して謀反《むほん》を企《くわだ》てているとか、そういったことを吹き込んでいたのも掴んでいた。

「ユリシーズはかなり焦っていたんだと思うよ。アルノルトが変わって、状況がかなり変化してしまった。おまけに魅了をかけた人間から情報を得ようとしていたのに、それすら出来なくなったのだからね。間諜《かんちょう》としては致命的だ。そしてその状況を作り出したのはエルバート、君だ。だから君を排除出来れば元に戻ると思ったんだろう」

ユリシーズの話を聞いたライオネルは、どうせなら全校生徒がいる場で堂々と断罪してやろう。そしてユリシーズがいかに優れた心優しい人物かを突き付けて、アルノルト様との婚約を破棄する。断罪が終わったらユリシーズとの婚約を宣言して、自分達の幸せを見せつけてやろうと言っていたそうだ。

それを知ったルーファスは、どうせなら全校生徒にライオネルがいかに愚かなことを仕出かしたのか知ってもらえばいいと、講堂の裏で待ち構えていた。

もちろんこの件は陛下も了承済みで、アルノルト様も事前に知っていた。俺に何も言わなかったのは、もし俺が口を滑らせたら全てが台無しになると内緒にされていたかららしい。

ライオネルは王太子だし、その株を下げるようなことをしてもいいのか疑問で聞いてみたら、「王太子としてこんな簡単に騙されるようでは話にならない」そうだ。王太子としての責任や義務、そういった資質が以前から問題視されていたそうで、今回のことはいい機会だったと。

アルノルト様からも聞いていたけど、アルノルト様の事情を一切考慮せず私情だけでなんでも判断して決めつけていた。婚約者のことすら慮《おもんぱか》れないのであれば、全王国民をどうやって慈《いつく》しむのか。ルーファスは以前からそう説いてきたが、ライオネルは聞く耳を持たなかったらしい。

恐らくライオネルは廃太子されるだろうとのこと。ユリシーズによって全てを失う結果となったのだ。

ゲームのライオネルルートのトゥルーエンドでは、二人は立派な国王と王妃として幸せに暮らしましたっていうオチだった。逆にバッドエンドはライオネルとユリシーズの恋が実ることはなかったが、ユリシーズはずっとライオネルを慕い続け見守っているというオチだ。

だけど本当のユリシーズはスパイで、そして捕まってしまった。ユリシーズがどうなるかは俺にはわからないが、ライオネルを慕って見守るなんてことは出来ないだろう。そもそもライオネルに対して恋愛感情があったかどうかも怪しいってのに。

やっぱりこの世界は『ファシラブ』に似ているだけの、全然違う世界だということだ。皆本当に生きた人間なんだ。あらかじめデータを入れられた作り物なんかじゃない。

それでも俺が悪役令息として立ち回ったことは大正解だった。アルノルト様を守り、断罪を回避出来ただけじゃなく、アルノルト様が本当の自分らしく笑って生きられるようになったのだから。

「それと今回ユリシーズのことをいろいろと調べるついでに、エルバートのことも調べさせてもらったんだ」

「ぇっ⁉」

なんで⁉　って俺、悪役令息としてアルノルト様を守るためとはいえ、ライオネルにも結構不敬な真似やらかしてるわ！　問題はこっちか！

「ああ、兄上に対しての発言は気にしなくていいよ。確かに言いすぎた面もあるかもしれないが、王太子相手にああやって指摘出来る人はある意味貴重だ。それで不敬だなんだと罰していたら、それこそ独裁国家となってしまう。それじゃあいつかは謀反《むほん》や革命が起こる可能性が高い」

トップがとてつもなく優秀で絶対的に善政を敷くのなら問題はないだろうが、時代は必ず流れていく。そんな王ばかりが玉座に就くわけじゃないし、ライオネルのように騙されていいように扱われる可能性だってある。前世の世界にだってそういうことは多々あった。

この国には宰相や各大臣がいて、その下に優秀な官僚がいる。王としてのカリスマ性や能力は必要だろうが、部下に優秀な人達がいるからこそ国が上手く回って長く続いていくのだ。一筋縄ではいかないことも多いだろうが、この国は今のところ大丈夫なのだろう。

「兄上のこととは別件で、君について調べていたんだ。すると驚いた。あの画期的なぬいぐるみの発案者は君らしいじゃないか」

「あ、バレましたか……」

実はぬいぐるみに関することは全て魔女の名前で出していた。というのも、俺の名前を出してしまうとヘイクラフト家が絡んでいると見られて売れない可能性があったから。王家の影は、魔女の裏に俺がいると簡単に見抜いていたらしい。もしやヘイクラフト家の俺が発案者ということで、ぬいぐるみの制作を止められるんだろうか。

断罪はなくなったし逃亡しなくてもよさそうだからそれでもいいんだけど、協力してくれた魔女には申し訳ないな。

「それでまさかエルバートが孤児院にぬいぐるみの寄付まで行っているとは思わなかった。君、本当にヘイクラフト家の人間？」

「あー……あれは慈善事業というより、練習で作った売れないぬいぐるみがもったいなくて……」

孤児院に寄付していたこともご存知だったらしい。でも本当に慈善事業とかそんなつもりはなくて、ただただもったいないからあげたというか、むしろ異常に喜ばれて俺が困惑したというか……

「殿下、申し上げた通りだったでしょう？　彼はヘイクラフト家の人間ですが、心根も人格も非常に優しく高潔な人なんです」

「いや、あの、本当にそんな大それた理由は全然なくてっ……！」

アルたん!?　アルたんの中で俺ってもの凄くいい人になってない!?　全然そんなことないし、ただのその辺にいるモブだからね!?

「たとえそうだったとしても、もったいないからと孤児院に寄付するなんて普通の貴族でもあまりないんだから自信を持って」

「あー……あは、あはは……」

なんかもの凄ーく誤解されている……どうしよう、変な汗かいてきたっ……！　どうすればこの変な誤解は解けるんだろうか……

「そんなことまでしていた優しい君を、無実の罪と命の危険から救えて本当によかったよ」

「なんか誤解が生じてるんですけど……ただその件につきましては本当に感謝しております、殿下」

ルーファスがいろいろと動いてくれたから、スパイの企みは阻止出来たし俺の命も助かったんだ。そうじゃなかったら今頃の俺は牢に入れられて拷問《ごうもん》されていたかもしれない。そしてその後は処刑。アルノルト様の代わりに死ぬならそれでもよかったけど、元々死にたかったわけじゃない。悪名高いヘイクラフト家の俺なのに、助けてもらえて本当に感謝だ。

「うん。それじゃあ君を助けたことの礼は、そのぬいぐるみで手を打とうじゃないか」

「あはは……そういうことですか。あー……なるべく早くお届けいたします」

「頼んだよ。アルノルトから随分自慢されて、羨ましかったんだ」

なんだよ。ただ欲しかっただけかよ。でも俺の処刑を止めてくれたんだからそれくらいお安い御用だ。特注で作ってやらぁ！

「あ、妹と両親の分もお願いね」

「あ、はい」

ちゃっかりしてやがる。流石は王子様。

それから少し雑談をしてルーファスは王宮へと帰っていった。アルノルト様とそれを見送り、俺達も解散かと思ったのだが。

「エルバート。君は最初、やってもいない罪を認めようとしたね？」

と、アルノルト様にお説教されてしまった。どうして否定しなかったのか、どうしていつものように言い返さなかったのか。初めて俺はこんこんとアルノルト様に怒られることになった。

「ごめんなさい……」

「それと。君がユリシーズに捕まっていた時、自分ごと攻撃してくれればよかったとも言っていたね。僕が本当にそんなことが出来ると思っていたの？」

あ、後で覚えてろって言ってたやつ……アルノルト様は宣言通り、そのこともしっかりと追及した。だけどどう答えるのが正解なんだろうか……

「いや～……えっと、あの時の俺って本当に迷惑な存在だったので……あ！　それに！　それにですね！　俺はアルたんになら攻撃されてもなんとも思いませんし、むしろご褒美《ほうび》と言いますか――」

「出来るわけがないだろう！」

「っ!?」

突然のアルノルト様の大声にびっくりしてしまった。俺の正直な思いを伝えたが、気に入らなかったのか相当怒らせてしまったようだ。そんなつもりはなかったと伝えようとしたが、アルノルト様の表情は今にも泣きそうなもので、俺は何も言うことが出来なくなった。

「僕がっ……僕がどれほど心配したと思ってるっ……！」

「アルたん……」

「君がユリシーズにナイフを向けられていた時も！　足を刺された時も！　君が危険を顧《かえり》みず攻撃

魔法を使った時も！　僕は君を失うんじゃないかという恐怖と、どうして君をちゃんと守れなかったのかという後悔でいっぱいだったたっ……！」

とうとうアルノルト様の宝石のような瞳から、ぽたりぽたりと雫が落ちてきてしまった。あばばばば！　どうしようどうしよう！　アルたんを泣かせてしまったぁぁぁぁ！　まさかそんな風に思っていたなんてまったく想定していなかった！　っていうか俺ぇぇぇぇぇ！　推しであり命であり神であるアルたんを泣かせるなんて何やってんだ！　強火担失格だろうがッ！

「ア、ア、アルたんっ……！　泣かないで！　ごめん！　ごめんなさい！　そこまで心配してくれてたなんてわからなくてっ……！」

ぽろぽろと涙を流すアルノルト様にどうしていいかわからず、ただおろおろとするばかり。とりあえず慌ててポケットに手を突っ込んでハンカチを取り出した。未使用だから汚くないはず！　玉のような肌を傷つけないよう細心の注意を払いながら、零《こぼ》れ落ちる涙をそっと拭き取った。

その間、アルノルト様はされるがままでじっとしていてくれた。そうやって拭いていると段々と落ち着いてきたのか、やがて涙は止まってくれた。

泣き顔ももちろん美しすぎるくらい美しいのだけど、それ以上に胸が締め付けられて苦しさの方が強かった。もう二度とアルノルト様の泣き顔は見たくない……

「心配かけて本当にごめんなさい。俺がどんくさかったから迷惑かけてしまって……」

俺がそう言うと、アルノルト様はふるふると首を横に振って否定してくれた。一体どこまで優しいんだろうか。あれはどう考えても俺がやらかしてしまったことなのに。

「エルバート、一つだけ約束してほしい。もう二度と、やってもいない罪を認めたりしないで」

「はい、もうしません！　約束します！」

アルノルト様の言うことは絶対なので、その約束は何があっても破らないことをここに誓わせていただきます！

「それと自分に傷をつけるようなこともしないで」

「はい！　それも絶対に守ります！」

攻撃魔法を使った時はあれが最善だと思ったけど、アルノルト様が嫌ならもうやりません！　それもここに誓わせていただきます！

「……うん、約束だよ。本当に……本当に君を助けられてよかったっ……！」

「ふぇっ!?　ア、ア、ア、アルたんんんんん!?」

ぎょえぇぇぇぇぇ!?　ア、アルたんが！　アルたんが俺を抱きしめているぅぅぅぅぅ!?　嘘なにこれ夢!?　アルたんの体が俺に密着しているぅぅぅぅぅ!?　温かいしいい匂いもする！　待って待って！　俺の心臓がもたないから！　推し様に抱きしめられているこの状況！　アルたんの匂いだけじゃなくて、髪が！　顔が！　俺のモブ顔に触れて！　あぁぁぁぁぁ！　もう無理ぃぃぃぃぃ！

「ちょ、エルバート!?」

そして俺の意識は暗転した。鼻に濡れた感覚があったから、きっとまた鼻血を出したんだろう。再びこんな汚いものを見せてしまって本当にすみません……

その後、意識が戻った俺がいた場所は寮の自室だった。アルノルト様から連絡を貰ったペレスが俺を迎えに来てくれたらしい。目が覚めて一番最初に見たものは、こめかみに大きな青筋を浮かべたペレスの笑顔だった。

「エルバート様、おはようございます。情けなくもみっともなく、きったない鼻血を出して気絶されたそうですが、今のご気分はいかがでしょうか」

「……えっとぉ……なんか怒ってる？」

『なんか怒ってる？』じゃねぇよ！　てめぇ！　処刑を受け入れそうになったとか、人質になって危ない状況になったとか、一体全体どういうことだ⁉」

「ひえっ⁉」

こいつ、アルノルト様から全部聞いてやがるっ！　処刑を宣言されたことも、それを受け入れようとしたことも、人質になっていたことも！

「しかもアルノルト様の話じゃお前が言っていた『断罪の日』が今日だったんだろ⁉　全然話が違うじゃねぇか！　アルノルト様から話を聞いた俺の気持ちがわかるか⁉　ああん⁉」

「ご、ごめん！　ごめんなさい！　俺だって今日だなんて思わなかったんだよ！　仕方ないじゃないか！」

ひぃぃぃぃぃぃ！　ペレスが怖いっ！　今までで一番怖い！　俺、折角助かったのにこいつに殺されるんじゃないの⁉

それから俺はしばらくペレスからこんこんと説教をされ、今後二度とこんなことをするなと言われた。俺はベッドの上で正座をしてただひたすらペレスからの説教を受け入れた。

ペレスがこんなに怒ったのは初めてでめちゃくちゃ怖かったけど、でもこの怒りは俺への心配があったからで。それがわかっているから、従者として失格なペレスのことを嫌いになんてなれるわけがない。

「おい、何笑ってやがる。俺の言ってる意味わかってんのか？　ああん⁉」

「わかってますわかってます！　本当にすみませんでした！」

ペレスにここまで心配されたことが嬉しくて、ちょっとニタニタ気持ち悪く笑っていたらしい。

それを見たペレスにまたしこたま怒られたものの、最後は乱暴に頭を撫でられてお説教は終わり。

なんだか大変な一日だったけど、なんだかんだ嬉しいこともあった一日だった。


翌日からは長期休暇で学園は休みになる。次に学園が再開されるのは俺が三年に上がる時だ。それまで約一ヵ月、家には戻らず寮で過ごしている。

アルノルト様はどうしているだろうか。学園があった時はアルノルト様に茶会に誘われていたけど、休みに入ってからはそのお誘いもまったくない。あれからライオネル達がどうなったかの詳細はわからないが、廃太子されるだろうと言っていたし、きっとその件で忙しいはずだ。

アルノルト様の婚約もどうなるんだろう。そう思っても、俺が何か出来るはずもなければ考えたって意味がない。ただアルノルト様がこれ以上苦しむことがなければいいなと思う。

もう俺が断罪されることもないし、悪役令息としての仕事が終わった今は休暇を思いっ切り満喫している。魔女の店にはちょくちょく顔を出しているし、ペレスの妹がいる孤児院にもよく立ち寄っている。子供達にはぬいぐるみをくれたお兄さんだと認識されていて、かなり懐かれてしまった。それで子供達と遊んだり、ついでにそこで一緒に昼寝したり。ここでは俺は『ヘイクラフト家の人間』という目で見られないから、気が楽だ。

休みの間は友達になった令息達に遊びに誘われることもあった。初めて友達と王都の街を出歩いたりも出来て凄く楽しい時間だった。三年目も優秀クラスに残ることが決まっているし、また皆と楽しく学園生活が送れそうだ。

「ん？　ペレス、この服はなんだ？」

休日も残り一週間という頃。いつものように朝起きて身支度をしようと、ペレスが用意してくれた服に袖を通そうとした時だ。いつもとは違い、礼服とまでは言わないがラフな服装でもない。ちょっとお出かけする用のおしゃれ着というやつが用意されていた。

「今日はそれを着ておけよ」

「だからなんで？」

「なんでも」

「？」

なんだ？　どこか行く予定なんてあったか？　考えてみるも、今日は予定が何もない日だ。だから魔女の店でもひやかしに行こうかと思っていたくらいで。

よくわからないが、ペレスがこれを着ろって言うしそうするけど。でもなんでだ？

着替えも終わると食堂へ向かう。長期休暇ということもあって、寮の食堂には生徒がほとんどいない。でもちゃんと食事を用意してくれるからありがたい。

いつも通り美味しい朝食を食べたら部屋へと戻る。するとペレスに「本読むか勉強するか、とにかく部屋から出るなよ」と言われ、また頭にはてなマークを飛ばしながらもすることがないので本を読むことにした。

ペラ、ペラとページをめくる音だけが静かに響く。時々ペレスが淹《い》れてくれたお茶を飲みつつ、のんびりとした時間を過ごした。

読んでいる本は意外にも読書が好きなペレスが図書館から借りてきた冒険小説だ。内容が結構面白くて、俺はその本に集中していた。するとふいに自室の扉がノックされる。

「ん？　誰だ？」

前とは違って今じゃ友達も出来たが、今日誰かが訪ねてくる予定はなかったはずだ。ペレスを見ると顎で「行け」と促される。なんでお前じゃなくて俺が？　と訝《いぶか》しげにペレスを見ていると、再度扉がノックされた。

またペレスに顎で行けと催促されたので、読んでいた本をパタンと閉じて扉を開けに向かった。

一体誰が来たんだかまったく予想がつかないまま、俺はドアノブを回し扉を開けた。

「はい、どちら様で……って、え？」

「こんにちは、エルバート」

白薔薇《ばら》の大きな花束を持ったアルノルト様が、神々しい微笑みを浮かべて立っていた。その後ろにはナイジーンさんも。

「は？　え？　アルたん!?」

「ふふ。驚いた顔も可愛いね」

勢いよく振り向いてペレスを見ると、あいつはニヤニヤと笑っていた。お前、今日アルノルト様が来ることをわかっていたんだな!?　だからこんな服を着ろとか部屋から出るなとか言ってたのか！

それにしてもどうしてアルノルト様がここに？　その理由がまったくわからず、俺はただ立ち尽くしていた。

「はい、これを君に。それと中に入ってもいい？」

「あ、す、すみません！　狭い部屋ですがどうぞ！　花束もありがとうございます！」

この白薔薇《ばら》ってアルノルト様の家の庭に咲いていた花だろうか。満開の花束を受け取ったが、なぜ俺に？　モブの中のモブの俺に、この薔薇《ばら》が似合うと思ったのだろうか。

アルノルト様をソファーに案内すると、ペレスは事前に準備していたのかすぐにお茶を用意した。この手際の良さ、やっぱりお前アルノルト様が来ることを知っていたんだな。

「急に来て悪かったね」

「いいえ！　アルたんなら全然、いつでもお越しいただいて大丈夫です！」

「ふふ。ありがとう」

あはぁん♡　久しぶりのアルたんだぁ♡　やっぱりいつ見ても綺麗で美しくて神々しい！　しかも一段とお美しい笑顔！　それに今日の服装は、薄いピンクのジャケットに同色のズボン、シャツの襟もとには綺麗なレースが施されていて全体的に可愛らしい印象だ。

ということは、今はもうアルノルト様は好きな可愛い服を着られるようになったんだ！　しかも流石というか、そんな服もめちゃくちゃ似合ってる！　まぁアルノルト様に似合わない服なんてこの世に存在しないけどな。

それにしても休暇中は無理だと思っていたのに、今日アルノルト様に会えてめちゃくちゃテンションが上がる！　やっぱり推し様からじゃないと得られない栄養ってあるんだな！

「エルバートに今日どうしても伝えたいことがあって来たんだ。それでペレスには事前にエルバートを出かけさせないようお願いしていたんだよ」

「あ、そういうことでしたか」

ペレスの行動の謎が解けた。だけどどうして俺に直接言わずにペレスに言ったんだろう。ま、いっか。

「まずは僕のことから話そうか。僕とライオネル殿下の婚約だけどね、解消されたんだ」

「え!?　えぇぇぇぇぇ!?　そうなんですか!?」

アルノルト様の話によると、やはりライオネルは廃太子されたそうだ。王位継承権も失い、学園の高等部を卒業後は臣籍降下し公爵位が与えられることも決まった。そして王都から離れた領地を治めるそうだ。

アルノルト様との婚約が解消された理由はライオネルが廃太子されたこともあるが、ユリシーズとの関係が一番大きかったそうだ。アルノルト様と婚約関係にあったのに、堂々といろんな人に見せつけるようにユリシーズとイチャイチャしていた。ルーファスからも度々《たびたび》指摘されていたのに聞く耳を持たず、しかもユリシーズは隣国のスパイ。簡単に魅了にかけられてしまったこともあり、婚約が白紙になったそうだ。

ただそこでアルノルト様とルーファスとの婚約話が持ち上がることになった。今までアルノルト様が王太子妃教育を頑張ってきたことと、これまでの教育を無駄に出来ないという理由だそうだ。だけどアルノルト様はそれを断ったらしい。

「これで僕は自由になった。王太子妃教育からも解放されて清々《すがすが》しい気分だよ」

「アルたんが王妃になったらきっとこの国はもっとよくなると思うのに……なんだかもったいない気が。でもアルたんがそれを望んでいて叶ったのならよかったです」

アルノルト様こそ王太子妃、そして王妃になるべきだと思う。アルノルト様みたいに綺麗でカッコよくて頭もよくて魔法も凄くて笑顔がとんでもなく美しい人が、他にいるとは思えない。

とはいえアルノルト様が自由を望んで、ルーファスとの婚約を断ったのなら俺はそれを応援する。アルノルト様は今まで十分我慢したし頑張った。これからはやりたいことを存分にやったらいいと思う。

「ありがとう、エルバート。僕がこうしていろんなことから解放されたのは君のお陰だよ」

「いや、俺は別に特別なことは何も……」

俺がやったことといえば、アルノルト様の代わりに悪役令息として立ち回ったり、アルノルト様が笑えるようにちょっと背中を押したりしただけ。推し様を応援したり守ったりするのは、強火担である俺の当然の仕事だ。

「僕にそんなことをしてくれたのもエルバートだけだったんだ。それで僕がどれほど君に救われたか。いくら感謝してもし足りないほどなんだよ」

「いや、本当に俺はそんな大したことしてないですよ。でもアルたんはこれからなんでも出来ますね！　今まで我慢してきたことをやったり自由に恋愛したり。きっとアルノルト様ならライオネルよりずっとずっと素敵な人と出会えますよ！　俺、応援してますからね！」

いやぁ、楽しみだなぁ！　アルノルト様はどんな人を好きになるんだろう。これからアルノルト様ももっと成長して、更に美しくカッコよくなるんだろうなぁ……そしてその隣に立つアルノルト様の相手。この世界は男同士でも魔法で子供が出来るから、男でも女でも選び放題だ。そして男女どちらにしてもアルノルト様ほどとは言わないが、綺麗な人だったら最高だ！　アルノルト様と超お似合いのカップルになる！

これからのアルノルト様は絶対、ぜぇったいにモテまくる！　婚約者がいなくなったし、今のアルノルト様はいろんな人をその神々しい笑顔で信者にしてる。今後ももっともっとそういう人は増えていくだろう。

どんな人がアルノルト様のお相手になるのか。考えただけでわくわくするし、アルノルト様がそのお相手と幸せそうに笑ってる姿を想像するだけで俺まで幸せな気分になる。

そして将来はアルノルト様が幸せになったことを、俺はどこかで噂に聞くんだ。それでよかったよかったって、またその先もたくさんの幸せが降り注ぐよう祈り続けるんだ。

だけどどうしてだろう。本気でそう思っているのに、なぜか心がちくんと痛みを訴えた。アルノルト様が幸せになることは、俺の幸せでもある。それは絶対に間違いない。なのになんで……

うん、多分俺は『寂しい』んだ。アルノルト様とこんなに仲良くなって、見守るだけだった推し様とたくさんの楽しい時間を過ごしてしまったから。前世じゃただ画面越しに見ているだけしか出来なかった。同じ場面、同じセリフ、同じ表情しか見られなかったのに。

でも転生した今はアルノルト様の体温を知って、笑顔を見て、笑い声を聞いて、こんなにもたくさんの『本当のアルノルト様』を知ってしまった。

人間てなんて強欲なんだろう。俺はそれを手放したくないと思ってしまったんだ。俺は馬鹿だ。これじゃ父上達と何も変わらない。

「やっぱり君の気持ちはそうなんだね……」

「ん？　何か言いました？」

あれ？　どうしたんだろう。アルノルト様がちょっと残念そうというか、困ってるというか……はっ！　もしや既に過激なストーカーがいるとか!?　アルたんを脅したりけしからんことをしたりしている奴がいるとか!?　それでアルたんは困ってるとか!?　許せん！　そんな奴、悪役令息の俺が成敗してくれる！

学園が始まったらすぐにそいつを見つけてやろう。なんて内心気合を入れていた俺の目の前にアルノルト様は移動した。そして徐《おもむろ》に片膝を突き俺の手をそっと握る。

「え？　アルたん？　ちょ、何してるんですか⁉」

ソファーに座ってる俺より低い位置にいないで⁉　公爵家のアルノルト様がそんなことしちゃ駄目でしょ⁉

慌ててソファーから下りようとするも、それをアルノルト様に止められる。そうしてじっと見つめられて「よく聞いて」と真剣な顔で言われてしまった。そんな風にされたら、俺は言うことを聞くしかない。

「エルバート、どうかお願いだ。僕と婚約してほしい」

「…………………は？」

んん？　アルノルト様は一体何を言った？　俺に婚約してほしいと言ったか？　いやいやいや、俺は馬鹿か。そんなことがあるわけないだろう。きっとあれだ。婚約者のいない俺を不憫《ふびん》に思ったアルノルト様が、いい人を紹介するとかなんとかそういう意味で言ったんだ。

ちょっとアルノルト様優しすぎぎんか。今まで嫌われてきた俺の将来のことまで考えてくれるなんて、優しさの塊だな。だがこんなモブの俺、しかもヘイクラフト家の俺と婚約してくれるそんな酔狂な人がいるわけがない。アルノルト様には申し訳ないが、その願いはきっと叶うことはないだろう。

「アルたん、俺の将来まで心配してくれるなんて優しすぎます。大体俺はヘイクラフト家の人間ですよ。誰かと結婚出来るわけがないじゃないですか。アルたんが誰かを紹介してくれるってことなんでしょうけど、無理はしなくて大丈夫です！　元々俺は誰かと恋愛出来るとも思ってないしこんな平凡モブが――むぐっ」

アルノルト様に俺のことは大丈夫だと説明しようとしたら、後ろからペレスに口を塞がれてしまった。おいこら何をする。視線でペレスに訴えたものの、呆れ顔でため息を吐かれた。なんでだ。

「エルバート、もう一度言うからちゃんと聞いて。僕は、君と、婚約したいんだ。他の誰でもない君と」

「……俺の幻聴ですか？　アルたんが俺と婚約したいって聞こえたんですけど……聞き間違いですよね？」

「幻聴でもないし聞き間違いなんかじゃない。僕は君のことが好きなんだ」

「…………はぁぁぁぁぁ!?　うぇっ!?　え？　は？　にゃにっ、いっ、アルたっ、おっ、なっ」

一体何がどうなってる!?　ヤバい……俺の全身、ぶわわわわっと表現しようのない何かが這い上がって口が上手く回らない。心臓も爆発しそうなほど鼓動が速いし、信じられないくらい体が熱い。息もちゃんと吸えているのかわからないし、じっとしていられなくてソファーから腰を浮かせては下ろすことしか出来なくなっている。

アルノルト様、ペレス、ナイジーンさんの顔を順番に見ては変な動きを繰り返し、言葉にならない意味のわからない音だけが漏《も》れ出す始末。なにこれ一体どうすればいいの!?

「エルバート、落ち着いて。一度深呼吸しようか。はい、吸って～、吐いて～」

「……すぅ～、はぁ～……」

「どう？　落ち着いた？」

「はい……申し訳ございません」

流石はアルノルト様。冷静にこんな挙動不審な俺を落ち着かせるなんて。まだどっくんどっくんと心臓はうるさいし体は熱いが、さっきよりかなり落ち着いた。

「いきなりで驚いたと思う。でもこれは冗談でも嘘でもない。僕は本当にエルバートのことが好きで、婚約したいと思ってる。これは間違いなく僕の意志で、誰かに何かを言われたとかそういうことは一切ない。僕の本心だ」

「あ、あのっ……でもなんでっ？　俺、アルたんに好かれるような要素、全然ないっ……！」

アルノルト様はあの気持ち悪い悪役フェイスを張り付けた俺の顔を見ている。感情がオーバーヒートして鼻血を出して気絶だってしてるし、ペレス曰《いわ》く意味のわからないことをべらべらと乱発してるし、顔だってモブらしい平凡すぎる造りだ。何一つ誇れるようなものがない。

「それに家だって悪名高いヘイクラフト家でっ……そんな俺がアルたんに好かれる要素が一体どこに!?」

「いっぱいあるけど、何より君はとても優しい。誰からも避けられ怖がられた僕に物怖じもせず、出会う以前から僕のことを尊敬してくれて、危険を顧《かえり》みず僕を守ってくれた。それで実際危ないこともあったけど、それでも君は僕を守り続けてくれた」

アルノルト様は微笑みながら、俺の手を両手で握り直す。するりと手の甲を撫でられてまた体がびくんと反応した。

「幼い時から抑圧され、周りにもそれが当たり前だと言われていたのに。そんな僕にまったく違うことを言ってくれたのも君だけだった。やりたいことをやればいい。笑えばいい。それが僕の魅力だって。僕がそうしたら本当に世界は変わった。家のことも学園のことも、僕が望んだように変わったんだ」

「でもっ、それはアルたん自身の魅力で、俺はそれを教えてあげただけでっ……」

いくらなんでも過大評価が過ぎる。俺は本当にそう思ったから言っただけだ。

「エルバートが教えてくれなかったら、僕はずっとあのままだった。僕の世界をこんなにも変えて広げてくれたのは君だよ」

俺がやったことは本当に簡単なことだと思う。でもそれを信じて実際に行動に起こしたのはアルノルト様自身の判断だ。そして本当にその魅力が伝わったから、皆の誤解が解けてアルノルト様自身を好きになった。

だからやっぱり俺は大したことをしたとは思えない。でもそのほんの些細《ささい》なことですら、アルノルト様にはとてつもなく大きかったってことなんだ。世界が変わってしまうくらいに。

「今まで僕を信じて守ってくれてありがとう。背中を押してくれてありがとう。いろんなことに向き合える勇気をくれてありがとう。僕の世界を変えてくれた君が好きだよ。心から、大好きだ」

その時のアルノルト様は今までにないほどの、全てを浄化するくらいの笑顔だった。いつもの笑顔ももちろん綺麗だし、皆が頬を染めているのを知っている。だけどその笑顔以上の、心からの喜びや愛しいと思う気持ちが全面に表れていて、俺は胸が熱くなった。

こんな笑顔を見てアルノルト様の言ってることや、気持ちを否定なんて出来ない。まだ信じられない気持ちでいっぱいだけど、アルノルト様は本当に俺が好きなんだ。

　嬉しい。本当に心の底から嬉しいと思う。推し様を見守って幸せを祈っているだけで十分だったのに、それ以上を望んでしまった俺にとってこれ以上ない幸福だろう。これからもアルノルト様と一緒にいられる。アルノルト様の笑顔を見られる。だけど。だからこそ俺は――

「だからね、エルバート。僕の気持ちを受け取ってほしい」

「……そう言ってもらえて嬉しいです。まだちょっと理解が追い付いてないけど……でも、でもですよ！　俺はヘイクラフト家の人間で、それはどうしようもない事実で！　だから、だから！　アルたんに俺は相応《ふさわ》しくないんです！　アルたんの家にも絶対迷惑がかかる！　あの人達は本当に強欲で、身勝手で自己中心的で！　俺はアルたんを苦しめたいわけじゃない！　だけどあの人達はどうしたってアルたんの家から搾取《さくしゅ》しようとする！　それが当たり前だって、迷惑だなんてこれっぽっちも思わず堂々と手を出してくる！　俺はそんなのは絶対に嫌だ！　だからっ……だからごめんなさい。俺はアルたんの気持ちを受け取れないっ……！」

　推し様に好意を向けられて嫌なわけがない。本当はどうしようもなく嬉しいし、叫び出したいくらい感動してるし、アルノルト様の気持ちが嘘だとか冗談だとかも思っていない。でも俺がアルノルト様の気持ちを受け入れて婚約してしまったら。それこそ俺の家は非常識にも、ブレイズフォード公爵家から搾取《さくしゅ》出来るだけしようとするはずだ。

　そんなのは絶対に嫌だ。そんなの許せない。でも俺が一人であの人達を止めることは出来ない。それがわかっているから、俺はこうやって断るしかない。

「君ならそう言うと思ってた。でも大丈夫だよ。ヘイクラフト家は、父上が掌握したから」

「……おん？」

なんて？　アルノルト様のパパさんが、俺の家を掌握した？　どういうこと？

「どうやったのかは僕もわからないんだけどね。僕が父上にお願いしたんだ。エルバートを悲しませたくないから、あの家をどうにかしてほしいって。そうしたら父上は張り切って、ヘイクラフト家をまとめ上げてくれたんだよ」

マジ？　俺は学園に来てから一度も家に帰っていない。手紙のやり取りなんかもしていないし、あの家がどうなっているのかなんて全然知らない。元々断罪された後、逃亡する予定だったから。

ペレスは知っているのかと視線を送ると、奴はにんまりと笑っていた。どうやらこいつはいろいろと事情を知っているらしい。後で洗いざらい吐かせてやるからな！

「じゃ、じゃあ父上達に騙された人達や、仕事を押し付けられた人達は皆解放されたってこと？」

「そうみたいだよ。今は真っ当な領地運営を行って、領地を立て直しているそうだ。だからエルバートが心配するようなことは何もない。君の憂《うれ》いは全て排除したからね」

「……アルたんのパパさん、最強じゃん」

「ふふ、そうだね。自慢の父上だよ」

そっかそっかぁ。アルノルト様のパパさんがどうやったのかわからないけど、ヘイクラフトの領民達はもう苦しむことはないんだ。あいつらが好き勝手に豪遊することも二度とないんだ。

「これなら、僕の気持ちを受け取ってもらえる？」

「……はい。本当に俺でいいのか迷いますが、アルたんがそう言ってくれるのなら喜んで」

「エルバートッ……！」

「あ、えっと！　もし、もしもですよ！　他に誰か好きな人が出来たりしたら言ってくださいね！　俺はアルたんが幸せになってくれるのが一番なので、アルたんがその人を選んでも俺は本当に大丈夫ですから！」

　俺は自他共に認めるモブの中のモブだ。顔は平凡、魔力は激ショボ。悪名高い家出身だし、悪役令息だったから全校生徒に嫌われもした。どう考えてもアルノルト様と釣り合いが取れていない。だからこの先、アルノルト様がこんな俺を選んでしまったことを後悔した時のためにこれだけは伝えないと、と勢い込んでしっかりと宣言した。だがその途端、アルノルト様からサーッと冷気が放たれた気がして部屋の温度が一気に下がる。

「あれ……？」

「はぁ……どうしてお前はこうも馬鹿なんだ……」

　なんか思ってたのと違う展開になって、俺は辺りをきょろきょろと見回した。ペレスはため息を吐いてがっくりと項垂《うなだ》れてるし、ナイジーンさんは苦笑していて、アルノルト様はにっこり笑いながらも怒気を感じさせている。アルたん、そんな器用な笑い方も出来たんだね！　と現実逃避をしてしまった俺の気持ちをわかってくれ。

「エルバート、君は全然わかってないね。僕がどれだけ本気なのか。今日はエルバートのためにやめておこうと思ったんだけど、わからせなきゃいけなくなったからしちゃうね」

「へ？　な、何をでしょうか……!?」

アルノルト様はすっと立ち上がり、妖艶《ようえん》な笑みを浮かべると俺の頬を両手で包み込んで少し上を向かせた。

「気絶しないよう、気合を入れておくんだよ」

「へ……？」

アルノルト様は躊躇《ちゅうちょ》することなくそのまま顔を近付け、俺の唇にアルノルト様の唇が重なった。

え。え？　え!?　ま、まさかっ……まさか!?　この柔らかい感覚は間違いなく！

「うぎゃぁぁぁぁぁ！　ア、ア、アルたんのく、唇がッ！　お、俺の唇にッ！　あた、あた、当たったぁぁぁぁぁ！　ごめんなさいごめんなさいごめんなさい！　避けられなくてごめんなさい！　汚い俺の唇が触れてしまってごめんなさい！　消毒！　消毒しなきゃ！　アルたんが死んじゃううううう！」

やばいやばいやばい！　どうしようどうしようどうしよう！　アルたんが！　アルたんが死んじゃう！　消毒液ってどこにある!?　俺の部屋にそんなものなかったよな!?　だったらどこに！　はっ！　医務室！　あそこなら間違いなくあるはずだ！　今からダッシュで取りに行って……って学園休みだから医務室開いてないじゃん！　ってことは今からすぐに王都の薬屋へ駆け込まなきゃ！

「むぅ。エルバート、まだそんなこと言うの？　それに僕からキスしたんだから避けられなくて当然じゃないか。まったく君は……」

するとアルノルト様はチュッチュッチュッチュッと何度も何度も唇を重ねてきて、しかも最後には俺の唇をぺろっと舐めた。

「んがっふっ、がっぐっんぐっ……！」

とうとう俺は壊れた機械のように、言葉にならない汚い声しか出なくなってしまった。信じられない。アルノルト様が俺にこんなことをするなんて！

「ふふ。真っ赤になって可愛いね。これでわかってくれた？　僕にはエルバートだけだし、こんなことするのも僕とだけだよ。他の人としたら、どうなるかわかるよね？」

話そうにも声が出ないので、俺はひたすらぶんぶんと首を縦に振って了解の意を伝えた。

はぁはぁ……どうしよう、心臓が痛い。物理的に痛い。前世からの推し様だったアルノルト様に会えただけじゃなく、お話も出来て笑ってもらって、好きだなんて言われてキスまでされて！　これは夢!?　俺って本当は転生なんてしていなくてただ夢を見ているだけなんじゃないのか!?

でも唇が触れた感触は、温かくて生々しかった。頬に当たるアルノルト様の手は気持ちよくて、至近距離にある宝石のような瞳に吸い込まれそうな感覚も。アルノルト様からはあの白薔薇《ばら》のようにいい匂いが確実にしている。

ということはこれは夢じゃなくて現実!?　本当の本当に、俺は推し様のアルノルト様とキスしてしまったというのかッ!!

俺はもういろいろと限界だった。また鼻に濡れた感覚がする。

「あーあーあー、もうほんっとうに情けないな、俺の主人は」

すかさずペレスが俺の鼻にハンカチを押し当てた。それを自分で押さえて下を向く。

「まぁでも。気絶しなかっただけ合格ですかね？」

「そうだね。大きな進歩だと僕も思うよ」

……これは褒められていると思っていいのか？　ペレスにため息を吐かれながらも頭をぽんぽんと撫でられる。

「アルノルト様って優しすぎますよ……あんなことを言ったこいつにもっと怒ってもいいと思うんですが」

「怒るというより、自己肯定感を上げなきゃって思ってるよ。エルバートは素晴らしいんだってこれからしっかり教育するからね」

いやだから過大評価なんですって！　俺はその辺に転がってるモブですから！

「こんな主人ですが、よろしくお願いいたします」

「うん、任せて」

鼻血が零《こぼ》れないよう鼻を押さえ俯《うつむ》いた俺の頭上で、俺をどうするかと二人の会話が繰り広げられている。この二人、一体いつの間にこんなに仲良くなったんだろうか。意気投合しすぎな気がする。

「ナイジーン様もお茶をどうですか？」

「そうですね、折角ですからいただきましょうか。それに今までのお礼としてお菓子を持参して参りましたので、よろしければどうぞ」

こっちはこっちで和気《わき》藹々《あいあい》と楽しそうにしている。なんか俺一人だけ取り残された気分なんだが。

「あ、わざわざすみません！　お気を遣わせてしまいました。それに俺はただ伝言を受けていただけですし、大したことは何もしていないんですが……」

「いえいえ。あなたがいてくださったお陰で、いろいろと順調に進みましたからね。これからもどうぞよろしくお願いいたします」

「こちらこそ。あ、ナイジーン様どうぞ。お熱いのでお気を付けて」

……おい。ペレスとナイジーンさんも異常なくらい仲がよくないか？　それに伝言を受けていただと？　ということは、アルノルト様からの伝言や指示をナイジーンさんがペレスに伝えてたってことだよな。俺が知らないところで二人はいろいろとやりとりしてたってことだよな。つまり、やっぱりペレスは一切合切知ってたよな⁉　くっそぉ！　ペレスめ！　後で覚えてろよ！

「エルバート、大丈夫？　気分は悪くない？」

「悪いどころか夢のようでふわふわとしてます……本当にこれ、現実なんですよね？」

「そうだよ。今度、父上に会ってほしいんだ。エルバートのことをちゃんと紹介して、婚約もしてしまおう。エルバートが誰かに取られたら大変だから。あ、そうだ。明日はどう？　確か予定はなかったよね？」

「あ、明日⁉」

いくらなんでも急すぎじゃないか⁉　え、俺明日アルノルト様のパパさんに会うの⁉　そんで婚約までしちゃうの⁉　「アルノルトをお前みたいな奴に渡すわけにはいかん！」って怒られたりしない⁉　っていうかなんで俺の明日の予定まで知ってんの⁉　あ、ペレスか！　あいつが全部教え

たんだな⁉

「そう、明日。父上も今は王都にいらっしゃるから、明日はうちにおいで。そこでのんびり過ごそう。約束だよ」

「あ、はい」

あれ？　アルノルト様ってこんな押しが強い人だったっけ？　なんだか凄く流されてる気がしないでもないんだが……

でもアルノルト様が本当に嬉しそうに笑って、幸せオーラが出ているからまぁいっか。っていうか俺ってアルノルト様と婚約しちゃうんだ。うわー、なんか本当に信じられない。

アルノルト様を断罪から救うために悪役令息になっただけなのに、その結果がまさか俺とアルノルト様が婚約することになるとは。モブとアルノルト様のカプが爆誕するなんて、前世の記憶が戻った時にはまったく夢にも思わなかったことだ。

……あれ？　だけどこれって、モブの俺がアルノルト様を攻略したってことなのでは？

前世の俺が『ファシラブ』をやろうと思ったのは、アルノルト様に一目惚れしたから。これだけ美しいアルノルト様なら攻略対象者だろうと思ってたんだ。でも実際はアルノルト様は『悪役令息』だった。運営にも散々『アルノルト様ルートを作れ！』とご意見メールを送り続けていたんだよな。

そして今のこの状況って、俺が望んでいたアルノルト様ルートそのものなのではないだろうか。

アルノルト様を救うために俺が悪役令息になったこと自体が、まさかのアルノルト様ルートの解放条件だったとは。

「エルバート、何を考えてるの？」

「あ、いや、本当に夢みたいだなって思って。アルたんの幸せを守りたかっただけなのに、こんなことになるなんて、と」

「君はいつも自分のことより僕のことなんだね。本当に嬉しい。でもこれからは僕もエルバートを守るから。君を幸せに出来るよう頑張るよ」

俺はもう十分すぎるくらい幸せだ。アルノルト様が笑っているだけで、俺はそう思えるんだから。

「エルバート、これからもよろしくね。大好きだよ」

「はい。俺もあなたが大好きです」

前世から、という言葉は使えなかったけど俺の気持ちはアルノルト様が知っているよりずっと深い。その深さをこれからもっともっと伝えていこう。どれほどあなたを想っていたのかを。

アルノルト様は俺の手の甲にそっとキスを落とす。そしてまたふんわりと微笑んだ。それにつられて俺も笑う。

「そうだ！　折角だしこのままどこかに出かけない？　天気もいいし、散策するだけでも気持ちがいいから」

「はい！　アルたんが行きたいところ、やりたいことなんでもやりましょう！　あ、そうだ！　もしよかったら俺のぬいぐるみを売っているお店も行きますか？」

「行きたい！　嬉しいなぁ。きっと他にもたくさん可愛いぬいぐるみがあるんだろうね」

「そうなんです！　わんちゃんやうさぎさんもありますよ！　気に入ったのがあったら俺がプレゼ

ントします！　可愛いぬいぐるみに囲まれるアルたんっ……！　くぅっ！　そんなの絶対天国に決まってる！　こうしちゃいられない！　早く行きましょう！」

俺は鼻血をぐいっと拭き取り、アルノルト様に手を差し出す。アルノルト様は満面の笑みで俺の手を取った。貴族らしくないが、二人で手を繋いでバタバタと駆け足で部屋を出る。アルノルト様はそんなことも楽しそうで「あはは」と声を上げて笑っていた。

後ろからは「ちょ、待て！　俺達を置いていくな！」とペレスの怒鳴り声。それを聞いて俺達の笑い声はますます大きくなる。

こうしてずっと二人一緒に笑っていよう。やりたいことといっぱいやろう。何年経っても、いくつになっても。俺はこれからもずっとアルノルト様を応援するから。見守っているから。

ちょっと気が早いけど将来伴侶になったとしても。俺はアルノルト様を一生推し続けるよ。

エピローグ

雲一つない見事な青空が広がり、いつもならまだ冷たい風も今日は暖かくて気持ちがいい。ぽかぽかとした陽気を体いっぱいに感じて、俺はぐっと体を伸ばした。

くるりと後ろを振り向くと、少し離れたところでアルノルト様はたくさんの人に囲まれている。皆別れが惜しくて堪《たま》らないのだろう。涙を流す生徒の姿も数多く見受けられた。

あの衝撃の断罪劇から四年が経ち、今日は俺達の高等部の卒業式だ。俺は高等部に進む予定はなかったが、アルノルト様の希望で進学したのだ。

アルノルト様と俺は、領地を持つ家の後継者が選択する経済学を専攻した。アルノルト様はライオネルとの婚約が解消されたことで、ブレイズフォード家を継ぐことに決まった。そして俺はブレイズフォード家を継いだアルノルト様の手伝いと、ヘイクラフト家の監督をすることになる。

ヘイクラフト家は俺の兄が継ぐが、実質権利を握っているのはブレイズフォード家だ。俺とアルノルト様が結婚すれば俺はブレイズフォード家に嫁《とつ》ぐ形となるけれど、ヘイクラフト家をそのままにしておくわけにはいかないため俺が監督するのだ。いわば裏ボスだな。

アルノルト様に告白された翌日、本当に俺達の婚約は調《ととの》った。アルノルト様のパパさんに猛反対されるかと思いきや、もの凄く歓迎されて驚いたものだ。

そして中等部を卒業し高等部へ入学する前に、俺は初めてアルノルト様と共にヘイクラフト領へと戻ることになった。久しぶりに会った家族は皆昔の面影《おもかげ》はまったくなく、すっかり痩せ細って別人となっていた。おまけにアルノルト様を見て恐怖のあまり震え出す始末。俺は平謝りしたのだが、アルノルト様は「気にしていないよ」と海よりも深い慈悲の心で笑って許してくださった。俺のアルたんマジ最高！

ヘイクラフト領はブレイズフォード家のお陰で真っ当な領地運営をしているようで、領民の顔も明るいものに変わっていた。街を歩いていた時にその変化を感じて嬉しくなったものだ。しかもなんだか変な噂が流れていたのか、領民は俺の姿を見るなり「ありがとうございます！」と礼を言うことが多かった。

アルノルト様が教えてくれたが、領地が変われたのは俺のお陰だという話を広めていたらしい。なんでそんなことを、と聞くと「エルバートの素晴らしさを知ってもらいたかったから」と言われてしまい、俺の過大評価は継続中。その誤解を解こうとしているのだが、今のところ成果はまったく出ていない。

家族はすっかり大人しくなり、今じゃ真面目に生活しているようだ。そのお陰か兄上にもようやく婚約者が見つかり去年結婚した。現在、義姉上は妊娠中だそうだ。めでたいことである。

高等部の授業は中等部よりかなり大変だった。だがアルノルト様や中等部の時のクラスメートも何人かおり、皆に勉強を見てもらいながらなんとか赤点を回避して、今日無事に卒業にこぎつけた。もし俺一人卒業出来なかったら、アルノルト様に恥をかかせるところだった……

アルノルト様は主席でい続け、今日の卒業式でも代表挨拶を述べていた。もうカッコよすぎて俺は感動のあまりずっと泣いていた。ペレスにカメラを持たせていたからきっとたくさん写真を撮ってくれたことだろう。後で見るのが非常に楽しみである。

あれ以来、アルノルト様はあの神々しい微笑みを振りまいたことで、学園一の人気者となった。困っている人がいれば率先して手を差し伸べていたし、鮮やかな魔法で皆を感動させてもいた。友達も更に増えて毎日が本当に楽しそうだった。だからこそ、卒業を惜しんで皆アルノルト様から離れようとしないのだが。

「アルノルトの人気は相変わらずだな」

「ライオネル殿下」

皆に囲まれるアルノルト様を眺めていた俺に、ライオネルが声をかけてきた。ライオネルはあの断罪劇の後、しばらくは落ち込み方が凄く学園でも誰とも口を利くことはなかった。だが幼馴染のローガン達や親友のアンセルムはそんなライオネルを放っておかなかった。

皆ユリシーズに魅了をかけられていた被害者だったし、自分達のしでかしたことの大きさを知った。特にライオネルは何もかもを失った結果となったが、友人達までも失うことはなかったようだ。

そのお陰もあってかライオネルも徐々に元気を取り戻し、アルノルト様への態度も改め、今までのこともしっかりと謝罪した。アルノルト様が謝罪を受け入れたことで、まだ余所余所《よそよそ》しいながらもいい友人関係を築けているようだ。それとあれだけ不敬な態度を取りまくっていた俺とも、普通に会話が出来るほどの関係になった。

「アルノルト様は素晴らしい方ですからね！　当たり前です！」

「……そうだな。本当にそうだ」

ライオネルが王族としていられるのもあとわずか。今後は公爵となって領地を治めることになる。そのためライオネルも同じ学科を専攻しておりよく顔を合わせていた。だが毎日のように見ていたこの顔も、もうしばらく見ることはない。

「お前とアルノルトが婚約したと聞いて驚いたが、それと同時に納得もした。アルノルトはお前と出会ってから変わったからな」

「あの姿が本来のアルノルト様ですよ。俺は背中を押しただけです」

俺はアルノルト様を変えたとは思っていない。抑え込まれていた本来のアルノルト様を引っ張り出しただけだ。

「……お前がいてくれてよかったと今なら思う。どうかアルノルトを大切にしてやってくれ」

「言われなくてもそうしますよ。ご心配なく」

ライオネルは俺の言葉に一つ頷くと静かに去っていった。その先には笑って手を振る幼馴染達の姿が見える。彼らも今後はそれぞれの道を歩んでいくが、彼らの友情はきっと変わらずに続いていくんだろう。

「エルバート！」

「アルたん！」

ようやく解放されたのか、アルノルト様が俺の側へとやってきた。手には抱え切れないほどの花束があり、その姿はもう花の妖精そのものだ。花束を半分受け取り二人で共に歩き出す。

アルノルト様はあれからぐんぐん背が伸びて、すらりとした長身の美丈夫になった。俺より頭一個分も背が高くなったから、いつも見上げる形になってしまう。中等部の頃は似たような背丈だったのに。美しさもますます磨きがかかり、俺のときめきは毎日更新されている。こんな人が俺の婚約者とか未だに信じられない。

「今日から一緒に暮らせるなんて嬉しいよ」

俺達はなんと一ヵ月後に結婚式を控えている。アルノルト様が「卒業したらすぐに式を挙げる」と宣言して、あっという間に段取りをつけてしまったのだ。「早く夫夫《ふうふ》になりたい」と熱望されて、恥ずかしながらも愛されているなぁと実感している。まぁ俺のアルノルト様を想う気持ちの方が大きいけどな！　そこは譲れない。

そして卒業すれば俺は寮を出なければならない。本来ならヘイクラフト領の実家に戻るところだが、アルノルト様が許してくれなかった。式まであまり日もないし。そのため、今日の夜からブレイズフォード家に居を移すことになったのだ。

もちろん従者であるペレスも一緒だ。そしてアルノルト様の計らいで、ペレスの妹であるエフィもブレイズフォード家で使用人としてお世話になることになった。逃亡生活どころか公爵家の豪邸で皆一緒にいられるのだ。エフィのことも気にかけてくれたアルノルト様には感謝しかない。

「あ、そうだ。公爵邸に帰る前に、一度魔女の店に顔を出したいのですがいいですか？　魔女に必ず寄ってくれと言われていて」

「もちろんだよ。僕も彼女に会いたいし」

俺のぬいぐるみは相変わらず人気を誇っている。そのぬいぐるみを真似て他の店でも似たようなものを出してきたが、俺のぬいぐるみの方が種類も可愛さもクオリティも一番のため、人気が衰《おとろ》えることはない。

そしてぬいぐるみ以外にも新しい事業を始めた。それが刺繍だ。これはアルノルト様が監修している。というのも、アルノルト様は王太子妃教育もなくなり時間に余裕を持てるようになった。それでずっと気になっていた刺繍を始めたところ、なんと沼に嵌《はま》ってしまい今ではプロ級の腕前だ。

自分で針を刺すだけじゃなく刺繍のデザインを考えたりすることもあり、それがまたとってもおしゃれで可愛いものだった。俺がそれを魔女のところに持っていくと、魔女が飛びつき事業として展開することになった。

アルノルト様が考えた刺繍のデザイン画を魔女の店に持っていき、それを魔女のところで商品として作って売る。ハンカチやテーブルクロス以外にも、ドレスや礼服の刺繍の注文も相次いでいるそうだ。今じゃ王都中に、アルノルト様がデザインした刺繍がたくさん出回ることになった。俺のアルたん多才すぎて素敵♡

「ふふっ」

「ん？　いきなり笑い出してどうしたんですか？」

「これから毎日ずっとエルバートと一緒にいられると思ったら嬉しくてつい、ね」

「ふぎゃ！」

うっすら頬を染めてうっとりと笑うアルたんにノックアウトです！　毎日アルノルト様の笑顔を見ていても、色気のあるその表情にはまだまだ慣れる気配がない。

「真っ赤になって可愛い。夜は一緒に寝ようね」

「ひえっ!?　そ、それはちょっとまだ無理かと思いますぅぅぅぅ！」

今日からブレイズフォード家で生活を始めるのだが、部屋は一つにしようとアルノルト様は仰《おお》せだ。それで寝室も一つになるため、俺は今からどうしていいのかわからない。正直言って緊張して寝られる自信など皆無である。

「本当に奥ゆかしいね、エルバートは。いい加減、僕に慣れてほしいんだけど」

「ひゃぁぁぁぁぁ！」

アルノルト様は素早い動きでスッと身を屈めると、俺の唇に軽くキスをする。婚約してからというもの、こうやっていきなりちゅっとされることも増え、その度《たび》に俺は挙動不審になる。鼻血を出したり気絶したりしなくなっただけかなりの成長だと思うが、アルノルト様はまだまだ足りないと感じているらしい。

「まぁこれから毎日朝から晩まで一緒だから嫌でも慣れるかな。それに期待しているよ」

「が、頑張りまふっ……」

一生慣れるとは思えないが、推しであり命であり神であるアルたんのお願いならば頑張るしかあるまい！　気合を入れろ！　エルバート！

「ほら、ナイジーンとペレスが待ってるよ」

アルノルト様と話しながら歩いていたら、あっという間に車寄せに着いたようだ。ブレイズフォード家の馬車が停まっており、そこにペレスとナイジーンさんが控えていた。

ナイジーンさんはさっと駆け寄ると、アルノルト様と俺が抱えている花束を受け取ってくれた。ペレスはそれを見て馬車の扉を開けて踏み台を出す。

「さ、お手をどうぞ。僕のエルバート」

アルノルト様は先に馬車に乗り込むと、スッと俺に手を差し出した。その上に自分の手を重ねて馬車に乗る。俺達の後に続き、ナイジーンさんとペレスも乗車すると馬車は走り出した。

『ファシラブ』の舞台だったシュトルツ学園。その姿は少しずつ小さくなっていく。悪役令息としてアルノルト様と出会い、アルノルト様の婚約者となって学園を去る。前世からの推しだったアルノルト様を守るために取った行動が、まさかの結果。

悪役令息としての役割は終わったけど、俺達の物語はまだ始まったばかり。これからの未来は推し様であるアルノルト様とずっと一緒だ。

カタカタと軽快な音を立てて馬車は走る。その音はまるで、この先の未来にワクワクと期待が膨らむ俺の心を表しているようだった。

ハッピーエンドのその先へ ―
ファンタジックなボーイズラブ小説レーベル

&arche NOVELS
アンダルシュノベルズ

おれが助かるには、
抱かれるしかないってこと……!?

モテたかったが、こうじゃない
魔力ゼロになったおれは、あらゆるスパダリを魅了する愛され体質になってしまった

三ツ葉なん ／著

さばみそ／イラスト

男は魔力が多いとモテる世界。女の子からモテるために魔力を増やすべく王都にやってきたマシロは、ひょんな事故に巻き込まれ、魔力がゼロになってしまう。生きるためには魔力が必要なので補給しないといけないが、その方法がなんと、男に抱かれることだった!!　検査や体調の経過観察などのため、マシロは王城で暮らすことになったが、どうやら魔力が多い男からは、魔力がゼロのマシロがかなり魅力的に見えるようで、王子や騎士団長、魔導士長など、次々と高スペックなイケメンたちに好かれ、迫られるようになって――!?

詳しくは公式サイトにてご確認ください。
https://andarche.alphapolis.co.jp

異世界BLサイト“アンダルシュ”
新刊、既刊情報、投稿漫画、X(旧Twitter)など、BL情報が満載!

この作品に対する皆様のご意見・ご感想をお待ちしております。

おハガキ・お手紙は以下の宛先にお送りください。

【宛先】

〒150-6019 東京都渋谷区恵比寿 4-20-3 恵比寿ｶﾞｰﾃﾞﾝﾌﾟﾚｲｽﾀﾜｰ 19F
（株）アルファポリス　書籍感想係

メールフォームでのご意見・ご感想は右のＱＲコードから、
あるいは以下のワードで検索をかけてください。

アルファポリス　書籍の感想　検索

ご感想はこちらから

推《お》しのために、モブの俺《おれ》は悪役令息《あくやくれいそく》に成《な》り代《か》わることに決《き》めました！

華抹茶（はなまっちゃ）

2025年 2月 20日初版発行

編集－反田理美・森 順子
編集長－倉持真理
発行者－梶本雄介
発行所－株式会社アルファポリス
〒150-6019 東京都渋谷区恵比寿4-20-3 恵比寿ｶﾞｰﾃﾞﾝﾌﾟﾚｲｽﾀﾜｰ19F
TEL 03-6277-1601（営業） 03-6277-1602（編集）
URL https://www.alphapolis.co.jp/
発売元－株式会社星雲社（共同出版社・流通責任出版社）
〒112-0005 東京都文京区水道1-3-30
TEL 03-3868-3275
装丁・本文イラスト－パチ
装丁デザイン－AFTERGLOW
（レーベルフォーマットデザイン－円と球）
印刷－中央精版印刷株式会社

価格はカバーに表示されてあります。

落丁乱丁の場合はアルファポリスまでご連絡ください。

送料は小社負担でお取り替えします。


ISBN978-4-434-35316-1 C0093